紅房子

李銳 著

李銳作品集 2
紅房子

作　　者　李銳
責任編輯　胡金倫
發 行 人　凃玉雲
出　　版　麥田出版
100 台北市中正區信義路二段 213 號 11 樓
電話：2351-7776　傳真：2351-9179、2351-6320
發　　行　城邦文化事業股份有限公司
104 台北市中山區民生東路二段 141 號 2 樓
電話：2500-0888　傳真：2500-1938
網址：www.cite.com.tw　e-mail：service@cite.com.tw
郵撥帳號：18966004
香港發行所　城邦（香港）出版集團有限公司
香港北角英皇道 310 號雲華大廈 4／F，504 室
電話：2508-6231　傳真：2578-9337
馬新發行所　城邦（馬新）出版集團有限公司
Cite (M) Sdn. Bhd.(458372 U)
11, Jalan 30D/146, Desa Tasik, Sungai Besi,
57000 Kuala Lumpur, Malaysia.
電話：603-90563833　傳真：603-90562833
e-mail：citek1@cite.com.tw
印　　刷　凌晨企業有限公司
初版一刷　2004 年 7 月 15 日

ISBN 986-7537-93-9
售價：260元 Printed in Taiwan

目次

紅房子

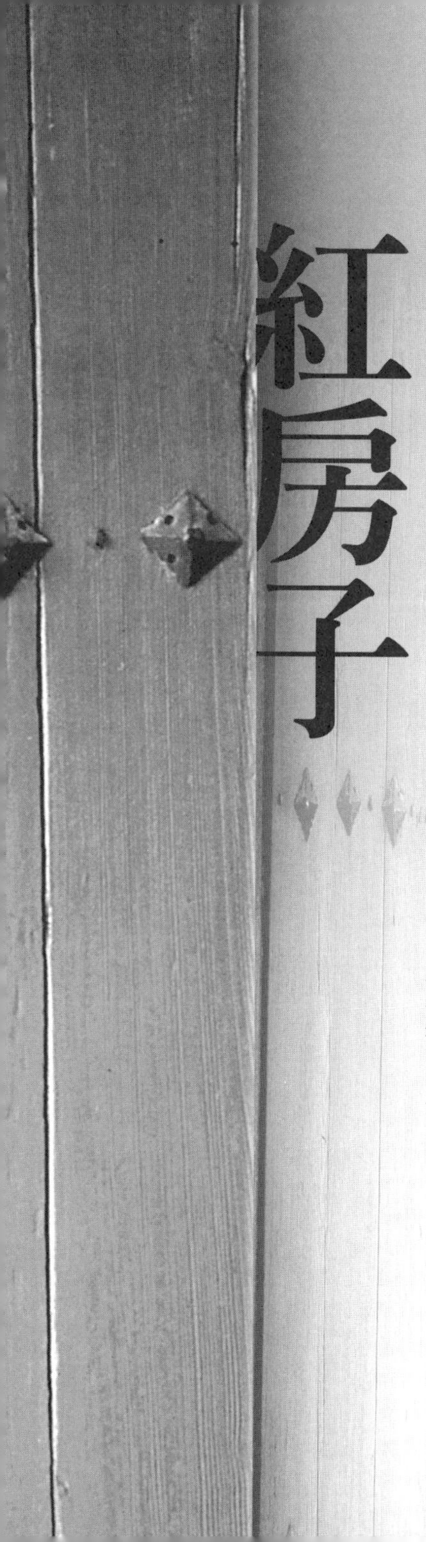

紅房子

找不著邊兒的濃綠的原野，包裹著一片紅磚紅瓦的房子，包裹著一個依稀的童話。

至今我一直都把自己認作是一個鄉下人。

至今我還一直記得那些耐人品味的村名：郭家場，雙樹，塔營，黑莊戶……曾經有過很長一段時間，我怎麼也弄不懂什麼叫郊區。郊區？……幹麼叫郊區呀，我們不，我們這些同年齡的孩子把自己住的地方叫紅房子。找不著邊兒的濃綠的原野，包裹著一片紅磚紅瓦的房子，包裹著一個依稀的童話。

一　樂土

據說北京郊區的這片地方，過去曾是日本人的軍馬場，解放後就在這裡辦起了新中國的第一個國營農場。從一條老遠老遠的黃土大道上來了很多人，來了很多機器，來了很多外國專家。蘇聯的，匈牙利的，捷克的，保加利亞的。那時候，連我們這些孩子，也會含糊不清地說一兩句「達娃利士」和「達斯維達尼亞」。至於日本人，我們是在電影上看到的。自從看了那個蔣二和蔣三兄弟倆打架的電影之後，我們便記住了：日本人就是仁丹鬍子和「八格牙路」。這個電影曾叫我高興過很長一段時間，因爲當弟弟的蔣三是個英雄好漢，而當哥哥的蔣二是草包漢奸；於是我便當然站在很有利的地位上，常常對哥哥挑釁，「我是蔣三！你是蔣二！」哥哥很惱火，可他一時又沒有看過弟弟當壞蛋的電影，總有些氣短。

那時，我家的隔壁還住了一位美國友人，跟我們的關係極其融洽。他餵了一條大狼狗，家中擺一隻很大的彈簧床。我們時常排了隊，一個個挨著要他抱起來摔到顫悠悠的彈簧床上。有時甚至還趁他睡覺的時候爬上去，把小小的指頭伸進他那個深得驚人的肚臍眼裡去。他一面呵呵地笑著，一面用汗毛很長的大手把肇事者拿獲。朝鮮戰爭結束以後，他回國了。據說後來還寫過一本關於中國的書，不知上邊的這些趣事他寫到書裡沒有。

印象中的紅房子，總是被掩沒在漫天的青紗帳裡，一條圍繞的水渠為它們劃出一道清亮的界線。水渠的外岸是合抱粗的柳樹，挨著樹是一圈土路。裡岸是密得像風牆一樣的紫穗槐，每到夏天，就吐出長長的閃著黃色斑點的深紫色的花穗，招來很多嗡嗡的蜜蜂。紫穗槐的背後是一道日本人留下來的鐵絲網，場部的正門還有兩個像木箱子一樣的崗亭。大院子裡有拖拉機站、奶牛場、馬號、豬場、養雞場、食堂、供銷合作社、子弟小學，可是沒有幼兒園，於是這個雞鳴馬嘶、百象俱生的大院，就成了我們的樂土。

院子的中間，有一個磚砌的高台，台上掛著一口大鐘。每天都是那個耳朵後邊長著大肉瘤的張大爺敲響這口鐘。鐘聲傳得很遠，很遠，連附近幾個村子裡的農民們也都按這鐘聲計算作息的時間。敲鐘人的手裡，時常握著一個扁扁的方方的小酒瓶，一張永遠是通紅通紅的臉。敲起鐘來，耳朵後邊的那雞蛋大的肉瘤一顫一顫，這奇怪的東西叫所有的孩子都懷了一點懼怕。我們搗了耳朵，圍在他身子後邊，每一聲鐘響都引起一陣尖叫和震顫，聽著我們的叫喊，老人便敲打得越發用力。敲完了，很神氣地把鐵鎚掛好，對我們威嚴地命令著，「下班了，還不回家！」孩子們便像一群驚散的雀兒，四下跑開來。這長著肉瘤子的紅臉老人，這頗有幾分古樸的鐘聲，一直伴著我的童年，伴著那些也被原野染成了綠色的往事。

媽媽一連生了我們姊弟九個，上邊四個姊姊，從哥哥開始，下面的五個都是男孩。到家裡來的客人們，總是驚嘆著：「眞不少！」姊姊們都在城裡上學，除了假日是不回家的。五兄弟中我排第二，哥哥只長我一歲，所以終日在一起廝混的是我們倆。哥哥幾乎在一切方面都比我強：拳頭比我硬，跑得比我快，彈玻璃球、扇洋畫兒總是贏我，彈弓打得比我準，上學以後功課比我強，連字也寫得比我好看。我成天在他屁股後邊顛兒顛兒地跟著，眞好像人家說的那樣，是個「跟屁蟲兒」。由於年齡太接近的緣故，我們倆從來不以哥弟相稱，都是直呼其名。爲些說不明的原因動起拳頭來的事情時常發生，其激烈的程度不下於蔣二蔣三兩弟兄。打得哭起來，便由媽媽出面裁決，各自哭訴一番理由，然後伸出手心來，被一根量布用的竹尺疼疼地各打五六下，兄弟倆便哭作一團。孩子太多，媽媽很費心，有時一天裡這樣的場面要經歷十數次。媽媽自己也被氣哭過，「我還活著你們兄弟就這樣打，我死了你們該怎麼辦？」媽媽哪裡曉得，正是在「文革」中她和父親冤死之後，我們姊弟九人相依爲命，以骨肉連成堤壩同卑鄙和野蠻抗爭。可惜，這一切都已無從叫她看到，叫她聽見。

如果官司打到爸爸那裡就糟糕了。爸爸很少有過笑臉，從來也不記得他抱過、親過我們，從來都是一絲不苟地要求我們執行他的話。爸爸揍人是不許哭的，尤其不許哭出聲，你越哭他就打得越凶，爸爸見不得眼淚。爸爸就像一個消聲器，只要他在家裡，我們舉手投足都格外警惕。我最佩服哥哥的時候，就是我們倆一起挨揍的時候。因爲他是哥哥，出了什麼婁子落在他身上的巴掌總比我多。爸爸打人不像媽媽那樣仔細地選擇工具和部位，爸爸不，他隨手拿起身邊的東西就打。我們稍微大了一點的時候，哥哥就學會了忍著疼不出聲，一聲也不吭，爸爸打人的手便突然停下來。我在一旁看著，心想，我也不哭！可輪到我的時候，常常挨了第一下便哭起來。哭雖哭，有哥哥陪著心裡就不那麼害怕。往往在受了這樣的皮肉之苦以後，到了吃飯的時候，爸爸會揀好吃的菜放到你碗裡，一面夾菜，一面挖苦哭了鼻子的人：「你的淚水多，你是林黛玉！」

挨打的時候不一定哭，可到這種時候就特別委屈，特別想哭，熱辣辣的淚水順著兩腮滴落到飯碗裡，爸爸夾菜的筷子立刻就會翻轉來打到頭上。媽媽不讓了，一面擋住筷子，一面把我們護在懷裡。每到這時候，我們就扎在媽媽熱烘烘的懷裡，忍不住放聲哭起來……現在，自己也已有了孩子，可不知什麼時候被突然觸發了，熱辣辣的東西仍會在眼眶裡湧動……母親已經永遠地去了，命運所賜給每個人的那個熱烘烘的懷抱，竟如此久遠地溫暖著我的心。

因爲只有一個小小的供銷合作社，農場的職工買東西就比較緊張，尤其是到了月頭買糧食就更緊張，總是要排一個長長的隊伍。這種事情自然很煩人，也很費時的。於是排隊的任務就常常由我和哥哥去頂替，快排到頭時，大人才來解放我們。有一次，又分配了這樣的任務，我和哥哥每人在路旁摘了一枝肥大的蓖麻葉子頂在頭上擋太陽，嘴裡熱鬧地討論著一本剛剛看完的小人書——《孟姜女》。最後一致的結論是：這本小人書不棒，好人都死了。哥哥忽然建議說：

「東大院裡有好多磚，咱們也去搭個萬里長城吧？」

我把蓖麻葉扯下來摔到地上：「走！」

磚垛很高，我們就先搬些零散的磚搭一個台階，哥哥站在台階上往下搬，我往遠處運，一塊一塊挨著擺過去，然後再一層層地加高。慢慢地，一道長長的矮牆從磚垛下愈伸愈遠。我和哥哥來回奔跑著，手指磨疼了，衣服弄髒了，一直到聽見媽媽焦急的喊聲，我們這浩大的工程才停下來。我和哥哥不光誤了排隊，連午飯也早已耽誤了。大人們又氣又急，挨打是在所難免了，板子還沒打到肉上，我的屁股已經緊得發麻了。爲了萬里長城，我們弟兄倆付出的眼淚，比孟姜女或許還要多些。

父親對待我們幾個男孩子已遠遠超出了嚴格，也遠遠超出了嚴厲。小小年紀的我們，從七八歲開始，就力不從心地按照他的要求去做：跟他一起鋸木頭，按他自己的設計做活動門兔窩；跟他一起擰管鉗子，在家裡安裝小暖氣（也是他設計的）；跟他一起用水管子做自行車；跟他一起翻地種菜；跟他一起栽葡萄、種花草、夾籬笆。稍有不對，手邊的工具就會打上身來。爸爸似乎是在很急躁地催我們長成一個如他一樣能幹的男人。現在我才懂了，他之所以這樣做，是同自己童年的經歷分不開的。

爸爸是四川自貢人，自貢素以盛產井鹽而聞名天下。他雖然也出身於鹽商的家庭，但不到一歲便失了父母，所以小時是很苦的。在自貢，有王、李兩大家族長期地明爭暗鬥。王家的買賣多一些，而李家除了錢財而外，還有做官人多、讀書人多的優勢。爲了保持這個優勢，李家的大戶們出資辦了族學，凡是李姓的，不論貧賤富貴均可免費就讀。父親最初的教育就是在族學中得到的。在族學裡，父親最愛做的事情不是讀書，而是逃到江邊去游泳。後來，當他和六姑連鹽水煮蠶豆的飯食也無保障的時候，便只好輟學。爸爸說爺爺當年是只靠了一口鍋、兩隻碗的全部家當創業的，隨著販鹽的馬幫，冒著生命危險深入彝人或藏人的區域，九死一生當中，竟讓爺爺取得了成功。但爺爺一死，家境馬上就衰落下來。父母雙亡，子女們如失巢的鳥，各自投林找一條生路。父親曾回憶說，當時他的一個姊姊出嫁了，按照習俗，姑娘離開娘家門時，要拿一把筷子從頭頂朝背後撒下去，由新娘的弟弟在背後撐起衣襟接住，這種舉動大約是取一個快快生子的吉利。可當爸爸撩起衣襟去接的時候，那十數根筷子竟從襤褸的衣衫中嘩地一聲紛紛墜落到塵埃中，做姊姊的不禁轉身抱住弟弟痛哭失聲……後來家中無米下鍋的時候，爸爸就常常跑去找這個姑姑，但數次之後姑夫的臉色便難看起來。姑姑只好叫爸爸躲在後樓的窗口下，把飯團用荷葉包了投到爸爸懷裡。爸爸輟學後，就是在這個姑夫開的裱褙店裡做學徒。把擔鉤捲起來，挑著齊人高的木桶到江裡去擔水；握住擀杖粗的墨在石臼裡研磨；站在木凳上拆卸比自己還要重的擋板；涮鍋、洗碗、倒尿盆……父親是極聰明的，在這樣的環境中，他的毛筆字竟有一天超過了姑夫，顧客們竟也要他把字寫到匾上，爾後堂堂皇皇地貼上金箔高高地掛起來。姑夫破天荒地提出來今後要付給他工資。可爸爸早已受不住這個牢籠了，他從別人手中轉借到一本劉半農的《揚鞭集》，裡面有一首詩叫作《學徒苦》，幾十年後，爸爸依然能背出這首詩的前幾句：

學徒苦！
學徒進店，爲學行賈；
主翁不授書算，但曰「孺子學習勤苦」！
朝命掃地開門，暮命臥地守户；

暇當執炊，兼鋤園圃！

爸爸覺得這字字句句竟是在說他自己，於是在一個霧濛濛的早晨，去江邊擔水的爸爸放下那副壓了他多年的擔子，毅然踏上一條貨船，沿著滏溪河流進沱江，然後匯入長江一直漂泊到重慶。因爲沒有錢，他一路上就替船老大做雜工，淘米、洗菜、劈柴，什麼都幹。朝天門碼頭冰涼而赤裸的石階，迎接了這個身無分文的年輕人；浩浩蕩蕩的長江，敞開了他探尋人生的視野。父親先考進一所不收學費的教會學校，後來因爲鬧學潮而被開除。接著他又考進另一所學校，半天讀書，半天做工，有時也靠給報紙投稿得一兩個稿費。他開始聽到這樣的詩句：

一隻兩隻三四隻，五窩六窩七八窩，

吃盡人民千萬擔，鳳凰何少爾何多？

他開始讀到這樣的話：

「人生最大快樂事，莫過於雪夜閉門讀禁書。」抗日風雲之初，在重慶鬧得轟轟烈烈的學生聯合會，有三位著名的領袖，都姓李，號稱「三李執政」，其中做主席的那個「李」，就是當年沿長江漂泊而來的父親。

有著這樣生活經歷的人，自然是很懂得人生與社會的冷酷和殘忍；有著這樣生活經歷的人，自然是最見不得隨著鼻涕一起掉下來的叫作眼淚的那種東西。

就像在族學裡不斷逃學跑到江邊去游泳的爸爸一樣，我和哥哥也總有辦法衝破種種管束，找到自己的王國。早晨，上班的鐘聲響過之後，我們常常趕在拖拉機手的前面跑到拖拉機站，等著看那一台台的鐵東西是怎麼突突響著走起來的。如果幸運的話，還可以被拖拉機手們抱到座位上轉兩圈。看了拖拉機之後再去看什麼，這要看當天的興趣：也可能跑到奶牛場去，看電動吸奶器怎樣把奶牛鼓脹的乳房吸扁；也可能跑到馬號去看大洋馬。餵馬用的花生餅和鹽水煮的黑豆，經常是我們偷襲的對象。趁人不備悄悄溜進去，不要命地塞滿所有的衣兜。當看馬人喝斥著追過來時，就沒命地跑，一邊跑，一邊撒，不過總能剩下一些。這類東西吃多了，肚子裡就嘰哩咕嚕地響，接著就放起屁來，不論誰發出一個響聲，大家就拚命地笑，一面笑一面唱，「一個豆兒，十個屁，十個豆兒，唱大戲！」有一天晚上，農場放映了一部蘇聯影片，演的是邊防軍的故事，其中有一匹神奇的白鼻梁兒的戰馬叫作「歐利卡」。第二天一早，我們就圍在馬號門口，對所有白鼻梁兒的馬都歡呼著「歐利卡」。馬隊裡有兩匹絕頂漂亮的種馬，一匹黑色的，一匹棗紅色的。每天都要由兩個騎手騎著牠們跑出來溜溜。有個叫周鬍子的騎手最威風，據說過去是個騎兵。他歪著身子抖起韁繩，像一陣黑色的旋風捲進田野，忽隱忽現。那時候我就下定決心，等長大了當個騎兵團長！後來還認認真真地把這理想寫進我的一篇作文中去。

有一段時間，我和哥哥最愛去場部外邊的那個養雞場。墨一樣的澳洲黑，雪一樣的來杭和斑斑點點的蘆花，就在雞舍四周一片開闊的苜蓿地裡自由自在地覓食、追逐。只要餵雞的劉大爺敲響一隻鐵桶，雞們便漫天遍野地瘋跑過來，在食槽前擠作一團。最吸引我們的還是劉大爺牆上的那枝雙筒獵槍。雞場上空時常有盤旋的老鷹俯衝而下，驚慌的雞群立刻在那道閃電般的影子下面瑟縮逃竄。這時，劉大爺的槍聲就會轟地響起來。有一次，我們親眼見著一隻被擊中的蒼鷹從空中頽然墜地，當我和哥哥歡呼著跑上去的時候，它又艱難地飛起來，飄零的羽毛在空盪盪的天上翻捲……我有點可憐牠：雞們餓了的時候，只要在食槽前擠一擠就行了，可牠卻要在槍口下俯衝。有些雞在地裡野慣了，就把蛋也下在外邊。每天劉大爺都要挎一隻大筐到草叢裡去尋找。幹這個活最能引起興趣，撥開草叢，立刻像變魔術一樣露出白花花的蛋來。有的時候，甚至有十來個雞蛋排列在一起。我和哥哥就在這不斷的發現中奔跑、喊叫，一直到遠處傳來召喚的鐘聲。

最恐怖但也最引人的事情，是跑到食堂背後去看殺豬。農場因爲有自己的養豬場，吃肉自然極方便。人怕出名豬怕壯，豬一肥末日也就到了。一根麻繩將四蹄綁縛起來時，那愚笨的牲靈竟也懂得死期將至，於是死命地嚎叫起來。每當聽到這嗷嗷的嚎叫，不管正在幹什麼，我們都驚呼一聲：「殺豬了！」撒腿就往食堂背後跑。雪亮的刀子，挽起袖口的屠夫，在案子上拚命掙扎、嚎叫的豬，泛著泡沫的鮮血，一切都那麼可怕，嚇得我們縮起身子擠在角落裡，都緊張得想尿尿。有一次，不知是怎麼搞的，刀子下去以後，豬非但沒有停止嚎叫，反而掙斷了繩子，吊著鮮血淋淋的脖子從案子上竄下向我們衝過來。孩子們哇地驚叫著豎起了頭髮，嚇得忘記了躲閃，那操刀的人猛追幾步，彎腰抄起豬的後腿，才把我們救下來。心跳得像要炸開，嗓子眼兒有點發乾，人堆裡有人哭起來。殺豬人抹去臉上的血污，對著我們笑了：

「哭啥，吃豬肉的時候就不哭了！」

那時的我們並不懂得，大人的心與孩子的心是不同的。

供銷合作社也是我們常常光顧的地方。用一個空牙膏袋在右邊的櫃台換到三分錢，用這三分錢又可以在左邊的櫃台買到三塊糖，這種人類最簡單的商業活動，給我們以最實惠的甜頭，最有力的誘惑。我和哥哥總是嫌家裡的牙膏用得太慢。每天不那麼關心牙齒的我們，倒是總也忘不了看看牙膏袋空了沒有。記不清是誰說的了，說吃牙膏可以治肚子痛，我和哥哥的肚子便不約而同地疼起來。拿起牙膏擠出長長的一條抹進嘴裡，呀，沒想到竟是那麼一股清涼的甜味兒，像是薄荷糖。於是弟兄倆你一條，我一條地擠開了，經過一個長長的「療程」，肚子不痛了，可是卻「涼」起來，涼颼颼的從嗓子眼兒一直通到肚臍眼兒，一打嗝，滿嘴的牙膏味兒。好在那一次爸爸媽媽並沒有發現爲什麼牙膏用得那麼快。

當然，農場的孩子們嘴裡是不乏美味的。且不提農場果園裡的四時鮮果，養殖場裡的雞鴨魚鵝，單是拖拉機收穫後落在地裡的胡蘿蔔、紅薯，葡萄園落葉後在枝藤上被風乾的小葡萄串，水渠邊上的向日葵，掛在老秧上的最後幾顆西紅柿，就夠我們享受的了。但最具風味的還是每年麥收季節，光著小腿，跟在康拜因後邊，一邊追著看康拜因巨大的牙齒是怎樣把麥稈兒咬斷的，一面把失落的麥穗拾起來，連腿被麥茬劃傷都不會覺得疼。這時候，可以在麥田裡隨便喝農場做的汽水和放了白糖的綠豆湯。等到一大片麥子收完了，農場的工人們就放火燒荒。輝煌的晚霞和熊熊的荒火連接在一起，分不清它們到底是誰點燃了誰。一股濃濃的燒麥子的香味兒，裹在煙霧中瀰散開來。我們拾起還是滾燙的麥穗，在手心裡搓搓，把麥魚兒一吹放進滿是口水的嘴裡——眞是再香不過的美味了！就這樣追著荒火，追著晚霞，不知不覺中墨藍色的天幕上已亮起了第一顆星星，時斷時續旺起來的火光，映出一張張稀髒的小臉兒，污黑的臉盤上閃著兩顆亮晶晶的眼睛，眞彷彿又回到了茹毛飲血的洪荒歲月……

二 草木世界

農場正門的對面是一個很大的葡萄園。一條鋪了爐渣的路把葡萄園從正中間分成左右兩半。路的兩側種的全是高大挺拔的鑽天楊，一棵緊挨著一棵，排成一條綠色的胡同。樹下是兩條不深的壕溝，長滿了蒼耳、馬齒莧、草葡萄、稗草、刺藤等。這條路很長，和遠處的鐵路交叉著，過了鐵路再往前就是運河。聽大人說，過運河的時候要過一道閘橋，當地農民把那地方叫瀑閘。放假時從城裡回家來的姊姊們就是走的這條路，農場的人進城去辦事也同樣走它。到葡萄開花的季節，這路就彷彿浸在了蜜裡，濃郁的香味裹著樹，裹著草，裹著路，也裹著每一個行人。有時一陣輕輕的風會把這香味兒一直送到農場的大院裡來，人們就要禁不住朝葡萄園那面望去，讚嘆道，「啧！」

孩子們關心的不是那些細碎得看也看不清的葡萄花，而是什麼時候才能吃到嘴裡的果實。終於有那麼一天，透過濃密的枝條，有人看到第一串紫紅色的葡萄了。從這天起，一直到葡萄收穫完畢，孩子們和護園人之間的鬥爭便愈演愈烈。時常會有啼哭著的孩子被從葡萄藤下提出來；但也時常會有掛著白霜的葡萄串落入孩子們的口中。不過護園人門前的那片草莓子卻從未有人得過手，因爲門口的鐵樁上拴了一條極凶猛的黑狗。大約是爲了緩和關係吧，葡萄園有時會主動到子弟學校邀請孩子們參加鋤草或收穫的勞動。這時，鬥爭的雙方都顯得很大度，各自心照不宣，勞動完了，園工們會很大方地放下兩筐葡萄，任孩子們挑選。這時候，容易滿足的女孩子們一邊笑，一邊嘰嘰喳喳像雞婆一樣擠在一起。可男孩子們並不把這輕易得來的東西放在眼裡，一個個暗自打定了主意，膽子大一點的早已把一串最紅、最大的葡萄故意留在枝藤的祕處，並且早已暗自留下記號——在同護園人鬥智鬥勇的角逐中奪來的東西，才更能滿足他們「男子漢」的口味。

現在回想起來，在那條花香醉人的路上，在那個草與樹的世界之中，在孩子們同護園人鬥智鬥勇的角逐之外，在我們的眼底下曾經發生過一個動人的故事，至今尚在眼前留著些依稀的蹤影。

葡萄園的護園人當中有一位年輕英俊的小夥子，總是穿戴得乾乾淨淨的，生就一副高高的身材和一張太陽永遠也曬不黑的臉，人們都叫他小王。每逢星期六，在燈火輝煌的舞會上，小王都是在樂隊裡拉一架漂亮的手風琴。長長的手指在琴鍵上像蝴蝶一樣閃閃飛舞著，悠揚的樂聲便從指縫間淌了出來：《波蘭圓舞曲》、《藍色多瑙河》、《卡秋莎》、《歡樂舞曲》。有人開玩笑說，別人參加舞會帶來的是腿，小王帶來的是手。這雙靈巧的手不知吸引了多少農場裡的姑娘，但沒有誰能讓這雙手屬於她自己。葡萄園輪到小王值班的時候，他就把手風琴帶到護園人的小屋裡去。於是，那一派草木蔥蘢的世界便生出了一點靈性，隨著颯颯的葉響和微風的嘆息一起漾出來的琴聲，就彷彿是綠的精靈……

可是孩子們並不那麼喜歡小王，因爲他們都知道，小王和那條凶猛的黑狗最親密，輪到小王護園的時候，不管葡萄有多紅多甜，不管嗓子眼有多癢癢，你最好不要去。

有一次，我趁著大人們午睡的時間爬過壕溝，忍著被刺藤（我們叫拉拉秧）劃破的疼痛鑽進了葡萄園的鐵絲網，藉著像風牆一樣一行行的葡萄架的遮擋，鑽到一叢濃密的葡萄藤下，仰面朝天地躺在熱乎乎的地面上。鼻子尖上吊著兩大串馬奶子葡萄，小心地伸手擰了一陣，葡萄串的梗子太粗，怎麼也擰不斷。葡萄葉子沙沙地響起來，我不敢擰了，索性就那麼躺著，一粒一粒地吃起來。好甜喲，兩手飛快地摘，拇指般大的葡萄珠把嘴填得滿滿的，拚命地往下嚥，就像那個繞口令裡說的吃葡萄不吐葡萄皮兒，連葡萄籽也顧不得吐。很快肚子吃得撐起來，把最後一粒葡萄放進嘴裡以後，又躺了一小會兒，聽聽沒有動靜，這才貓著腰悄悄朝來路退回去。沒想到走到葡萄架的盡頭時迎面撞上了小王——他還帶了吐著舌頭的黑狗蹲在陰涼裡堵我。我頓時生起一層雞皮疙瘩，想跑也跑不成了。

「吃飽了？」穩操勝券的小王故意挖苦著。

驚惶失措的我只好硬著頭皮撒謊，「我……我逮螞蚱來了，我沒偷葡萄……」

「沒偷？那好，我拿根繩拴住你，等你拉了屎咱們看看有沒有葡萄籽！」

見他說得這麼堅決，我嚇得轉身就跑。只聽小王在背後叫著那條黑狗的名字，「黑子！」黑狗汪汪地叫起來，直嚇得我魂飛魄散。狗沒追上來，小王也沒追上來，可我卻摔倒在地上……爲了那兩串馬奶子葡萄，爸爸整整餓了我兩頓飯，差一點兒把我的嘴撕爛！

後來，我們終於發現，小王和他的黑子所組成的並非是一道攻不破的防線。一切都是從小牛開始的。爲了這個重大的勝利，當時的我們是怎樣的欣喜若狂喲。……一切也都是從小牛結束的，這個可怕結局遠遠超出了孩子的想像力，也遠遠超出了成人的想像力。

農場裡的孩子們按照年齡的不等，各有自己的一個小團夥。這種憑了最幼稚的感情和最簡單的愛好所組成的聯盟，有時竟也達到牢不可破的程度。每一個孩子在這個小團體裡，按照自己的特長各有其地位。如果有誰也想加入進來，那必須要得到大家的一致贊同。在我們這一夥裡，有西排房的小虎子、小玉堂，東排房的大旺、小狗子，再加上我和哥哥。小虎子最笨可力氣最大，更主要的是他們家有一大捆紮著紅纓紅穗的花槍、大刀、寶劍，小虎子的爸爸曾經在大禮堂的台子上，給大家練過武術。小玉堂最勇敢，到了該動手的時候，只要喊一聲：「上！」總是他頭一個揮著「銅關手」撲上去（按照手紋的走向，我們把一種三條手紋互不相連的手叫作銅關手，並且一致確信，銅關手最硬、打人最痛）。小狗子的姥姥見過義和團，而且，你要想到豬場看烏克蘭大種豬去，就一定得讓小狗子領路，他爸爸是豬場裡的隊長。大旺是後來加入的，他老家是瀑闇的，他說他爸爸會鳧水，在水裡能憋一個鐘頭，還能在水裡睜開眼，從通惠河底下走到對岸去；並且說自己也會鳧水。可是他說了半天，我們都不信，哥哥一揮手：

「走，不帶他玩！」

我們就一起哼著鼻子揚長而去。大旺急眼了，馬上脫了光屁股，撲通跳進水渠裡狗刨起來，一邊游一邊喊：

「你們看！你們看！」

哥哥把他從水裡叫上來，看了看他的頭髮旋兒說：

「一個旋兒橫，倆旋兒擰，仨旋兒打架不要命。行，這小子是仨旋兒，要他！」

為了證實大旺的話，我曾經在洗臉盆裡做過實驗，睜開眼睛只有一片極模糊的白光，不但看不見，而且眼球又澀又疼；把頭埋進水裡，連三十下都數不到就得趕快逃出來。不過，我也有自己的長處：我有一身漂亮的海軍服（當然，哥哥也有的），而且我最會唱歌。農場的大喇叭裡只要有個新歌播出來，不用一兩天我就能學得差不多。〈二郎山〉、〈大轂轆車〉、〈太陽出山喜洋洋〉，還有〈天空出彩霞，地上開紅花〉都會唱。我們這一夥兒在哥哥的帶領下，捅馬蜂窩，找野葡萄，逮蜻蜓，到馬號偷料豆，到養殖場看海狸鼠，幹什麼都混在一塊兒。

可是有一天，西排房的小玉堂沒有來找我們，第二天來的時候報告了一條新消息：他們家的旁邊來了一戶剛從城裡搬來的鄰居，有個叫小牛的男孩兒，腦袋後邊梳著條小辮，六歲了還穿開襠褲！他有一個箱子，裡頭滿滿的全是他爸爸給他買的小人書！小牛家還有一隻長毛貓，一個大鳥籠子裡還關了兩隻鳥，叫起來可好聽啦！大人們說他們家是旗人……六歲還穿開襠褲？男孩子梳小辮？還是什麼旗人？這一切都叫我們新奇不已，走，看看去！

小玉堂的消息果眞不假，我們趕到西排房的時候，那個叫小牛的孩子還扠著腿坐在小板凳上，靠著磚牆看小人書呢，小雞雞從開襠褲裡露出來，腦袋後邊梳著個紮紅頭繩的小辮，身邊放了一隻木箱，捧著小人書一動也不動。我們衝他叫了一聲：

「嘿！」

沒有反應。又叫了一聲，還是一動不動。哥哥命令小玉堂：

「去，把他叫過來。」

小玉堂為難地嘟噥：「我也不認識他……人家不理咱們……」

「執行命令！」

哥哥學著電影上的樣子皺起眉頭來。誰也說不清電影這樣東西對孩子們的影響有多深。自從看了蘇聯電影《海軍上將烏沙科夫》之後，哥哥說起話來總是將軍風度。而一隻打通了底的裝羽毛球的硬紙筒，在我屁股後邊至少吊了一個月——那是海軍上將的單筒望遠鏡。

我舉起「望遠鏡」對著六尺開外的目標觀察了一番，鏗鏘有力地開口道：

「報告，他正在看小人書！」

正在我們嘰嘰喳喳的時候，小牛終於抬起頭來：眼睛眞大，眞黑，眞像個丫頭。他放下小人書大大方方走過來，拿起我的「望遠鏡」問道：

「這是幹麼的？」

「望遠鏡。」

小牛文文靜靜地轉過身去：「你們等一會兒。」

一眨眼，他從家裡拿出一個黑色的雙筒望遠鏡遞給我：

「你看我的多好！」

透過鏡片我看到遠處那座青貯塔，竟然變得好像一伸手就能摸見——這可是一個眞正的望遠鏡！我不禁驚叫起來。大家立刻亂作一團，你爭我奪地看過一遍之後，兒童望遠鏡又回到主人手裡。很顯然，他的寶貝征服了我們這些鄉下人。哥哥有點不服氣，於是學著他的口氣，指著那根小辮問道：

「這是幹麼的？」

我們「轟」地一下笑起來，小牛的臉頓時漲紅了：

「這是我媽給我梳的，她說她喜歡女孩兒……」

哥哥朝那開襠褲瞥了一眼：「哼，你又不是女的！」

又大又黑的眼睛裡溢出了淚光……眞嬌氣！哥哥朝我們一揮手：

「走，看海狸鼠去！」

我們跟著哥哥走開了。可沒走幾步，小牛在屁股後邊追上來央求，「帶我去吧，我還沒看過海狸鼠呢！」

我把「望遠鏡」正了正，「不帶！」

「我有小人書，借你們看小人書還不行？」

小牛這個優厚的條件頓時把我們吸引住了。那口小木箱就在牆根底下放著，滿滿一箱子小人書得有多少本呀，得有多少故事呀！——我們講和了。就這樣，小牛帶著他的望遠鏡，帶著他的小人書，也帶著他那紮了紅頭繩的小辮，加入了我們的小團夥。也許，他不加入到我們當中來，就不會有下面的故事了。然而命運卻只要你接受，不存在一絲一毫的也許，即便對待孩子它也是一樣。

有一天，小牛告訴我們，他在城裡上學的姊姊今天要回來了。他這個姊姊功課特別好，今年就該考大學了，可是因爲得了肺結核，只好休學回家，天天得打盤尼西林，醫生說農場的空氣能治好她的病。小牛還宣布，他要和媽媽一起到火車站去接她。去火車站？我們都有點嫉妒地望著他。去火車站得從葡萄園那條路走很遠很遠，至今，我們當中還沒有人跑到那麼遠的地方去過，還沒有人見過火車站是什麼樣子。不知誰提了個倡議：

「小牛，咱們一塊去吧？」

「行。」

一夥歡蹦亂跳的孩子，跟著小牛的媽媽出發了。小牛的媽媽長得挺好看的，穿一件月白色的大襟褂子，用一支銀卡子在腦後綰了一個大大的髮髻，下面是一條瀟脫寬大的黑寧綢褲子，手中持一把黑白兩色的羽毛扇，可並不見她搧，只放在額頭上遮著太陽。我們一想到要看見鐵路，要看見火車和車站，都死命地往前跑。小牛的媽媽在後邊焦急而無用地勸阻著：

「哎呀，別跑，別跑，留神摔著。」

與鐵路平行的是農場的一條防風林帶，這條帶子的上邊是一個一個重疊在一起的圓形樹冠，下邊還是那種密不透風的紫穗槐組成的灌叢。去火車站的路，有很長一段就是掩沒在這濃綠的叢林中。成群的鳥兒在樹枝間吵成一片，蟈蟈在草叢裡懶洋洋地和樹上的蟬兒對唱。手舞足蹈的我們就在這綠波中沉浮隱現，快樂的喧囂在陣陣林濤中忽暗忽明，幼小的胸膛裡鼓滿了夏天的風……

至今我還記得那個小得不能再小的火車站：一間小小的黃屋子，一個舉著信號旗的頭髮花白的老人。沒有站台，路基邊只立了一排白色的木柵欄，和那長長的鐵軌、巨大的機車比起來，它就像藏在路基邊上的一個「逗號」。據說這個「逗號」是鐵路局專門爲了農場的職工才標出來的。

大得令人害怕的火車開過來了，這個驚天動地、噴雲吐霧的怪物，立刻吞沒了小小的車站；旋即又驚天動地、噴雲吐霧地開走了。當小車站又恢復了平靜，當那白色的煙霧散開來的時候，我敢說，我們所有的孩子都覺得眼前發生了一個眞實的神話：從那白色的雲霧中露出一個白衣仙子來，她的光彩照亮了整個車站，白色的連衣裙，白色的帆布涼鞋，長長的秀髮在肩後披散著，手中提了一隻精巧的小皮箱，她向著我們這邊搖起手來：

「媽——媽！小牛——！」

我說不清心裡是什麼感受，說不清爲什麼所有的孩子立刻都偎在她的身邊，她微微笑著拍著每一個孩子的頭，像一陣溫馨的風在我們的頭頂掠過……

當我們走進葡萄園那條綠色的胡同時，她輕輕地唱起一支憂傷的歌：

一條小路曲曲彎彎細又長，
一直通向迷霧的遠方，
我要沿著這條細長的小路，
跟著我的愛人上戰場。
……

像小牛一樣又黑又大的眼睛裡，流露出那樣一種甜甜的悵惘……這時候，小王從護園人的小屋裡走了出來，靠著絲瓜棚，站在黑狗的身旁，朝我們這邊驚奇地張望著。或許是那小屋、黑狗、綠藤和英俊的護園人組成了一幅色彩鮮明的圖畫吧，小牛的姊姊也扭過頭專注地看了一會兒，問道：

「這是誰？」

「小王！看葡萄的，他會拉手風琴，大黑狗可厲害啦！」

我們七嘴八舌地把所知的一切，一古腦兒地傾瀉出來。她邊走邊點頭，很快，眼前又換上了新的畫面……不會的，我永生也不會忘記這個濃綠欲滴的夏天。

對於性別的不同，孩子們都有種天然的敏感。至今我也弄不明白，在從童稚的混沌中掙脫出來的最初時刻，男孩子們爲什麼要對女孩子充滿著一種不可思議的敵意。那時候的我們不管手中在幹什麼，也不管是在什麼場合，只要看見一個年齡相仿的女孩子在眼前出現，便要挑釁、罵人，並且對著那逃跑的背影大聲地唸一個順口溜：

丫頭片子，上後院子，摔了罈子，打屁股蛋子！

至於人家爲什麼就非得上後院子，爲什麼就非得摔了罈子，我們全然不管，反正唸得很起勁，也很解氣。若是那小姑娘哭了起來，我們就更興奮，跑上去團團圍住拍著手叫喊，彷彿是一群花貓圍住了一隻小老鼠，直鬧到大人出面干涉才算了事。對於年齡大些的姑娘，我們不敢當面去唱「打屁股蛋子」，但背地裡也全都被我們蔑稱爲「大美妞兒」或者「美國妞兒」。這中間略有些「典故」，因爲所謂「大美妞兒」或「美國妞兒」，都是我們對電影上或小人書中的女性反面人物的專用「術語」。小牛的姊姊自然也不能倖免，在最初的新奇過去之後，我們當中有人對小牛宣布道：

「小牛，你姊姊是個大美妞兒！」

小牛把頭一擰，小辮甩了起來：「你姊姊才是呢！」

「我沒姊姊。」

「那你媽是大美妞兒！」

「你媽是！」

「你媽是！」

眼看一場流血衝突要發生了。孩子們自有孩子的法律，猜拳頭！贏了的說叫什麼就叫什麼。拳頭伸出來，小牛輸了，眼淚立刻湧了出來：

「我叫沈強，我姊姊叫沈月，誰叫大美妞兒呀……」

再堅持下去，小團夥就可能發生分裂，於是又有人出來折衷：「要不就叫大美人兒吧！」

小牛想了想，也只好嘟著嘴認可了：「行——，叫就叫。」

一旦形成的東西是不可更改的，個人的利益必須服從於團體，否則你就會被夥伴們所拋棄，這個最殘忍的懲罰叫所有的孩子不寒而慄。從此，在我們這個小團夥裡，小牛必須把自己的姊姊叫作大美人兒，並且要把他所知道的，大家所感興趣的關於大美人兒的全部情況都講給夥伴們聽。在這個小團夥裡，他已經沒有了姊姊，只有一個和大家一樣感到新奇的、關係平等的大美人兒。

事實上對這個年輕漂亮的姑娘感到驚奇的不僅僅是我們這些孩子。她驚人的美貌得到了整個農場公開或暗自的讚嘆。不論她走到哪兒，總有些火熱的目光一直追著她很遠，很遠。我敢說這一切她都感到了，我敢說這一切她都習慣了，因爲她總是顯得那麼從容不迫，安然自得。每天早晨抱了一本書坐在水渠邊上默默地閱讀，每天傍晚捏了幾朵野花，在葡萄園香氣撲鼻的路上悠閒地散步。她散步的時候，總會有一兩個笑容可掬的小夥子不離左右。漸漸地，我們發現大美人兒和葡萄園小王散步的次數多起來。當手風琴的樂曲聲從葡萄園的深處盪進夜空的時候，大美人兒往往會在小屋門口的絲瓜棚下邊坐很長很長的時間，身邊蹲著小王的黑狗，腳下點燃著一根薰蚊子用的長長的艾繩，帶著一點苦味兒的艾煙，在她周圍瀰散成一抹淡淡的雲霧……

這美貌驚人的姑娘本身就像一個故事，她似乎根本就不是一個存在著的眞實。如果我們的故事就在上面所看到的一切之中朦朧地結束，也不失爲一篇美好的童話……或許，正是因爲它太美了，所以才轉瞬即逝……就在那美逝去的瞬間，就在那遙遠的彼時彼刻，命運賜了我一雙孩子的眼，使我能看到最隱祕、也最無法理解的一切。

解開祕密是從草莓子開始的。有一天，我們突然發現，小牛從衣兜裡掏出一顆又紅又大的草莓子，大模大樣地塡進嘴裡。立刻，小團夥所有人的嘴裡充滿了酸酸的口水……大夥忍不住問道：

「小牛，誰給你買的？甜不？」

小牛得意洋洋地宣布道：「小王給我姊姊的，我姊姊給我了！」

好哇！原來是這樣！我們叫喊起來：

「我們早就知道了，人家都說大美人兒跟小王搞對象！哼，流氓！」（至今我也弄不懂爲什麼一提男女間的接觸，就要和「流氓」這個字眼連在一起。）

「你們胡說！誰搞對象了？小王跟我姊姊好，他給我姊姊草莓，我姊姊還給了他一本厚書呢，他們是換的。」

換的？……我們愣住了。以我們的智力當時還無法理解這種交換的意義。倒是孩子們中間常有這種交易：你有一把小手槍，我有一把木刀，只要雙方願意就可以交換，這在我們看來是極其合理的。小牛言之鑿鑿，不由人不信。可那肥大的草莓子委實令人垂涎。於是，我向小牛建議：

「小牛，你有那麼多小人書，咱們也拿幾本跟小王再換點草莓子，行不？」

小牛想也不想脫口答道：「行！」

於是，在供銷社的櫃台上學來的商業經驗，指導了我們這次的貿易活動。數了數人頭，一共六個，也就是說總共需要六本小人書。小牛慷慨解囊，打開木箱，挑了六本最爛的小人書——人手一冊，我們的商隊出發了。

當絲瓜棚下邊蹲著的黑狗出現的時候，我們遠遠地停下來。想起上次的經驗，我的腿肚子禁不住地發顫，黑狗汪汪地對著我們叫起來。這下倒幫了大忙，草莓子的主人從小屋裡走了出來，驚奇地打量著我們，當他看到小牛的時候揮手笑起來：

「來吧，不用怕。」一邊把狗牽在手裡說，「黑子，別嚷，這是自己人！」

然後他又牽著狗叫它聞了聞每一個人，這個令人膽戰心驚的儀式之後，我們向貿易的乙方提出了交換條件。小王哈哈地笑起來，濃黑的頭髮抖下來遮住漂亮的眼睛，白亮亮的牙齒閃閃耀眼。隨後他叫我們坐下，拿起一頂草帽說：

「好，你們等著！」

過了一會兒，他把滿滿一帽殼的草莓子捧到我們面前，紅豔豔的果子，雜帶著翠綠的葉，葉子上尚未褪盡的露水瑩瑩反光。我們貪婪的小眼睛頓時一動不動地定在了眼眶裡。草莓子！眼前正是那夢寐以求的草莓子！當尖細的牙齒咬進肥厚的果肉的一瞬間，人世上產生了六個最幸福的靈魂，他們快樂的翅膀拍打著葡萄園的青藤，在紅房子的上空翱翔……

看著我們風捲殘雲般地吞下了草莓子，小王把那六本小人書摞起來，放到小牛懷裡笑著說：

「以後想吃了就來，用不著拿小人書跟我換。不過可不能天天都來，來的時候得悄悄的，不能告訴別人！」然後他又對小牛說，「小牛，黑子快下崽兒了，等下了小狗兒給你一個！」

我們頓時歡呼起來。從此，凶神惡煞的小王，在我們眼裡變成了天仙。小王撒開黑狗的韁繩：

「你們跟牠玩玩，玩熟了，牠就不咬你們了。」

又是一個叫人歡呼的建議。

這一天，當我們的商隊返回紅房子的時候，我給大家咿咿呀呀唱了一支歌，是我們四川老家的歌：

太陽出山囉——哎，
喜洋洋嘫——郎囉，
挑起扁擔溜溜采，哐采，
上山崗嘫——囉……

以後，每過四五天我們就到葡萄園去一趟。不過並非只是爲了草莓子，有的時候我們去了什麼也不吃，還要幫小王幹點活。有時幫他把水渠上的馬蓮割下來，攤在窗根下曬乾——春天往架上綁葡萄藤的時候就是用的它們；有時和他一起帶黑子到水渠裡去洗澡；有時什麼也不幹，就坐在絲瓜棚的陰涼裡聽他拉手風琴。我們還發現小屋的牆上掛著一支長長的火槍，小王說這槍不是他的，他不會用。總之，在紅房子那塊自由的天地裡，我們又開闢出一塊新的樂土，又多了一個快樂的去處……只是到長大了我才知道，人世間不僅僅有快樂，似乎更多的倒是樂極生悲的事情。到我讀書認字以後，才又看到過這樣的詩句：

逝將去汝，適彼樂土。

樂土樂土，爰得我所。

我才懂了二千五百年以前的人們，也曾像我們這些天眞的孩子一樣，在心底深處掩藏著自己的樂土……在這樂土上，永遠有太陽的徹照，永遠有月亮的愛撫，永遠有君臨其上的星空，永遠有繁衍其下的萬物……啊，眼淚滾下來了，它是爲你而落。

至今我還在想，冥冥之中或許眞的有個主宰萬物的神，是他叫我看到了那一切，或許那個時候他就已經知道會有這麼一天？當初那個穿著小海軍服，掛著「望遠鏡」的孩子，會把他看到的一切寫出來的。

有一天的晚上，農場裡又放電影，電影的名字記不清了，只記得前邊放了一個很長的、孩子們最不愛看的新聞片。突然，哥哥神祕地跑來找我：

「小王沒來看電影。」

「胡說。」

「眞的，我挨個找了一遍，他準是一個人在葡萄園呢，走，咱們不看這個破電影了，找他玩去。」

我踢倒屁股底下的磚摞，「走！」

月色眞好。

這種月色除了在紅房子住的時候看到過之外，就只有在呂梁山的那座小山莊裡還見過。在城裡沒有月亮，也沒有星星，唯有人群的湧動。融融的月光不是照下來的，而是像薄霧一樣瀰散在夜空中，豐饒的原野被它弄得斑駁而又神祕，青蛙的叫聲忽遠忽近地交織著，暗影幢幢的葡萄園變得深不可測，只有蟋蟀微弱而遙遠的呻吟，從深淵之底斷斷續續地傳上來……我和哥哥不由得拉起手來。

「你怕嗎？」

「不怕。」

「我也不怕。」

我們沿著那條綠色的胡同，勇敢地向深淵走去。因爲心裡堅信，在那兒，會有一間充滿著光明和快樂的小屋在等著我們。終於，昏黃的燈光映出了絲瓜棚的蹤影，遠遠地，我們看到了一幅只有在電影裡才能看到的鏡頭：

在瓜棚下的長凳上，坐著小王和大美人兒，他們緊緊地依偎在一起。小王漂亮的手輕輕勾著姑娘的腰肢，他們似乎是在悄悄地傾訴著什麼深情的話，儘管是背對著我們，彷彿也讓人感到了他們年輕的臉上放射出來的幸福光輝……大黑狗老老實實地趴在地上，伸出舌頭悠閒地，一下一下舔著自己的爪子。

這可是我和哥哥始料所不及的，兩個小人頓時像被施了定身法，呆呆地站在黑暗之中，不知是該往前，還是該回去。一種莫名的激動叫我們渾身發抖，這種興奮是任何一部電影都不曾給過我們的。正在這時候，那姑娘咯咯地放聲笑起來，一邊笑一邊掙脫了那隻挽著她的手臂，彎腰牽起了黑子的韁繩，頑皮地朝我們這邊跑過來。小王在後邊也追上來，我和哥哥慌忙躲進了葡萄叢。大概是有什麼東西絆了她一下，姑娘猛地摔倒在路邊的草叢上，白色的連衣裙從身子下邊高高地捲起來，遮在她豐滿的胸前，兩條晶瑩如雪的修長的腿，在月光下顯得那麼神奇，那麼朦朧……追上來的小王像被電擊了一樣，猛地站在那雙腿的面前，接著又驀地轉過頭去，用手捂住了眼睛。姑娘在草叢上整著裙子求道：

「來呀，幫我一把。快點……」

小王遲疑著轉回頭來，接著猛然俯下身去，把姑娘像抱孩子一樣抱起來。那一刻，也許有一陣叫人心蕩神迷的顫抖襲擊了兩個戀人。我和哥哥好像是聽到了一個近乎呻吟的嘆息，他們的嘴唇緊緊地貼在了一起……接著，小王抱著那幾乎癱軟了的姑娘朝身邊葡萄架走去，濃密的葡萄叢擋住了他們的身影。透過枝條的縫隙，依稀可見那白色的影子倒了下去……

我和哥哥嚇呆了……

頭頂是繁星浩渺、月光朗朗的夜空；腳下是萬木蔥蘢、蟲唱蛙鳴的大地；肥大的葡萄葉在沙沙作響；夜風在濃密的草叢裡微微嘆息；蟋蟀和水渠裡青蛙的叫聲在原野中混作一片……在那兒，在那一叢晃動的青藤下邊，一個亙古長存的祕密，隨著柔和的月光也融進這一派天籟之中……我像一片樹葉一樣瑟瑟地顫抖起來。眼前這不可思議的一切叫我害怕，叫我激動，也叫我深深地迷惑……蒼天有知，那是一顆六歲的孩子的心！

過了很長時間，那一對戀人從葡萄架背後站起來，姑娘撲進護園人的懷裡輕輕地哭了：

「我有點怕……」

「不怕，咱們結婚！」

「結婚我就不能考大學了。」

「那我等妳，等到妳大學畢業！」

「不，我永遠也不跟你分開！……」

「月！……」

兩個人影又緊緊地合在了一起，良久，良久。

「……讓我走吧。」

「我送妳。」

「不用，今天不用。」

「那我叫黑子跟妳回去。」

猛地，從夜的深處毛骨悚然地傳出一陣貓頭鷹悽厲的笑聲。頓時，讓人覺得像有無數個魔鬼妖怪，突然從黑暗中伸出頭來，姑娘嚇得尖叫起來。護園人把她抱在懷裡，向著黑暗憤憤地喝斥：

「等著吧，我非把你揍下來！」

難捨難分的他們終於分手了。一個白色的身影在葡萄的枝藤間匆匆地閃過，月光下的她就像一個違犯天條私奔下凡的仙女，就像一個輕盈而又多情的草與木的精靈。在她的身後，閃電般跟上一條黑影——那是忠實的黑子，那是愛的守護神。

萬萬沒有料到的是，故事的結局竟然來得那樣猝不及防。

第二天，葡萄園的深處傳出一聲巨大的轟響，緊著一輛白色的救護車拉走了鮮血淋淋的小王。他跟我們講過，小屋牆壁上的那支長筒火槍不是他的，他不大會用槍。但爲了那隻該死的貓頭鷹，他端起了火槍，塡滿了火藥。他並不知道，槍管中原來已經有人放過一次火藥了。就在他扣動扳機的刹那間，槍管爆炸了，緊握槍管的左手被炸得血肉横飛。聞訊之後，我和哥哥飛一樣跑到出事地點，壕溝邊上，鑽天楊的樹根旁邊，横七豎八地散著幾個連皮帶骨的手指，都被火藥噴成了青黑的顏色。離手指的殘肢不遠處，有一攤已經發黑了的血跡……一群吃飽了的蒼蠅在上面嗡嗡地哼著。這是我有生第一次看見的最殘酷的場面。看著那一個個失去了生命力的手指，我緊張得透不出氣來……這就是那曾經在鍵盤上像蝴蝶一樣閃閃飛舞著的手，這就是那曾經博得全體農場女工們愛慕的手，這就是奏出過那麼多美妙樂曲的手，這就是在昨天晚上還挽著戀人腰肢的手，它爲什麼要從那生命之樹上跌落下來呢？從生命之樹上跌落下來的爲什麼又偏偏是它呢？

夏天將要結束的時候，小王從醫院回來了。人瘦了許多，左臂上裝了一隻永遠戴著手套的假手。從此，農場的舞會上再也見不到他的面，葡萄園的綠叢中再也聽不到那悠揚的手風琴聲。見了他，我們都不敢打招呼，可他倒不大在乎，總是遠遠地就叫起來。但是，當這護園人的臉上露出笑容的時候，會讓你覺得很慘……只有忠實的黑子，還像往常那樣神氣地跟在主人後邊。它已經下崽了，一窩下了五個。其中一個白鼻梁的小傢伙已經屬於小牛了。

忽然有一天，大美人兒跑來求我們：

「你們幫我把小王叫到這兒來行嗎？我想跟他說句話。別告訴他我在這兒。」

「妳自己不會去？」

「我去了，小牛也去了，我們叫不動他。」

看著她那眼淚汪汪的樣子，我們心軟了。可是當護園人看見戀人從大樹背後轉出來的時候，憤然扭過了身子。姑娘跑上去拉住他：

「你爲什麼不理我了？」

「已經說了，別廢話！」

「我願意！我不怕！我什麼也不怕！」

大美人兒猛地失聲痛哭起來，護園人的臉越發地白了：

「我不。我不願意了！這件事不美了，不好了！」

看著姑娘哭得那樣傷心，他又補充了一句：「妳的病已經快好了，妳去考大學吧！」護園人說罷轉身而去，那隻僵硬的假手很不自然地擺動著。黑子汪汪地叫了兩聲，似乎有些猶豫地在這兩人中間轉起圈來，最後，還是朝那個越來越遠的堅毅的背影追了上去。

也許，我們的故事到這兒就該結束了。可是偏偏不，命運的手似乎是要堅決地斬斷一切，它似乎是容不得藕斷絲連。

沒有過多久，在一場大風過後的早晨，我們的小夥伴小牛被電死了。大風颳斷的電線搭在了水渠邊的那道鐵絲網上，那隻白鼻粱的小狗調皮地鑽過鐵絲網，跑到水渠邊上。當小牛也跟著鑽過去的時候，連喊也沒有喊一聲，就那樣猝然滾在了地上。呼嘯的救護車並沒有能挽救這小小的生命，醫生摘下聽診器的時候只說了兩個字：

「晚了。」

人們沒有讓小牛的媽媽和姊姊到現場來，只有小牛的爸爸在他身邊。被電流擊傷的手緊緊地握成一個拳頭，截斷電流以後，人們怎麼也不能把那隻手從鐵絲網上掰下來，只好用鉗子從兩邊剪斷鐵絲。也許在墮入永久的黑暗的一剎那間，他幼小的心靈深深地感到了恐懼，纖細的小手才這樣死死地抓住屬於光明的這最後一根細細的線……小牛爸爸的頭髮已經有些花白了，聽了醫生那句話之後，他沉沉地嘆出一口氣來，輕輕握住兒子那隻抓著一截鐵絲的手。一陣無法壓抑的悲痛，叫老人渾身抽搐起來，痛苦的嗚咽被壓在他男人的胸膛裡，嘴中斷斷續續地吐出幾個字來：

「這孩子呀……」

人群中有人放聲哭了起來。

水渠裡漂浮著那隻小狗的屍體，不知是誰做了這不公正的判決。我衣兜裡還裝著一本從小牛那兒借來的小人書，我把它拿出來遞到老人面前，哭著說：

「這是小牛的小人書……」

老人猛地把我和書一起抱在了懷裡，嗚咽著叫起兒子的名字來：

「小牛，小牛……你、你……」

老人哭，我也哭，身後的人群中有幾個哭得分外悲痛的尖細嗓子——那是我們的小團夥在爲小牛送行……

這一天夜裡，我做了一個夢。夢見所有的葉子一瞬間都落得光禿禿的，衰草連天的大地上沒有半點綠色，突兀的樹枝在狂風中打著呼哨，寬大枯黃的落葉在旋風中像烏鴉一樣飛舞著。猛地，大地上又落下了淒涼的雨，小牛在雨中瑟縮著走過來，我叫他喊他，他都不理我，一個人孤獨地被淒風苦雨所吞沒……我不由得哭起來……突然，耳畔傳來媽媽溫柔的呼喚：

「醒醒，快醒醒！」

我醒了，刺眼的燈光中又趕緊閉上眼，窗外傳來第一場秋雨落地的唰唰聲和渺遠而無力的蛙鳴……美麗的夏天，綠色的夏天，屬於生的夏天，你爲什麼這樣短暫？……

我哭著問媽媽：「媽媽，夏天完了嗎？夏天爲什麼這麼短呀？」

媽媽摸摸我的頭：「好孩子，睡吧。到明年，夏天還會回來的。」

會嗎？……那回來的夏天會和今年一樣嗎？

而今的我，已經又整整經歷過了二十七個夏天，而那逝去的夏天卻從來也沒有回來過。

三　天府之子

川蜀自古就有天府之稱，一條大江把天府的物產，也把天府的偉人源源送出。除了自然環境的優越而外，這天府之國的好處種種，依我看大半還是靠了天府之子們世世代代艱辛的勞動所致。

媽媽也是四川人。

從小我便在一個四川口音的語言環境中長大。但四川究竟是個什麼樣子，只在爸爸、媽媽的口中說來說去。到上學以後學了地理，也只是在書本上翻來翻去。記得有一次爸爸拿回一張報紙來，上面有一幅大照片，照片下有一行題字：山城重慶夜景。一派高低錯落、交相輝映的燈火，一條反射著燈光的莽莽大江，但燈火的後邊是什麼，還是無從知曉。可是爸爸卻把那張照片剪下來，壓在他桌子的玻璃板下邊。除此而外，我所能感知的四川，就是飯桌上的麻婆豆腐，罈子裡的泡菜，罐子裡的豆瓣辣醬，碗裡的煮豆花，盤子裡的回鍋肉，還有爸爸每餐必飲的瀘州大麴……四川，我只是以後在「大串連」的年月去過一次，停留了十來天。雖然只見了一面，只住了十來天，但從此對爸爸媽媽念念不忘的故鄉，也刻骨銘心地留在了心上。

四川人的勤勞與聰明，在爸爸身上有著特別集中的體現。作為新中國農墾事業最早的創業人，他踏遍了祖國南北，東北國營農場群，黃泛區農場，海南橡膠林……無不留下他創業者的辛勤足跡。在農場裡他的能幹是出名的，拖拉機、康拜因、汽車、摩托車，他都會開，也都會修。作物栽培，牲畜養殖，他都內行。上學時他學的是英語，辦農場因爲要和蘇聯專家打交道，他又自學了俄語。家裡有一隻櫃子，專門放滿了他買的或做的各式各樣的工具：鎯頭、手鉗、改錐、管鉗、什錦銼、鋼鋸、木鋸、鉛油、雲母片、電線、膠水、汽油、清漆、電烙鐵、火烙鐵、鏴水、白鐵片……應有盡有。我和哥哥的課外教育就是這隻百寶箱。

凡是來過我們家的人，都會立刻發現，這個家裡有一位精明幹練的掌舵人。門前是七株葡萄搭成的綠色涼棚；門口兩側是兩個磚插的花池，左面種月季，右面種玫瑰；葡萄棚的前邊是一排草茉莉和美人蕉相間而成的花牆；再向前，一排紫穗槐把院子與菜地隔開，在紫穗槐和菜地之間又種了一排蘋果樹。菜園裡有黃瓜、豆角、豌豆、蠶豆、玉米、胡蘿蔔、白蘿蔔、花生，還有四川人不可缺少的辣椒，品種繁多。菜園的一角又被爸爸開作了花圃，因他自己特愛菊花，所以那花圃一到了秋日，便熱鬧得如落下一片錦霞。挨著花圃另又專門圍了一圈竹籬笆，圈中養雞、養兔、養鵝、養鴨，三年困難時期吃肉極難，還養過一頭豬。有一段時間，我和哥哥放學以後有一件樂事，便是搖著細長的竹竿，趕了五六隻「哦哦」叫著的威風凜凜的獅頭鵝，到水渠裡去覓食、玩耍。記得有一段時間我每天早晨起來，都提了一隻小柳筐，沿著農場的大道拾馬糞，每次都要拾滿了才肯回來去上學；每當我匆匆跑到飯桌前的時候，總有一碗牛奶放在飯桌上等我，而且那牛奶的下邊保險還沉著一個荷包蛋——那是爸爸專門留給我的。他很早就患了慢性肝病，媽媽特意為他每天早晨煮一磅牛奶、兩個荷包蛋。

那時，我和哥哥非常非常喜歡自己的老家，並非是出於對故鄉的理解和熱愛，而僅僅是出於對那兩個讀出來的音節感到新奇——四川！多響亮，多脆！大人和孩子們拉起閒話來的時候，總不免要問些無關緊要的老問題：姓什麼？叫什麼？多大了？屬什麼的？爸爸媽媽在哪兒工作？等等、等等。有時我便要等得不耐煩起來：

「你怎麼不問我的老家？」

人家笑笑：「你老家是哪兒呀？」

「四川！」

往往是問話未落，我的答話就已經搶在了前邊。如今，父親母親已去世多年了，自己生活在北方的黃土高原上，長年以來幾乎可說是鄉音絕耳了。可不論何時何地，只要有四川話在耳畔響起來的時候，總要禁不住轉過眼睛。

四歲那年，媽媽宣布說姥姥和舅媽要從四川老家搬來了。那時的我知道還有個舅舅在四川，但不知為什麼姥姥舅媽都來而他不來，當時不覺得這其中有什麼蹊蹺。等了很長很長時間，到底把姥姥給等來了。

姥姥聲音很洪亮，鼻子很大，這種鼻子在川蜀地面可算得是一種典型，個子在女人中要算是高的，一雙被纏過爾後又「解放」了的腳。為了這雙腳，姥姥吃盡了苦頭，儘管後來放了腳，但所有的腳趾都被扭得彎彎曲曲，趾甲也扭曲得不像樣子。姥姥有一副修腳刀，常常在用熱水洗了腳之後，便要用那些極鋒利的鋼刀修腳，不然就要疼得難以挪步。但修腳卻又不是一件容易的事，儘管戴上老花鏡，儘管小心翼翼，還是常常把腳劃破了，弄得鮮血直流。聽媽媽說，姥姥年輕時進過新學堂，學成之後曾在城裡做過一任小學校長。姥爺是靠長江的便利做生意的商人，不幸他的木船在江上被洋人的鐵船撞翻，便隨那大江一去不返了。姥爺死後，姥姥一家孤兒寡母，全仗姥姥教書養家。媽媽並不是姥姥親生的，是姥爺在世時，覺得家中缺少個女孩子，便缺少了一件人生本應有的樂趣，於是從別人家抱養來的。而抱養來的媽媽，也就眞的讓姥爺盡享了那一分樂趣。姥姥家在涪陵。當年涪陵城裡演出過一齣新歌劇——《小小畫家》，劇中出了一位叫滿城轟動的小主角，那可愛伶俐的小演員便是媽媽。媽媽的這個愛好保持了幾乎一生，有很多我第一次聽到的歌子，就是出自媽媽的口中：〈康定情歌〉、〈夜半歌聲〉插曲、〈漁光曲〉、〈滿江紅〉、〈鐵蹄下的歌女〉……直到最後的幾年，爸爸橫遭迫害，被押解到江西五七幹校的牛棚去，在那些最野蠻、最殘忍的歲月裡，媽媽時時低沉地哼起那支古樸悲愴的〈蘇武牧羊〉來：

蘇武留胡節不辱，
雪地又冰天，忍苦十九年。
渴飲雪，飢吞氈，
牧羊北海邊。
心存漢社稷，
旌落猶未還。

歷盡難中難，
心如鐵石堅，
夜在塞上時聽笳聲入耳痛心酸。
……

後來，媽媽又從涪陵考入成都女子師範。至今家裡尚留有一張她在師範時的照片：矮矮的個子，短頭髮，神采飛揚的臉，運動短褲和半袖衫，左手臂下夾了一隻大大的籃球。以後，這本可以安安穩穩過一輩子教書生涯的女子，卻偶然結識了父親，並把自己的未來託付給了父親。從此，他們便在國民黨警察的追緝中浪跡天涯，直到新中國成立，直到在那場該遭萬世詛咒的浩劫中雙雙而去……如今在父母所在的那個世界裡，他們再用不著擔心警察的追緝，再也用不著擔心從背後或當面襲來的同類們的卑鄙和殘忍……如今他們可以在那永恆的靜謐中安息了……「生所不能得到的，死卻給予了補償」這句名言中包含了一種深深的愁哀，一種對於死的無可奈何的服從。

姥姥除了帶來一口濃重的鄉音，還帶來些家鄉的特產：被漂亮的竹編罩著的一罐郫縣豆瓣辣醬，又圓又大的柚子，形狀奇特的怪桃，又香又甜的桃片。姥姥一來，家中的飯菜便加倍地可口起來，客人們坐到飯桌上也總是讚不絕口。姥姥的嗜好唯有兩樣，一個是抽菸，最愛抽那種菸盒上畫了武松打虎的勇士牌，常常差了我到合作社去買；另一個嗜好就是讀書，只要家務清閒下來，她就捧起一本書來讀。有一次，看到她一邊讀，一邊就鼻涕眼淚地淌下來。我嚇壞了，趕忙跑上去問：

「姥姥，姥姥，妳怎麼啦？」

「沒得事情，沒得事情，我在看書……」

「什麼書呀？」

「《紅樓夢》……講給你也不曉得。」

姥姥說得對，那本書當時的我是無論如何也不可能曉得的，就是現在，我也仍不敢說自己就已經眞的讀懂了那書中的眞諦。

姥姥還寫得一手漂亮的毛筆字，我們弟兄幾人上學後的課本包了書皮，從來都是要她寫封面和名字的。那工整流暢的字跡，常常會引起老師的驚嘆：

「嗬，是你爸爸媽媽寫的吧？」

我搖搖頭：「是我姥姥寫的！我姥姥叫楊舜清，還當過小學校長呢！」

字倒是姥姥寫的，千眞萬確不會有錯。可姥姥從沒叫我這樣一次次地替她「自報家門」。人們按照鄉音的異同分出親疏遠近，按照鄉音的異同去訪親覓友，甚至有些人頗費斟酌的終身大事決定下來的第一因素，也僅僅因爲對方是個同鄉。有些人把這一言以蔽之「狹隘」，說這話的人大約是自己有點狹隘了，他沒有看到生於斯長於斯的那塊土地對於人們深入骨髓的影響和聯繫。這鄉土觀念中那個深刻而合理的內核，推而廣之便是民族情感，再推而廣之便是國家觀念——這無非是一塊更大的土地對於人們更深更廣的聯繫。

和姥姥同來的舅媽似乎沒有什麼特點，中等個子，一張很典型的四川婦女的臉，留了兩條長長的大辮子。我後來才知道的，舅媽那時還是個姑娘，還沒有和舅舅結婚。在農場住下後，舅媽在奶牛場工作，是一名出色的擠奶員。農場的牆報上貼過她大大的照片，農場的大喇叭裡廣播過她的名字，劉惠蘭同志如何如何。聽見這個同志的稱呼，我覺得非常可笑，於是便時常學著那男播音員的粗嗓門，對舅媽廣播起來：「劉惠蘭同志！劉惠蘭同志！」舅媽一邊笑，一邊追了我要打，常常是要鬧到我鑽進床底下才算了事。在奶牛場，舅媽的擠奶紀錄從來都是排在最前面的。因爲她叫劉惠蘭，農場的男工們便打趣地叫她「劉胡蘭」，春節聯歡晚會上，還硬把她拉上台去唱了一段，「數九那個寒天下大雪，天氣那個雖冷心裡熱……」舅媽的臉羞得通紅通紅，四川口音使她咬不準「那個」兩字的發音，便只好唱作「辣過」，觀眾們哄笑著，舅媽越發羞得難堪，絞著辮子背過臉去，鬧到最後，這支歌竟是對著舞台的牆壁唱完的。

漸漸地，我發現舅媽好像是有了很重很重的心事，常常一個人好端端正坐著，忽然就發出一聲長長的嘆息，有時吃著吃著飯，淚水就撲簌簌地落下來。這時候，我們都很害怕地看著她。媽媽趕快把她勸到隔壁的房間，隨手緊緊地帶上房門，可舅媽嗚嗚咽咽的哭聲仍然聽得見——舅媽這是怎麼了？

大概因爲我們是孩子的緣故吧，舅媽無論做什麼事情對我們都不避諱，這個無意中得來的便利，倒叫我發現了那其中的一點原委：舅媽平時雖也落淚嘆息，但哭得最厲害的時候常常是她接到了一封信，這種不知從什麼地方，也不知什麼人寫來的信，每次都叫她痛哭不止，一邊看，一邊在抖得作響的信紙上灑滿了眼淚。每封信看完了，她總是仔仔細細地又重新裝好，然後，從枕下抽出一條紅頭巾，把信包在裡面再藏到枕頭下邊。如果有一段時間那叫人看了就哭的信沒有來，她就獨自一人坐在床前，打開那個紅包包，把信一封一封拿出來，可又並不把信紙抽出來看，就那樣一封又一封地拿到眼前端詳，端詳一陣，嘆息一陣，哭一陣，再把信又照原樣放好。有的時候她甚至連那個紅包包也不打開，就那麼抱在懷裡，久久地，久久地，一動也不動，眼神愣愣的，叫人看了心裡發憷。我開始恨起那些信來，恨起那個紅包包來——要不是它們舅媽就不會哭！於是，我在心裡制定了一個拯救舅媽的宏偉計畫。

到了星期日，在城裡上學的姊姊們照舊都回家來了。趁人不備的時候，我跑到舅媽屋裡，將那個可恨的紅包包偷了出來，交給一個姊姊。之所以挑中了這個姊姊，是因爲她剛剛加入了共青團，她的胸前有一枚亮光閃閃的團徽特別神氣，特別叫人羨慕。我把紅包包遞到姊姊手中說明了原委，然後建議道：

「姊，你把它燒了吧，燒了舅媽就不哭了！」

姊姊沒有按我的主意辦，而是打開了包包，把信一封封都看了一遍，一邊看，一邊就皺起了眉頭。這次行動的後果之嚴重，大大地出乎了我的意料。姊姊非常嚴肅，也非常生氣地說：

「舅舅是貪污犯，是壞人，已經被判了八年徒刑，送到勞改農場去了，舅媽應當跟他劃清界線！」

以我當時的智力無法理解這件事情，壞人只是電影上和小人書上才有的，怎麼自己家裡也會有壞人？而且怎麼這壞人竟會是舅舅？姊姊以她共青團員的嚴正立場拿著信去找了爸爸，找了舅媽。在我印象中，爸爸對待幾個姊姊，一向比對待我們弟兄五人要寬和得多，打是絕沒有過，罵也極爲鮮見，而且這個姊姊又一向是爸爸有幾分偏愛的。萬萬沒有料到的是爸爸竟然發起火來，暴跳如雷，咆哮似虎，嚇得我直往牆角裡縮。

「我還活著，還輪不到妳來劃清啥子界線！要劃清妳就給我從這家裡滾蛋！」

後來我們才知道，舅舅是受了冤枉的，當時爲了替舅舅申冤昭雪，爸爸曾經冒險出面申訴，並爲此而受了黨內批評。

爸爸發過雷霆之後，把所有的孩子都從家裡趕了出來，只留下媽媽、姥姥和舅媽。我和哥哥偷偷躲在窗下，只聽得三個女人都在哭，姥姥和舅媽哭得最痛。姥姥一味地哀求著：

「惠蘭，我求求妳，家興的命，我的命，都在妳一個人手頭……」

舅媽也是泣不成聲：「我心頭亂死喲……郎個叫劃清？又郎個劃清法嘛……家興好苦，我好苦……」

或者這就叫「在劫難逃」吧，爲什麼中國人的命運中總有這麼多沒完沒了的「劃清」？爸爸也曾有過一次親生骨肉之間的「劃清」。

爸爸那一輩也是九姊弟，但唯有他一個男孩，挨父親最近的一個姊姊就是八姑。八姑生就一副手姿麗質，且又聰穎過人，當年曾是川大校園內名噪一時的「校花」。後來八姑嫁給了國民黨政府成都警備司令部的一位副司令。而父親當時卻擔任著中共川康聯委書記，負責整個川西和西康省的中共地下黨的領導工作。營壘是如此的分明，你死我活的敵對雙方就這樣戲劇性地分峙著一對骨肉姊弟。而在幾個姑姑中，八姑又分外疼愛爸爸。當時父親曾利用這個身分做了很多工作，因爲任何一個跟蹤的暗探，都會在這個副司令戒備森嚴的官邸門前失去目標。避過耳目，當姊弟倆私下在一起的時候，八姑曾經多次要求父親不要再幹了。有一次，爸爸爲了叫八姑絕了念頭，甚至撩起衣襟，露出了腰間的手槍來：「妳以後再說我就不客氣！」八姑傷心得嚎啕大哭。但自始至終，在那你死我活的營壘中間，做姊姊的爲了保護弟弟，一直守口如瓶。

全國解放的時候，八姑隨姑夫先到了台灣，因爲終非嫡系備受排擠，最後流落到香港。八姑在一所中學做了教員，有一度生活過得十分艱難。解放之初，政府曾經要人們動員海外親屬回國，那時爸爸才和八姑通了兩三封信。有一封信是在「文革」中從「絕密」檔案裡翻出來得見天日的。其中有幾句話我至今記著：

九弟：

上信後再未見覆信，轉眼間紅了櫻桃，綠了芭蕉，荏苒又是一載。你可好？家修可好？姪兒姪女們可都好？……不人道的現實，叫我們骨肉離散，天各一方，此生眞不知還能否相見……

沒有，爸爸再也沒有能見到這個姊姊，我們也沒有見到這個姑姑。但爸爸爲了她這數封家信曾在牛棚中吃盡了苦頭。人們逼他交代，逼他劃線界線，一直逼到他吐血而死爲止……想一想爸爸和舅媽這兩次「劃清界線」，眞叫人思緒萬端……

舅媽終於還是走了，她沒有「劃清界線」，而是萬里迢迢飄零到北大荒的雪原中去了。以舅媽當時的人品，在農場找一個小夥子，在北京度過美滿幸福的一生，本是順理成章的事情，可她不，她離開四川，離開北京，離開人群，奔向天涯。在那兒，在那冰天雪地之中有一個冤屈的囚徒，那是她的情人，她的丈夫，她的同鄉……她給舅舅帶去一顆忠貞的心，帶去一個支持他活下去的火種。那火種來自長江與烏江的匯合處，來自他們生於斯長於斯的天府……也許就在舅舅萬念俱灰，下定決心了此一生的時刻，耳畔間忽然響起了舅媽溫柔的鄉音，那顆已經冰冷透骨的心，在一陣戰慄中融化了……

過了兩年，姥姥也去了。

十年之後，舅舅的冤案才得以昭雪，他們才又舉家南遷，路過北京時，我又見到了舅媽：來自西伯利亞的寒風使她的皮膚變得粗糙了，辮子剪掉了，難熬的歲月在她的臉上無情地留下刻痕。他們已經有了三個孩子：念蘭，念鄉，念歸……

天若有情當爲此而垂淚……

天若有義當隨遊子而同歸……

四　媽媽，媽媽

已有十六年沒有開口叫過這兩個字了，這兩個曾給我過無限溫暖的字眼兒，莫非眞的已使我覺得生疏了？……十六年來，記不清有多少次在夢中與媽媽相見，而睜開眼來等著我的卻是一片深深的黑暗，卻是一種揪得叫人心疼的悲哀。可是，住在紅房子的時候不是這樣，那時候的媽媽無時不在，無處不在，只要我尖尖地喊起來，媽媽總是忙不迭地應了一聲又一聲。

小的時候我總是多病，感冒，肺炎，急性支氣管炎，斑疹傷寒，神經性胃腸紊亂……昏昏沉沉之中，只要睜開眼睛，眼前總有媽媽那張慈愛的臉龐。至今我也確信不疑，治好我的病的，不是花花綠綠的藥片和針打得很疼的醫生，而是媽媽驚人的耐心。

我還清楚地記得媽媽生了最小的九弟以後，回到家裡時的情形。她躺在家裡最舒服的那張大彈簧床上，背後靠了一摞大枕頭，身上蓋了一條白緞面的被子，臉上白白的，比平日多了一些柔弱的氣息。我趴到媽媽床頭上，用手指撥弄了一下弟弟的鼻子，他像個小動物一樣盲目地伸出手來。想起媽媽一下走了那麼多天，我忽然抬起頭問道：

「媽媽，妳肚子裡的弟弟什麼時候生完呀？」

媽媽笑得彎下頭頸，淚花從眼角溢了出來。爸爸走進來了，媽媽把我的話重複了一遍，他們又一起笑起來。

大約是因爲先天性缺鈣的緣故，那時的我長了一個大大的奔兒頭，媽媽時常點著我的額頭唸唱：奔兒頭，奔兒頭，下雨不愁，人家有傘，我有奔兒頭。可眞到下雨的時候，媽媽卻又從來都是管得死死的，不許我邁出屋門一步。記得有一次下了整整一夜暴雨，清早時分暴雨雖過去了，但仍然還零零星星地飄散著水點子。有些住在低處的人家，一早醒來，雨鞋、尿盆、飯鍋都在水面上漂著——農場發大水啦！孩子們像是傳播喜訊一般地在院子裡歡快地嚷著。我和哥哥像脫韁的野馬一樣只穿了褲衩、背心，赤著腳衝進沒膝的水中。一轉眼，我們的小團夥已經聚齊了，並且順著水面推來了兩扇門板，幾根圓木，當下組成一支艦隊，浩浩蕩蕩駛向遠洋。於是，洋面上發生了一場沒完沒了的海戰。大炮轟鳴，魚雷飛濺，海軍上將烏沙科夫的艦隊同法國人拿破崙的艦隊，直打得六佛出世，七佛升天……一開始，我們還只是站在水裡，用手推著門板和圓木前進，可是當海戰進行到白熱化程度的時候，所有的人都變成了落湯雞，索性一個個脫得精赤條條，學著大旺的樣子，兩手抓了木頭，兩腳輪番地在水裡拍打。這樣一鬧，戰艦果眞被我們推著游動起來。得意忘形之中竟鬆了手，也想像大旺那樣狗刨那麼幾下，卻馬上像隻口袋一樣沉下去，灌了滿嘴黃湯。中午下班的鐘聲響過很久，上班的鐘聲又響過很久。我和哥哥的身上濕了又乾，乾了又濕。漂在水裡的刺藤劃破了兩腿，傷口被水泡過，又被太陽曬過，都裂成像被針尖劃過一樣的細口子，血紅殷殷地滲了出來。直到太陽偏西的時分，全體海軍將士們才筋疲力盡地班師回營。我和哥哥離家越近心裡越害怕，一路上嘀嘀咕咕地商量著怎麼才能蓋住腿上的傷痕，躲過爸爸媽媽的眼睛。回到家門前時，我們先趴在窗外偷偷聽了一會兒，趁著大人們不注意的當兒溜進屋去，抓起長褲套在腿上，然後跑到廚房翻出涼饅頭狼吞虎嚥，本來自以爲得計能躲過挨打了，可沒想到身上一熱兩腿疼得像刀割，再加上褲筒在腿上磨，眞比屁股挨板子還要疼。到晚上臨睡覺時祕密終於被揭穿了，剛脫下衣服，媽媽驚叫起來：

「你們的腿是怎麼搞的？」

爸爸聽了我們的供詞以後，沒有馬上動手揍，打開家門命令我和哥哥：

「滾出去！站到水裡去！」

我們拖延著，只好準備好屁股等著挨打了。可爸爸並不打算饒過我們，又推了我和哥哥一把：

「站到水裡去！」

看著門外昏天黑地的夜色，看著像鬼火一樣被水反射上來的燈光，想到傷口沾了水之後那刀割一樣的疼痛，我哇哇地哭起來，口中像天下所有的孩子那樣喊著自己的救命符：

「媽媽呀——媽媽——！」

媽媽把我們從爸爸手中救下來了，並且又拿出了藥水和繃帶，爲我們細心地包紮好。那一夜媽媽沒有在她的屋子裡睡，是和我們睡在一起的。

患斑疹傷寒的那一次，病得最厲害，在床上整整躺了三個月，其中有兩個月是在醫院裡度過的。那一次，在極度高燒中我曾迷迷糊糊地走到過死亡的險岸，在那深不見底的黑暗深淵的邊沿上，在死神的誘惑下磕磕絆絆地爬行，如果沒有媽媽，如果沒有媽媽的呼喚，也許就眞的去了。

傷寒病人有個最突出的病症就是高燒。不發燒時看著似乎並不要緊，但一燒起來那個可怕的溫度，簡直像是在地獄的沸鼎之中煎熬。最厲害的時候我曾燒到過四十一度二，雖然是嚴寒的冬天，可我卻踢開棉被只穿了褲衩背心還在喊，「我熱！我熱！」媽媽整夜整夜地陪著我，當高燒減退我輕鬆了一點的時候，她就坐在床頭給我講小人書，枕頭邊兒上堆滿了平時想吃而吃不上的水果。那時只要我叫一聲媽媽，立刻就會有水、有飯送到嘴邊，立刻就會有一隻溫柔的手搭在我滾燙的額前。

媽媽平時也用些家鄉的老辦法給我們治病。夏天發痧肚子疼，她就蘸著水爲我們揪肘窩；冬天感冒咳嗽，她就用厚厚的草紙在火上烤熱，然後趕快貼到背上。做了這樣的處置之後病也眞的就好了。還有一個治病的偏方最爲我們所歡迎，就是用橘子治咳嗽。拿一枚橘子，在中間用竹筷把一面橘皮捅穿，然後灌進些香油，坐在文火上慢慢地烤，直到滾燙的香油將橘子煮熟爲止，然後打開來趁熱吃下去。那時候五弟兄中間，只要有一個咳嗽並且吃上了這劑妙方，其他人都羨慕得要死，便不由自主地都跟著咳起來。逢到這時媽媽就笑，一邊笑著，一邊罵著，一邊也就再拿幾枚橘子來如法炮製一番。可這橘子當中從來沒有她自己的，她在一旁笑咪咪地看著我們吃，偶或插上手來幫誰把滾燙的橘子剝開。我對於中醫老先生們「藥到病除」的說法有了信心，大約就是從媽媽的香油橘子開始的。我們姊弟九人，都是媽媽這樣一個一個精心帶大的，其中四個姊姊還是生於警察的追緝和戰亂之中。四姊懷延就是在胡宗南占領延安期間，在土窯裡誕生的。爸爸上午趕回來匆匆接生了姊姊，下午便隨一支地方部隊出發了。媽媽拖著產後虛弱的身子，頭上紮了一條白毛巾，隨老鄉們一起躲進深山的山洞裡。延安保衛戰勝利了，有很多人立下了赫赫戰功，媽媽沒有什麼功勞可以獻給革命，唯有一身頑固的腰腿疼病從此磨纏到終生。

在一位庸醫的治理下，我的病日見嚴重。有一天早晨，媽媽給我穿衣服時，發現我一下一下可怕地翻著眼睛，她立刻找了汽車風馳電掣地把我送進城裡的醫院。這一切都是事後她講給我聽的，當時的我根本沒有什麼清醒的意識，只恍惚記得媽媽好像在哭，好像在一聲一聲地叫我，有一些人影在晃動，還記得汽車門響了一下，以後就什麼也不知道了……醒來的時候已是一天一夜以後，朦朦朧朧地，雪白的牆壁，雪白的床單，終於變得又清晰起來。猛地，媽媽抱住我的頭叫著我的名字哭起來：

「平九，平九，你嚇死媽媽啦，你嚇死媽媽啦……」

我無力地推推媽媽的手：「媽媽，我頭疼……」

媽媽立刻止住哭喊，在我的太陽穴上輕輕揉著，可眼淚還是止不住，撲簌簌地灑落在雪白的床單上。

初生牛犢不怕虎，當時我並不知自己經歷了一場什麼樣的危機，也不知死是怎麼回事。當那位白髮蒼蒼的老醫生對媽媽說，傷寒病過去的死亡率是百分之七十，現在是百分之三十的時候，我正毫不在意地用吃過藥後剩下的白紙片疊飛機玩呢。讓我感到害怕起來的，是同屋的那個大人有一天忽然不說話了，並且被永遠地抬出了房間。

那是一個正在談戀愛的小夥子，他似乎也是一開始沒有查明病因，耽誤得太久了，住院以後他仍然高燒不退。有一次我清楚地看見他落下眼淚來，接著越哭越痛，過一會兒竟像個孩子一樣媽呀媽呀地哭起來。我弄不明白他的媽媽爲什麼不來看他，他除了病痛之外，似乎還有一些比病更叫他難受的事情。經常到醫院來看他的是一位梳短辮的姑娘，每次來了都帶來很多好吃的，還時常帶來一束淡紅色的鮮花，插在窗台的一個藥瓶裡，等那鮮花萎謝了，她就又帶來新的換上。來了以後就彎身坐在床頭上，背對著我，一隻手握了那小夥子的手，一隻手時時撩起落到臉上的頭髮，兩個人嘰嘰喳喳低聲地說著，小夥子時不時地發出一聲極深重的嘆息。他們的這種長談，常常是要等到老護士長來宣布探視時間已過，才會戀戀不捨地停下來。姑娘臨走的時候替他掖掖被角，然後總忘不了說一句：

「明天我再來。」

這時小夥子的淚水就會湧出來，把頭轉向牆壁的一面去……姑娘只好再轉回來，搖著他的肩膀勸慰一番，老護士長在一旁默默地看著，常常也就紅了眼圈退出屋去。他們常常要這樣反覆幾次最後才能分手。

斑疹傷寒是由傷寒桿菌引起的急性傳染病症，嚴重時就會併發腸出血、腸穿孔而引起死亡。所以在治療的過程中控制飲食，防止腸穿孔就成了重要的醫療手段。住院期間，我常常苦於飢餓而啼哭不止。一開始醫生只允許喝藕粉沖出來的糊糊，只允許喝一種甜甜的紅色的玫瑰水，一天要喝七八次，直到我好轉後才慢慢加上流食，諸如稀飯、麵湯一類的東西。可是我的那位病友，卻漸漸地連餓也不喊了，一天比一天驚人地消瘦下去。終於在一天早晨，值班護士叫來了很多醫生，我只看見他們忙手忙腳地亂了一大陣，屋裡的氣氛極其緊張，忙亂之中，他們甚至忘記了應該送給我的那一份稀飯早餐。過了一會兒醫生們都走了。又過了一會兒護士長帶人來把小夥子放在活動床上推走了，一直到吃午飯的時候也沒見他回來。我一心等著他，可一直等到下午，他還是沒有來。傍晚時分倒是那姑娘來了，眼睛紅紅的，一邊哭，一邊收拾床頭櫃裡的東西，然後她也走了……屋子裡頓時空盪盪的，窗台上的藥瓶裡還插著那姑娘上一次帶來的花。花已開始萎謝了，一朵朵失了生命的乾枯了的花朵的屍體散亂地落在窗台上……夕陽正紅，輝煌的晚霞從窗子裡照進來，給殘留的花朵和那已經突兀起來的花枝，抹上一層無比美麗的光芒……
我百思不解地指著那張空床問老護士長：
「他到哪去了？」
「死了。」
「他媽媽爲什麼不來看他？」
「他沒有媽媽，他是孤兒院裡長大的。」
「那個女的呢，她也沒有媽媽？」
「沒有，她也是孤兒院裡長大的孩子，他們倆都沒有媽媽。」
我還是弄不懂，爲什麼孤兒就沒有媽媽，而我就有媽媽。但是我卻突然間模糊地意識到了：死，或是沒有媽媽，一定是兩樣極其可怕的事情……這天晚上，我無論如何也不讓護士長走了，我害怕，害怕那張空著的沒有媽媽來看過的床位，想起了躺在鐵絲網下邊的小牛，我苦苦哀求護士長，無論如何要把我的媽媽快叫來。
第二天，媽媽來了。
兩個月以後，我出院了，是爸爸開著小汽車來接我的。由於長期臥床，我的腿變得有點支不住身體了，總是軟軟的禁不住要跪下去，可是當爸爸停下汽車，當我看見站在家門前的媽媽時，還是尖叫著撲了上去：
「媽媽——！媽媽——！」

沒等跑到，我摔倒了，馬上爬起來又撲過去。媽媽快步迎上來，口中一遍一遍地囑咐：

「慢些！慢些！」

終於回來了！終於又回到媽媽的懷抱中來了。那熱烘烘的懷抱，那終生不忘的媽媽的氣息撲鼻而來……媽媽抱著我哭了。

五 鄉情

家裡因爲孩子多，爸爸媽媽又都要上班工作，所以長年雇著保姆。到家裡來過的幾個保姆中，有一位姓何的阿姨住的時間最長；有一位從雙樹村來的陳大娘給我的印象最深。

何阿姨是那種心直口快、潑辣幹練的女人。一開始還梳著兩條辮子，後來又改作剪髮頭。無論做什麼事情都乾脆爽快，連打人也打得爽快。在家裡住得長了，媽媽爸爸都把她當作自家人，並且全然授予她整治調皮搗蛋者的權利。何阿姨只要火起來，手中便捏了一個笤帚疙瘩兜頭打來，遇到有反抗的就打得越狠。每次打了我們，她不但不避諱，反而將事情原委講給媽媽聽，媽媽一邊聽著，一邊支持道，「該打！該打！」連農場的工人們都知道，我家有個敢打孩子的保姆，常常拉住我和哥哥問：

「怕你何阿姨不？」

「哼，不怕！」

嘴上雖這樣說，但想起那個捏得緊緊的笤帚疙瘩總還是有點怕。

何阿姨的手從來不空閒的，所有要緊的活兒做完了以後，也不見她休息，又坐在床上，兩腿中間夾了那個三角形的納板，把一隻要納的鞋底夾進去，便哧啦哧啦地扯起麻繩來。納板上熔了一團蜂蠟，麻繩乾澀的時候，就在這蠟上拉一下，錐子不爽利了，也在上面戳一戳，用得久了，納板上便留下一個針尖戳成的小小「蜂窩」。

納板這樣東西當時在京郊的農村中是極常見的，現在幾乎已絕跡了。小時候，我們弟兄五人一年四季的鞋，大都是何阿姨和媽媽這樣一針一線地縫出來的。印象中的何阿姨似乎是沒有生過什麼病，遇到頭疼腦熱，她就在額頭中間用火罐拔一個又紅又紫的大圓印，再不然就把蔥葉或是水蘿蔔皮貼在太陽穴上。她住在家裡的這段時間，很有幾個媒人向她提親，介紹農場的工人，她都沒有應。後來，爸爸給她在城裡一家鞋廠找了工作。她再到紅房子來看我們的時候，已經穿了鋥亮的皮鞋，燙了一頭的鬈髮，雖還不大協調自然，但已儼然學著城裡人的模樣了。

何阿姨走後，家裡缺少了一個得力助手，自然又忙亂了許多，媽媽便四下求人打問。有人回話說，雙樹村有位姓陳的老太太，五十歲，身子很硬朗，因爲是嫁給後夫，與後夫的子女們很有些齟齬，早年就出來做了保姆；在此之前，她已在一個人家裡幹了三年，因爲些弄不大清的原因和主家鬧了不和，才不得已回村去了，這不和的責任大約是在主家而不在老人。媽媽聽了十分滿意，趕忙點頭應允，並一再說等一兩天她要親自去雙樹村接這老人來。雙樹這個名字，我從小就聽見它在大人們嘴上說來說去，據說是離紅房子不遠，往南只走三里就到。

不等媽媽去接，陳大娘已在家中耐不住，主動找了來。那天我放學回家（那年我上了一年級），來到紅房子的時候，見一位農村模樣的老大娘在四下張望，頭上頂了一塊灰色的格子手帕，左手挽一個藍印花布包袱，右手持一柄大大的蒲扇，緊緊地紮了褲管，使那雙纏了足的小腳越發地尖細起來。很慈祥的臉上落著幾個稀稀疏疏的麻子，開口一笑便露出兩排整齊雪白的牙齒。她伸出蒲扇擋住我問道：

「學生，這兒有個姓李的老李家住在哪兒呀？」

看她的裝束打扮，我心裡已猜中了八九分，可是聽她這麼一問，我咯咯地笑起來：管我叫學生，嘿嘿，學生，還沒有人這麼叫過我呢！管爸爸叫老李家，農場的人從來都叫爸爸李場長，嘿嘿，「老李家……」我學了一句又笑起來。陳大娘見我只笑不答，用那大蒲扇指點著又道：

「瞧瞧這學生一勁兒笑什麼，喝了笑老鴰尿啦？你倒是告訴我呀！」

我正了正書包學著她的口氣說：「跟我走吧，我就是老李家！」

聽我這麼說，陳大娘欣然笑了起來：

「調皮鬼！我回去跟你爸爸學學舌，叫他揍你！」

話雖說得嚴重，可那一臉慈祥的笑卻告訴我，她絕不會告訴任何人的。一面說著，老人牽了我的一隻手端詳著我又道：

「眞像，活脫就是我那二閨女！」

一聽二閨女三個字，我不滿意了，嘟起嘴來，「誰是二閨女呀，人家是男的！」

這一下輪到她大笑了，舉起蒲扇半遮了臉，一隻手在腿上拍了一下：

「喲，敢情，您可不是個大男人嘛！」

就這樣一路說著笑著，不覺到了家門口，陳大娘有幾分驚訝地打量著我們的院子又問：

「這院子是誰拾掇的呀？」

「我爸爸和我，還有我哥哥！」

「人家跟我說是個高級大幹部，不像呀……」

「怎麼不像？我爸還當過司令呢！……」爲了證明爸爸是個「大幹部」，我在吹牛了。陳大娘沒有理睬我的吹牛，又打量了一番院子，像是自言自語地又對我道：

「你呀，不識好歹。」

正說著，媽媽聞聲走了出來，陳大娘一見媽媽，忙撂下我迎了上去：

「這是大姊吧，您瞧，也沒跟您打個招呼我就自個兒來了，反正家裡也要用人呢，我早來一天，您早省心一天！」

媽媽高興極了，趕忙掀起門簾來，「快進來！快進來！」

從此，陳大娘就在家裡住下了，雖然因爲那件令人痛心的事情，她只住了三個月就不得不走了，可是三個月之中她卻留給我不可磨滅的印象。

因爲種種無法說清和有法說清的原因，紅房子的孩子們和附近農村裡的孩子們，像天敵一樣對峙著，並時不時地釀成大規模的打群架。有時在電影場，有時在合作社門前，有時在放學的路上，常常打得頭破血流、滿身是傷。我們把農村的孩子一律蔑稱爲「野孩子」，只要有人高呼一聲：「跟野孩子打起來了！」大家便熱血沸騰地蜂擁而上。一種最常見的場面，就是隔著水渠和鐵絲網，雙方用土塊、石子展開激烈的陣地戰。一邊投著，一邊用最惡毒、最下流的話對罵，我記憶中這種戰爭場面不下數十次。每一次都是水渠對面投過來的土塊、石子更有力也更猛烈些，而我們這一方則在「武器裝備」上占著優勢，彈弓和「盾牌」要多一些。所謂盾牌就是廁所裡蓋茅坑用的那種帶個長把子的木板，戰鬥一起便由我們紛紛從廁所裡拖出來，豎著朝起一立，那根木把恰好做了一條支撐的後腿，人往下邊一躲，憑你土塊石子奈何我不得！這樣的戰爭越演越烈，有時甚至把大人們也要裹進來。當時的我還不明白，在那一條水渠的兩側，實際上對峙著的是一種深刻的社會差別。但那孩子之間的戰爭卻教會了我要去仇視「敵人」，是陳大娘叫我的這種仇視第一次發生了動搖。

陳大娘的口中也不知藏了多少故事、笑話、順口溜和謎語。自從第一個故事講開了頭，我每天都死死地磨著她。她講了那麼多的故事都已忘記了，唯有一個還恍惚記得大概：

從前，有兄弟二人，哥哥壞，弟弟好。哥哥霸占家產，弟弟被趕出家門。苦難之中，弟弟救起一隻摔斷了翅膀的乳燕。待燕子南歸的時候，那母燕突然說了人話，感謝老二的善行，並飛到耳畔呢呢喃喃留下一個口訣。來年大旱，顆粒無收，老二想起燕子的話，於是唸道：

「南來的燕，北來的燕，在我的屋裡下個蛋。」

霎時間遮天蔽日飛來紫燕萬隻，下了滿滿一屋蛋。老二得救了，並因此而買了田產。貪心的老大聽說後跑了來，老二如實講了一遍。不想那廝回去竟將一窩燕子活活拆散，折斷了乳燕的翅膀，而後再學老二的樣子「行善」。燕子走時，也留下一句口訣，當老大唸起口訣時，滿天飛來的燕子卻用鳥糞將老大和老大的屋子埋在下邊。

類似這樣善惡分明的美麗傳說，陳大娘講了很多很多，可我聽了總不滿足，推了她的腿只管催，「再講一個！再講一個長長的！」有時催得急了，她便拿出些別的貨色來抵擋：

「咱們破個悶兒吧！」（北京人把猜謎語叫作破悶兒。）

接著便點了我的腦門，有板有眼地唸唱起來：

「眞他媽的怪，眞他媽的奇，從小就沒見過兩腿兒的驢，騎著它不走，走著它不騎，你給猜猜是什麼東西？」

這帶了濃重的鄉土味也帶了一點粗魯的謎語，叫我驚訝不止。課本上的「紅公雞綠尾巴」和它相比，是多麼的蒼白而乏味呀！可我怎麼也猜不出，陳大娘朝我撇撇嘴：

「還是學生呢，笨！——是磨剪子磨刀的呀。」

噢——！我歡呼起來。肩膀上扛著一條長凳，吹著一隻鋥亮的銅喇叭的磨刀人的形象，立刻在眼前出現了。

記得有一次，來了一位磨刀的老人，鶴髮童顏，頦下銀鬚飄然。陳大娘拿了家中的幾把刀剪，叫他坐在門口的葡萄架下邊磨，自己轉回屋去沏出一碗香茶來，並把爸爸桌上的那包好菸也一併拿了出來。老人磨過刀剪愜意地坐在長凳上，怡然地品味著濃茶香菸。陳大娘又叫他把乾糧拿出來幫他熱了。茶足飯飽，老人臨走時說什麼也不收錢了，可陳大娘還是死活塞給了他。磨刀老人竟十分地感動了：

「老嫂子，不瞞您說，我磨刀一輩子還真就沒離開過咱這一片地皮兒，錢多錢少好說，先這一分兒人情，您上哪兒找去？都是本鄉本土的，人不親土還親呢！得，不耽誤您工夫兒了，我是郭家場的，姓王，趕明兒有了活兒言語一聲，叫人捎個話兒我一準兒來！」

郭家場？……郭家場不就是野孩子最多的那個村子嗎？所有我們和「野孩子」之間最激烈的戰鬥，都是和郭家場的孩子們較量的。這個從「野孩子」堆出來的老頭兒說的是眞話嗎？

這老人沒有說謊，以後他眞的又來過。有那麼一兩次，他也眞的就分文不取。

也許眞的是因爲我長得像陳大娘的二閨女，也許是因爲我們第一天見面時在門前的那一場趣談留下了好感，陳大娘對我十分喜愛，有時還悄悄地留了一點偏心眼。廚房的抽屜裡常常有她偷偷給我留下的吃食，或是一個豆包，或是一個糖三角。因爲這樣，我在她面前也就多了幾分嬌氣，不管她多忙，我總是纏住不放，「再講一個故事，再破一個悶兒吧！再講一個吧！」逼得急了她就罵我，可是不像何阿姨那樣直戳戳地罵來打來，而是一面煩煩地應著，「行！行！」一面伸出沾滿了白麵的手點著我出難題：

「銅勺兒鐵把兒，猜不著，王八蛋兒！猜吧！」

猜不著就得當「王八蛋兒」，我猜不著，又不願意當王八蛋兒，只好委委屈屈地走到一邊去。

有一次，我又感冒了，離開學校在家裡自由了幾天。病中陳大娘百般照料，百般精心，講了許多許多故事，破了許多許多悶兒，有一支順口溜給我印象極深。陳大娘坐在一隻馬紮兒上，懷裡攬了我，一搖一搖地唱：

小小子兒，坐門墩兒，
哭著嚷著要媳婦兒，
要媳婦兒幹什麼？
說話、逗笑、解解悶兒。
小小子兒，坐門墩兒，
哭著嚷著要媳婦兒，
要媳婦兒幹什麼？
蒸飯、炒菜、包餃子兒。
小小子兒，坐門墩兒，
哭著嚷著要媳婦兒，
要媳婦兒幹什麼？
鋪炕、疊被、端尿盆兒。
……

隔著竹簾，是燦爛的陽光和像花園一樣的庭院，一隻那種會唱出長短調的蟬兒，躲在蘋果樹的枝葉間，趁著尚有些爽快的夏風，快悅地唱著：

「絲跌——兒，絲嗒——兒，絲跌——兒，絲嗒——兒……」

陳大娘用手指替我攏攏頭髮，慨嘆著：

「我要是有你這麼個兒子放在家呀，八抬大轎也甭想抬出我來！」

做陳大娘的兒子不就成了「野孩子」嗎？我不禁悄悄打量著眼前這慈祥的老人……做她的兒子不是會很幸福嗎？不是會聽到更多更多的故事、順口溜，破更多更多的悶兒嗎？

時間長了，我才知道，陳大娘關於兒子的慨嘆不是無緣無故的，在那老人心中存了一段很酸楚的心事。

陳大娘早年喪夫，身邊唯留下一對女兒，她無例外地按照中國婦女千百年來的傳統守節，一直守到解放，才由媒人牽線，嫁給了本村一位教過三年私塾的老先生。不想這老先生讀了幾年子曰，讀得眼睛朝天上翹起來，既耐不得無妻的清苦，又看不起這隨了二男的婦人，每日冷言惡語，且把這惡氣朝陳大娘的兩個女兒身上發洩。一氣之下，陳大娘嫁了大女兒，並叫小女兒也暫且住在姊姊家裡，自己賭氣託人出來做了保姆——眼不見心不煩，兩下各得其所。這場徒有其表的婚姻也就放在子曰先生家中，由他一人享用。冬去春來，一晃竟這樣過了八九個年頭。陳大娘手頭上漸漸有了一點積蓄，據她說大約是一千元上下的一筆數目。她有兩個打算，一是要給小女兒結婚花銷一半，一是留下一些在自己身邊防老。三年前，她轉到土地設計院一位姓姚的科長家裡做保姆，把一個早產兒，一天天帶大到三歲，把屎把尿，餵湯餵水，眼見孩子一天天大起來，陳大娘竟親得賽過自己的骨肉。想不到這個小男孩是個天生的啞巴，智力上似乎也有些欠缺，整日吊著鼻涕，咿咿呀呀地哭，無論怎樣教他也學不會說話，只是會對著陳大娘半吞半吐地叫一聲

「媽」。這個孩子因爲從小跟著陳大娘，而陳大娘對這可憐的小啞巴又是百般慈愛，弄到最後，小啞巴不認生母，只認陳大娘。每次吃飯、喝水若是換了別人來餵，他半口不沾，一直要哇哇地哭到他認定的人來了爲止。孩子越是這樣，陳大娘對他也就越親。遇到這孩子生了病，又不會說出身上的痛楚的時候，陳大娘就常常抱定了孩子痛哭失聲，她哭，孩子也哭，於是那流作一處的淚水，漸漸地把兩條性命融成了一條性命。萬萬沒有料到的是紕漏竟出在陳大娘的那筆血汗錢上。處得長了，姚科長知道陳大娘每隔一月便要到儲蓄所去一次，並知道存摺上的數字已經日積月累進到了四位。他們夫婦二人商量出一條辦法，說是家裡想買縫紉機，一時錢不湊手要借陳大娘二百元。這種戰戰兢兢守還守不住的血汗錢，哪還敢成百成百地向外借？老人家說了諸多苦衷，婉言謝絕了，平靜的日子也就從此結束了。姚科長先是提出來把每月的工資由十元降到五元——因爲孩子已經長大了，不那麼費事了。原以爲這樣一來陳大娘要麼屈服，要麼走人。沒想到老人家抱著小啞巴哭了一場，竟然忍氣吞聲又住下來。姚科長就又差上老婆跑到雙樹村，找到那位老夫子家中說了種種壞話。讀子曰的老先生對隨二男的女人看不起，可是對四位數的人民幣卻不能免俗，十分看得起。當下派了兩個兒子跟上找了來，立逼著陳大娘如數交出存款，理由很簡單：妳是我爸的老婆！陳大娘怎麼能肯？想不到那兩個如狼似虎的男人竟動手打起來，拳來腳去之中呼號掙扎著一位白髮老婦人，姚科長卻坐在椅子上抽菸！聽著陳大娘述說的這一切，我那「男子漢」的心受不了了，拍著胸脯說：

「大娘，我給妳報仇去！」

說了，也就眞的做了。一天下午放學後，我約上大旺、小玉堂、小虎子一班好漢們，每人持了一把彈弓，按陳大娘說的打聽到了姚科長家的住處，每一個人瞄準了一扇玻璃窗，一聲令下，飛彈如蝗，頓時，姚科長的院子裡響起一片玻璃破碎的響聲。哼，叫你壞！想不到的是把這件事說給陳大娘的時候，她竟然埋怨起我來：

「小祖宗、小祖宗，誰叫你去的？」

「我！」

「你們那彈弓子又不長眼，玻璃碴子又不長眼，打著小安沒？」

小安就是那個小啞巴。見我不吭氣，她又搖著我逼問：

「說呀，打著小安沒？小安哭了沒？說呀祖宗！」

我氣得差一點哭了，衝著陳大娘嚷嚷道：「妳傻！妳傻！他們打妳，妳還跟他們好！」

豈止是「跟他們好」呢，事情發展到後來竟是誰也料想不到的。

就在「報仇事件」發生後不久，小啞巴的媽媽找到家裡來了。一開始我還以為她是來告狀的，心裡想，妳敢告我，我就叫上大旺他們再去一次，看看誰厲害！想不到她是來求情的。小啞巴自從離開陳大娘以後，終日哭鬧不止，從不好好吃飯喝水，鬧得黃皮寡瘦，這兩天又得了病，幾乎是快奄奄一息了。陳大娘聽著聽著落下淚來，一面說堅決不回去，一面卻又不斷地告訴那個做母親的飯該怎樣做，湯該怎樣餵，什麼時間把尿，什麼時間要再加一次飯。小啞巴的媽媽走了，可陳大娘卻一聲接一聲地嘆息不止，眼淚汪汪地對媽媽說：

「大姊，我眞是心疼那孩子，他一個啞巴不會說不會道的，跟上咱們大人受罪……您沒見那孩子見了我有多親呢，一會兒工夫慢了兩步，急得他兩眼裡能伸出手來，眞……」

本以爲這件事情這樣也就算過去了，可第二天，小啞巴的媽媽用一輛小車把孩子推到紅房子來，停在一棵柳樹下邊，她沒臉再來叫陳大娘，也知道我們都恨她，但她卻對小啞巴指著我們家的門口說：

「小安，小安，你大娘在那兒呢，你叫她，你叫她！」

小啞巴終於弄明白了，他對著我們家沒命地哭喊起來，嗓子已經完全沙啞了，口中唯有那半呑半吐的一個音節，這音節或許是自有人類以來使用得最久遠的音節：

「媽——媽——媽——」

陳大娘雙手猛地捣住臉，那被堵住的口中，嗚嗚咽咽唯有兩個字：

「小安……小安……」

哭著哭著，突然她推門衝了出去，朝那柳樹，朝那小車，朝她情同骨肉、生死難分的孩子撲了上去——那車裡坐著的是一個不會言情的啞巴，是一個並非親生的兒子……

我哭著，媽媽也哭著，隨那撲出去的身影追過去。

陳大娘走了，又回到小啞巴身邊去了。她是在爸爸媽媽找過姚科長以後才回去的。不知是由於兒子的痛苦使之良心發現，還是爸爸的地位使之畏懼，科長夫婦痛哭流涕，認錯，檢討，點頭，保證，總之人類可以用來表示悔過的語言和動作無一遺漏地被應用了。

沒有人給我講故事了，也沒有人點著腦門破悶兒了，更不會有誰再抱著我唱什麼「小小子兒，坐門墩兒」了。我想她，想那個慈祥的大娘。

有一天中午放學時，我正好遇上一個騎自行車賣冰棍的人，猛然想起衣兜裡還裝著媽媽很久以前給我的一毛錢，我毫不猶豫地掏出來，買了兩根牛奶冰棍，然後拚命朝小啞巴家跑去。我要親自把這冰棍放進陳大娘的嘴裡，要用這兩根冰棍換回好多好多故事、好多好多謎語和好多好多順口溜。我要親眼看看陳大娘吃我買的冰棍甜不甜，高興不高興……一路不停，我氣喘吁吁地跑著，可等我跑到那個熟悉的門口時，猛地愣住了：

只見門上掛著一把大鎖，屋子裡空盪盪的並沒有人的蹤影。

我急忙向旁人打聽，才知道這一家人搬走了，不住在這裡了。一種說不出的失望叫我愣愣地站在院子裡，冰棍化成了兩團稀軟的東西，無聲地落到塵埃中，眼淚順著臉頰淌了下來。

身旁的大人們奇怪地看著我，他們不明白，氣喘吁吁跑來的這個孩子到底要幹什麼？他們不明白，為什麼他寧肯讓冰棍化了自己也不吃？他們不明白，火辣辣的太陽底下這個孩子是為了誰，為了什麼淌下這麼多的眼淚……

六　別有洞天

在我最經常翻看的書中，夾了一個有些發黃的書籤，三寸長的紙條上，細細的墨筆線條，隨意勾勒出一幅淡遠的風景：遠山近樹，樓台亭閣，飛瀑落澗，溪水潺潺。這書籤是二十四年前，一位老畫師當我的面親筆畫贈的。現在看起來已無什麼新奇之處，充其量是一張工藝書籤，但當初對於把我從童稚的蒙昧中引導出來，它卻起過難以估量的作用。

若不是六十年代初那場全國性的大饑荒，怕也就沒有這個緣分。

那時候很多城裡人都被餓到鄉下來了。我清楚地記得，就連爸爸住院的那個醫院，甚至也託了他的關係跑到農場來挖馬齒莧，因爲他們每天沒有足夠的蔬菜給病人吃。我所結識的這位老畫師，就是在這種情形下，被從什麼「齋」或是什麼「社」裡餓出來，跑到農場來「參加勞動」的，僅此一端也可見出藝術的不能超然。

是很偶然的機會使我們相遇的。我和哥哥拿了裹好麵筋的長竹竿跑出去黏唧鳥兒（我們把蟬叫作唧鳥兒），路邊上碰到一位長髯老人帶著兩個男孩兒，向我們打問什麼地方可以挖到馬齒莧。什麼地方可以挖到馬齒莧，當然是我們倆再清楚不過的，因爲家裡餵養著雞、鵝，挖野菜的任務天天由我和哥哥完成。哪個地方野菜挖過了，哪個地方野菜還沒長成，哪個地方野菜正長得茂盛，都逃不過我們的眼睛。但這都是祕密，我們從來不告訴別人的。院子裡別家的孩子們也都有些這樣的屬於自己的領地，有的人甚至爲這領地的所有權動過拳頭。我們使了個眼色朝遠處指著說：「五號井那邊有菜園，你們去吧！」

那老人當眞就帶著孩子們去了，我和哥哥把這事撂到腦後，眼睛在樹上搜尋起來。等到我們玩夠了，唧鳥兒也黏了一大把，準備回家的時候，又遇上了這老少三人。老人見了我們很喪氣地搖搖頭，把手中那癟癟的口袋撐開叫我們看：

「咳，不多，不多，許是我們去晚了。」

正說著他忽然看見了我手中抓著的那一大把唧鳥兒，指著那隻綠蟬道：

「哎呀，這綠蟬可是不多見的，能不能給我呀，我有用處的。」

這綠蟬就是那種會唱「絲趺——兒，絲嗒——兒」的，因為牠唱得好聽，數量又極少，所以在孩子中間一向被視為珍寶。我們按照牠的叫聲，專門為牠取了一個複雜的形聲名字：「絲趺兒絲嗒兒」，一隻「絲趺兒絲嗒兒」可以換十張好看的洋畫兒，我把嘴一噘：

「哼，財迷！我才不給呢！」

老人似乎有些性急了，連忙將口袋翻轉過來，倒出僅有的那點馬齒莧說：

「不財迷，不財迷，用這些野菜跟你換可好？」

他身後的兩個男孩兒急眼了：

「爺爺，爺爺，你幹麼呀，咱們好不容易才弄了這麼點！我媽還在家等著咱們呢！」

老人頓時語塞了，左右為難地看看馬齒莧，又看看綠蟬，看看兩個孫兒，又看看我們，汗津津的臉上頗有些不捨。兩個孫兒走上來把野菜裝好，推著老人道：

「走吧爺爺，走！」

那老人一邊走，一邊又打量自己，一件對襟單褂，一條老式黑綢褲，渾身上下並無一隻衣兜，並無什麼可以拿出來交換的東西，只好沮喪地搖頭作嘆。這時哥哥走上來，從我手中拿過那隻綠蟬遞上去：

「給你！」

我雖然不滿意，可對哥哥的這個舉動也只好看著——因爲沒有一隻唧鳥兒是我黏住的。

那老人竟像孩子一般笑起來，趕忙從袖筒中取出一方手帕來包上：

「呵呵，謝謝你小弟弟，謝謝你小弟弟！」一面又將他的住處告訴我們，然後說：

「這蟬我絕不白要的，一定會還你們一樣比牠還好的東西，一定，一定！」

頓時，我們之間親密了許多，哥哥趴到我耳朵邊上嘀咕說：「把咱們的祕密地方告訴他們一個吧！」我立刻煞有介事地點點頭，然後對他們宣布道：

「跟我走吧，我有一個寶地，能挖好多好多馬齒莧！」

那副神情，儼然就是《天方夜譚》裡的一個什麼藏了財寶的神祕人物。

晚霞升天時分，我們各自滿載而歸了，並且約定好了晚上去找他們玩，老人答應我們到時看一樣稀奇的東西。

吃過晚飯，關好雞鵝，我和哥哥匆匆出發了。老人住在附近的幹部學校，因爲正是暑假期間，幹校有空房子，他們就暫時借住那裡。

進門時老人正坐在一張竹榻上搖著摺扇飲茶，榻下裊裊燃著一盤蚊香，見我們來了，立刻高興地把我們引到一張大桌子面前。這大桌子是用兩張辦公桌對接而成的，桌上雜亂地放著些宣紙和畫稿。一個其大無比的硯台，一隻古色古香的筆筒，筆筒中插滿了粗粗細細的各式毛筆，筆筒旁還有一隻白瓷的調色盤，調色盤上有很多各自獨立的小格格，每一格都塗有一種不同的色彩，緊挨調色盤還有一個盛滿淨水的豆青色的陶瓷筆洗和一方毫無雕琢痕跡的褐色鎮石。老人還沒有動手，單就這些琳琅滿目的東西，已足夠叫我們新奇的了。數秒鐘之內，我的手指已經把所有的東西都摸了一遍，一邊摸，一邊不停嘴地問：

「這是什麼？這是幹麼用的？你會畫什麼東西呀？會畫我嗎？」

老人慢拈銀鬚和藹地笑著：「不要急，不要急，過一會兒你就都會看見了。」然後他又指著紗窗道，「你們看那是什麼？」

原來是那隻綠蟬，正緊緊趴在紗窗上，我和哥哥應道：「是絲跌兒絲嗒兒！」

老人展開一頁畫紙，提起筆來又道：「你們再看這是什麼？」

一邊說著他揮毫塗抹，馬上一縷輕軟的垂柳從畫紙的右上角飄拂而下，他一面畫一面不停地換筆換色。又過了一會兒，一隻綠蟬伏臥在柳枝間，蟬翼上的脈絡根根畢現。老人呵呵笑著：

「怎麼樣，比你們給我的那隻強不強？」

一邊說著又揮筆在畫面左側的空白處留下一行清秀的字體，我雖然只有三年級，但那幾個字卻都能認得：送海濱小朋友留念。海濱是哥哥的名字，我立刻著急了：

「再畫一個！再畫一個！再畫一個送我的，也寫上我的名字！」

老人笑著答應了，抽出一張塗滿了金粉的亮閃閃的畫紙來，大約有一尺長，四五寸寬。只見他抽出一支蘸了黃色的毛筆在紙上轉呀轉的，轉出一個圓團團，又抽出一支蘸了白色的毛筆轉出一個圓團，接下去又轉了兩三個不同的圓團，我不滿意了：

「這叫什麼呀，這叫什麼呀，我不要這個！」

「你先不要不滿意。」

老人說著換了一支墨筆，在那些小圓團上隨意勾勒，奇蹟出現了：小圓團立刻變作了一群毛茸茸的小雞，其中有兩隻還在爭吃著一條毛毛蟲。我和哥哥拍手歡呼起來，我急切地催促著：

「快寫上，快寫上，送平九小朋友留念！」

老人簽好題款，放下毛筆自信地看著我們，「怎麼樣，我可騙了你們？」

在這之前所有的奇蹟都是在電影和小人書上看到的，可是今天奇蹟就發生在眼前！這仙風道骨的老人在我眼裡簡直就是一個能變幻萬物的活神仙！那時候我剛剛在課本上學到過「偉大」這個詞，於是一個現成的造句毫不費力地脫口而出，我對老人很激動地讚嘆道：

「您是一個偉大的畫家！」

不想這句話竟叫那老人笑得彎下腰來，一面捶胸口，一面又搖頭又擺手，「這孩子……這孩子……我不過畫畫而已。」

我還弄不大懂何爲「而已」，不過在我眼中，這個老人，這些畫，絕不是一種「而已」，他們爲我打開了一個嶄新的窗口……從那兒，可以看到一個完全不同的世界。

這天晚上，當我和哥哥把這些畫兒拿回家的時候，全家人都被我們的奇蹟轟動了。姊姊們、弟弟們都羨慕我們得到這樣精美的簽著名字的畫兒。大家爭相傳看，連平時根本不大注意孩子的事情的爸爸，也戴上眼鏡很仔細地看了我們的畫兒，並且特意稱讚道：

「這個人的書法很不錯的！」

當然啦，當然一切都很好啦——他是一個偉大的畫家！從這天以後，我和哥哥天天晚上跑去看老人作畫。看著那些奔馬、飛鷹、撲貓、舞鶴，一個個在他筆下活脫脫地誕生出來；看著春桃、夏柳、秋葉、冬雪，一樣樣地在他筆下頻頻更替；看著高邈的流雲，巍峨的群山，清澈的池水，飄忽的飛蝶，在他筆下同時並現；看著一個不同於窗外的大千世界，在他筆下變幻莫測地創造出來；兩顆孩子的心被深深地陶醉了，被強烈地吸引了，我們跟著他，在那行諸筆端的神奇王國中遨遊，有如踏上了一塊陌生的國土，每走一步，都會有聞所未聞、見所未見的奇蹟被發現……也許，我能踏上文學之路的第一步，全賴於當初這位銀髯長者的指引。

在我度過的所有暑假當中，這一個暑假是最短的，它那麼快就悄悄溜走了。老畫師該回家了。在臨走的前一天，我和哥哥跟媽媽說好，在我們自己的菜園中摘了辣椒、豆角、西紅柿，還掰了幾穗嫩玉米，又從葡萄架上剪了幾串龍眼葡萄，裝了滿滿一竹籃，給老人送去。這種東西在那大饑荒的年月是最可寶貴的禮物。老人見了東西竟感動起來，連連推辭著：

「使不得！使不得！」

我們一再告訴他這是自己家種的，是經過媽媽允許的，他才勉強收下。走的那天，我們去送他，一直送到防風林，又送過了鐵路（他們是要到楊閘去乘公共汽車進城的），方才各自站住。老人勸我們先回，我們要老人先走，最後還是老人讓了步，祖孫三人沿一條黃土大道逶迤而去，走了很遠很遠，我們還在相互招手。

過了幾天，媽媽突然收到一個郵件，打開來一看，原來是一幅中堂卷軸，上面畫了一幅牧牛圖，幾頭肥大的水牛，悠閒地走向如煙的山林，一個騎在牛背上揹了斗笠的牧童的背影，手中持了一根柳枝，隨意地擺拂著，畫頭上題了幾句古詩：

戶庭無塵雜，
虛室有餘閒。
久在樊籠裡，
復得返自然。

當時的我並不明白這畫、這詩的意境和老人藉以表達的心緒。只是到後來才知道，這幾句詩是晉人陶淵明所作。那久居鬧市的老人，在那場大饑荒中返歸鄉里，結識了我們這些小娃娃，並做了極要好的朋友，這一切，大約在他那如古井般的心裡引起了一點波瀾。

這幅畫也在那場浩劫中被毀了，沒有毀了的，唯有記在這裡的一段回憶……

七 短歌

說不清是從哪一刻哪一時開始的，我漸漸喜歡上了我的同桌——一個梳了兩條小尾巴辮的大眼睛女孩子。她叫阮芳，從一年級起就是我的同桌，一直到六年級高小畢業我們都並排坐在一起——這倒並非是誰有意安排，也並非命運的撥弄，而是因爲我倆一直在全班個子最矮。

一開始我對阮芳並不在意，我們小團夥裡的大旺、小玉堂、小狗子都跟我在一個班裡，誰有工夫注意她那兩條小尾巴辮呀，何況她還那麼嬌里嬌氣的。那時在小學裡常常要注射各種疫苗，過不多久，城裡防疫站和單位診療所的大夫們就要到學校來一次。同學們就排成隊，挽起袖口每人走上去挨上很疼的一針。男同學們故意互相開著些不著邊際的玩笑，一個個裝出綠林好漢的豪爽氣派，彷彿割了腦袋也不會喊疼的。女同學們則不然了，動不動尖聲尖氣哭起來，而且只要一個哭開了頭，便個個都要哭。這個阮芳因爲從來都是排在全班第一，因而也就從來都是第一個哭。她一哭，害得別的女同學針還沒打就提前哭起來，老師爲此很惱火，常常批評她。

我跟阮芳要好起來是在過了幾個「六一」兒童節以後。每次兒童節學校裡都要搞慶祝演出，各個班都拿出自己最精采的節目，演完以後還要評比發獎。那些色彩鮮豔的服裝，那種載歌載舞的場面，叫所有的孩子欣喜若狂。我從媽媽那兒繼承來的善於唱歌的本領，常常得以大顯身手。而阮芳是班裡最會跳舞的一個，她的獨舞也是全校聞名。一個能歌，一個善舞，如此說來是不能不有一點緣分了。

四年級的時候，從新疆來了一個歌舞團，據說是王震將軍專門請進北京來慰問在京的農墾工作者的。這個帶著火熱的民族風格的歌舞團一到，農場的四面八方都轟動了，演了一場又一場，請了一家又一家，儘管是在「困難時期」，但人們卻最慷慨地招待演員們。農場的職工，周圍的工廠、機關和農村，到最後連城裡的人也坐上大汽車跑了來。頓時新疆歌舞風靡一時，連那些平日裡搖著鞭桿，成天唱著「巧兒我採桑葉」的大車把式們，也改弦易轍地唱起了「潔白的頭巾繡花邊吔，美麗的紗裙迎風招展」。就在這一年的兒童節聯歡會上，阮芳準備了一個新疆舞，用的曲子就是這一段「潔白的頭巾……」。她借來了全套服裝和手鼓——並且是專門的兒童手鼓。這段舞蹈裡需要一個打手鼓的男舞伴。當阮芳當著全班同學的面，把舞蹈演了一遍之後，我們所有男同學的眼睛都鼓了起來，都想去扮演那個貼了兩撇八字鬍的男舞伴，嗨呀，手鼓一敲多神氣！多漂亮！多帶勁！老師問阮芳：

「妳看挑誰跟妳做舞伴呢？」

阮芳的大眼睛閃動起來，所有的男生們也都變得謙恭起來，一個個眼巴巴地望著，可是阮芳就偏偏挑中了我！

爲了排練好這個舞蹈，老師給了我們很多自由，甚至允許我和阮芳下午可以不上自習課，到她家裡去練習跳舞。那眞是一段如醉如癡的歲月。阮芳的家裡有一架鋼琴，她的媽媽會彈很多很多好聽的曲子。阮芳跟媽媽約好，每天下午我們練舞的時候，由她留在家裡幫我們伴奏、出主意。我們揮舞著手與足，把自己融進那熱烈奔放的旋律，當阮芳疾速旋轉的時候，火紅的紗裙便飄揚起來，露出她那兩條尚未豐滿的纖細的腿。我持著手鼓不離左右地圍著她，那一刻我猛然發現，阮芳有一雙那麼漂亮那麼黑的眼睛，有一張那麼紅潤的嘴……她彷彿不像打預防針的時候那麼不起眼了。有時候當奔放的旋律驟然而停，她就氣喘吁吁毫不介意地把手搭在我的肩頭，一面咯咯地笑著，溫馨的氣息撲面而來。

我們演出了。我們轟動了。我們得獎了。

這一個「六一」兒童節過得這麼快。一對卸了妝的舞伴不得不分開。從這以後，我對阮芳有了一種自己也說不大清的感情，每天放學回家總是千方百計地要和她一起走。大旺、小狗子他們有時來拉我，我總是找些藉口推辭掉。

那時候，我們家裡有一個絕頂有趣的玩意，爸爸有一架便攜式的螺旋槳推進器，它可以很方便地安裝在任何一種小木船上，使小船變成汽艇。遇到假日，爸爸常常帶著全家到北海公園去坐船，只要把那個推進器安置在木船後邊的船幫上發動起來，北海的湖面上就突突地飛奔著一條小汽艇，我們在船上歡呼雀躍著。這隻汽艇當時曾經贏得了公園裡所有的目光。

自從上次演出之後，我就存了一個心願，一定要請阮芳來和我一起去坐汽艇。可是一想起爸爸又有些害怕，最後還是鼓起了勇氣：

「爸爸，這次我想叫一個同學跟咱們一塊去坐船。」

「哪一個？」爸爸坐在桌前頭也不抬地問。

「就是『六一』兒童節跟我一起跳舞的那個女同學，我們練舞的時候，她媽媽一直幫我們用鋼琴伴奏，我……」一邊說著心已經提到嗓子眼了。

爸爸還是不抬頭：「來就來吧，不用跟我說這麼多。」

我一溜煙跑了出去。

汽艇開起來的時候，阮芳有點害怕，但很快就適應了。一隻手緊緊地拉著我，一隻手伸到綠色的湖水中撥起白色的浪花，她哈哈地笑著，臉上濺滿了水珠……白塔眞好看，湖風眞清爽，我眞想唱，可是當著爸爸的面，我不敢。

從城裡回來的時候天已傍晚，我提出來送阮芳回家，她答應了。快到她家門口的時候，我叫住了她。

「小芳，妳吃葡萄乾嗎？是我爸爸從新疆買來的。」

「小芳？」我怎麼叫開她小芳了？只有她們家的人才是這樣叫的。我的臉立刻羞紅了，趕忙從衣兜裡抓出一大把葡萄乾來掩飾……碎玉一樣的葡萄乾從一隻手遞到另一隻手裡。阮芳驚呼起來，然後又對我說：

「你等著！」

一轉眼她跑回家去，捧著一大把糖轉回來遞給我道：

「小孩酥，你吃吧！我姨姥姥從城裡給我帶來的。」

不久關於我和阮芳「兩個人好起來」的傳聞，在班裡傳開了。當時，在孩子中間如果有人說出哪一個男的和哪一個女的「好起來了」，是一件極嚴重的事情，男同學們會毫不留情地當面指著你罵出「流氓」一類的話，女同學們則終日在你座位後邊嘀嘀咕咕。弄得不好，這種事還會由班幹部匯報到老師那兒去。老師就要單獨召見雙方，說一套相同的話，諸如：注意團結是好的，但是也要注意影響等等。這一天，放學的時候我又謝絕了大旺他們的邀請，留在後邊和阮芳一起回家。沒想到，走到半路上，道邊的樹後突然躥出一條剪徑好漢，指著我們倆喊道：

「你們是流氓！你是阿蘭他是曾泰，你們兩人相愛！」

「阿蘭」是前不久剛剛放映過的電影《英雄虎膽》裡的女特務。自從放了這部電影，「你是阿蘭他是曾泰，你們兩人相愛」這個充滿了貶意的順口溜，就在孩子中間流傳開了，想不到大旺竟當面罵到我頭上來。阮芳搗著臉哭了起來，看來只有拳頭才能解決問題了，我二話不說揮著拳頭衝了上去——這是平生第一次爲「情人」而戰。

有了這場戰鬥，傳聞似乎平息了很多，而我卻被一次意外的發現弄得心神迷亂。那是在一次自習課上，同學們都在專心地做功課。這一天，阮芳換了一條漂亮的無袖連衣裙，——她這種特殊的漂亮，常常招來女同學的羨慕或是嫉妒。阮芳也伏在桌面上專心地寫。我無意間朝她掃了一眼，猛地，從那無袖裙肩頭的縫隙間，我看見了她微微隆起來的小小的緊緊的乳房！那一刻大約是有人在腦袋裡放響了一顆炸彈，只聽得轟地一聲巨響，我火辣辣地把臉側過了一邊，心裡想著大旺那些「流氓」和「阿蘭、曾泰」的咒罵……你可以看人家的臉，你可以看人家的手，你怎麼可以看人家的那個地方？心跳得幾乎透不過氣來，若是當時有人說要用一根繩子穿過耳朵，把我永遠地拉向另一側，大約也是會答應的……可是心中卻又同時湧動著另一種無法抗拒的衝騰，把我扯向回轉……這種激烈的「道德」與天性的爭鬥，不知經歷了多長時間，最後，我還是像薄伽丘筆下的那個最終還是喜歡「老虎」的男孩子一樣，新奇而又膽怯，強烈而又朦朧地在一種無可抗拒的吸引中扭過了眼睛……剎那間，沸騰的熱血燒得我周身滾燙……阮芳扭過頭來，詫異地望著我：

「你怎麼了？」

我支支吾吾說不上話來，一任自己在那迷亂的深淵中沉沒。

很快，小學生活將要結束了，我們可以第一次按照自己的能力和心願，報考學校了。報名志願表拿到手裡以後，我最關心的不是自己，而是阮芳報的哪個學校。我推著她的胳膊問：

「妳第一志願報什麼學校？」

「女四中！」

「女四中？可我怎麼辦呀？我又不能報女四中！」

阮芳有些歉意地低下了頭，她知道我的意思……無可奈何地解釋著：

「女四中離我姨姥姥家最近，我媽說考到女四中就可以住在姨姥姥家。」說完她又抬起頭來建議道，「你第一志願報八十中吧，八十中離女四中不太遠。我跟我媽媽說說，叫你也住在我姨姥姥家！」

可是當我回家跟媽媽商量時，她不同意，她要我的第一志願報男八中，那裡離爸爸的工作機關近些（當時爸爸已調到部裡工作了）。但這一切都未能如願，就彷彿命中注定了我要在紅房子這塊土地上一直長到成年。正當同學們進入緊張的總複習階段時，我又病倒了，神經性胃腸紊亂拖了我二十幾天，考試成績大受影響。聰明的阮芳如願以償考中了女四中，我卻名落孫山，只考中運河邊上的楊閘中學。

暑假裡，阮芳的姨姥姥把她接到城裡去了。當她從城裡回來的那天，我遠遠地看見了她的背影：燦爛的陽光下，大道的那一頭有一個梳著兩條小尾巴辮的姑娘……遠遠地，對著那背影我放開喉嚨唱起來：

太陽出山囉——哎，

喜洋洋嘔——郎囉，

挑起扁擔溜溜采，哐采，

上山崗嘔——囉。

……

心裡眞想叫她聽見，眞想叫她回過頭來……可是，沒有，她揹著一隻小書包，一跳一跳地跑著，在柳樹的背後消失了，嘴裡多半也像我一樣唱著一支什麼歌子……

八 向彼岸

過了平生第一個最痛快、最無憂無慮的暑假以後，在一個秋涼初露的早晨，我揹著一隻嶄新的書包，沿著那條老畫師走過的路出發了。越過防風林，越過鐵路，穿過塔營村，走上一個巨大的緩坡，這個土坡是開鑿運河時挖出來的黃土堆積的。走著走著，道路兩邊都立起了土壁，整條大道就像是一條古老的河槽，「岸邊」上長滿了帶刺的酸棗叢，不遠處有一座假山式的巨大古墳，有人說那是清代大作家曹雪芹家裡的寶地，也有人說塔營過去叫塔千戶營，這墳墓便是那位千戶侯爺的……再向前，有一股裹著怪味的潮濕的氣息撲面而來——運河不遠了。

沿著河槽般的土道走上最高點的時候，傳來一陣飛瀑濺落的轟鳴，閘橋在眼前出現了，這就是大旺說的那座瀑閘，這就是大旺學會狗刨的那條河。大旺的奶奶給我們講過一個古老的傳說：當初這條連接大都和通州的通惠運河修成以後，由於北京地勢高，而通州地勢低，河中水位太低，所以漕運的船隻仍然無法進京。皇帝傳下聖旨限期通航，如若違令逾期，立斬不貸。民工們和官員們一籌莫展，眼看誤期，女人們開始坐在岸邊哭起來。就在這時，來了一位白鬍子老頭，挑了一副賣炸糕的擔子，沿著運河兩岸叫賣而行：

「炸炸糕——！炸炸糕——！」

愁眉不展的人們猛然醒悟了，這老人是送來了救命的主意——在運河上建造水閘，一閘比一閘高，放下閘門，水位自然就會上升，船隻自然就可以一閘一閘地轉行進京。可當人們再去找這賣炸糕的老人時，已無處可尋了。於是人們紛紛傳說，是魯班師傅下世來為眾生解難的。後來，等讀了一點歷史的時候，我才知道，近七百年前開鑿於元朝至元二十九年的這條通惠河，是在古代大科學家、任都水監郭守敬的主持下動工的。這條河西抵積水潭，東至通州注入大運河，成為京杭大運河進入京城的最後水道，當年忠情不移的杜十娘，就是在通州棄車登船隨李甲回鄉的。

深褐色的河水從水閘上飛落而下，濺起十數尺高的浪花，白色的泡沫在離水閘不遠的下游，像棉絮一樣鋪滿河床。整個水閘基座是用巨大的花崗岩石塊壘成的，所有的石塊都用一種⋈形鐵榫相互咬死。迎水面的石壁上左右分刻了兩隻鎮水的怪獸，水位低下來時，便會露出猙獰的面目。沿水道的石壁上鑿出兩道平行垂直的石槽，用整棵的巨大油松做成的閘板，就是順著石槽用絞車放下去的。起閘或落閘時的情景頗為壯觀。赤身裸體的農民們有的只穿了短褲，有的連短褲也沒有，僅把一件小褂用袖子挽了遮羞。一組六個人，分成兩組峙立在兩端的絞車旁，一個絡腮鬍子的黑臉大漢，在那令人目眩的閘邊立定，雙手一揮，唱起粗獷高亢的號子來，於是隨那號子的命令，農夫們一個個咬定牙齒，鼓起醬紫色的肌肉，「嗨嗨」地應著，一步步小心地推動絞車，稍有不慎便有被絞槓撥進閘窩的性命危險。浸透了河水的油松重達數千斤，經過一陣悶重的掙扎，終於被從激流中提上岸來。抱了孫孫的老奶奶，袒了乳的婦人，就站在不遠的土岸上，看著她們的親人怎樣一步步艱難地戰勝運河……從十三歲上中學起，到十八歲插隊離開北京，我曾無數遍地走過這條大道，走過這個瀑閘，無數次地聞過那運河的氣息，無數次地目睹了這一幅人與河的抗爭圖。

走過閘橋，身後傳來飛瀑沖擊的轟鳴。我知道，自己長大了；我知道，我已經把自己的童年留在了運河的南岸，留在了那一片濃蔭蔽日的原野裡。

運河風

古老的河床內闃然無聲，只是那股時時被風颼起來的又苦又澀的腐味，才能提醒人們注意它沉重的存在。

當公共汽車緩緩駛近校門時，隔著剝落的土圍牆，李京生看見了校園裡那一片熟悉的松柏林。枯瘦的枝條舉著雲片狀的針葉靜靜地定在半空，叫你不由得會想起秋天。

學校的教室和操場下邊原來是一片偌大的墳塋，不知是哪朝哪代的顯赫家族選中了運河邊的這塊地方，造墳樹碑，栽松植柏，希望能萬古留名……後來，一切都湮沒了，只留下這片疏朗的林子，瘦瘦的，乾乾的，像一個永遠的秋天。

傳達室的汪大爺總愛指著在林子裡喧鬧的孩子們說：

「小兔崽子們，福氣。整天躺在這一大片好風水裡打滾兒！」

說實話，二十三年前那個九月一日的早晨，當李京生走上閘橋，越過古老的通惠河，沿著田埂和水渠走進這所中學的時候，是很有些失望的。它太寒酸了，和想像了一個暑假的「中學」比起來就更寒酸。

幾排鋪了魚鱗瓦的舊平房；一副油漆斑駁的籃球架，球筐上掛著幾縷撕爛了的網繩，活像是件沒法穿的破衣裳；圍牆只有一半；操場和生產隊菜地的分界線，是一條長滿黏稀稀的苔蘚的水渠；颳南風的季節一到，教室和校園裡就時時溢滿了一股又苦又澀的運河氣味。

學校本有一個和城裡中學一樣神氣的編碼校名——第二三三中學。可不知爲什麼就是沒有人承認這個三位數的編碼校名，到底還是把它和運河連在了一起。舊磚砌成的門墩上掛著一塊木牌，上面用正楷字寫著：

北京漯閘中學

於是，在運河邊兒，在北京東郊連綿的麥田和青紗帳裡，就有了這所中學。有了那許多來得很慢，可又去得很快的歲月。

一

「同學們，大家都來看看這幅傑作！」

在開學第三天的十五分鐘「晨檢」課上，一（一）班班主任張正平老師把一幅畫舉了起來，教室裡頓時響起一陣哄笑。張老師挑起一根食指朝上勾了兩下：

「白保宗，你站到前邊來讓大家比比，瞧瞧你自己跟這張畫兒一樣不一樣？」

白保宗吸溜著鼻涕站到講台前邊，張老師把那張畫和白保宗滿是雀斑的臉並排擺上去，哄笑聲益發地熱鬧起來。白保宗伸出污黑的手朝鼻孔裡摳著，和大家一起笑。

這是一張畫在圖畫本上的威風凜凜的戎裝自畫像：大檐帽，武裝帶，兩道槓一顆星的領章和肩章，畫像下邊赫然寫著，部隊番號：北京瀑閘中學一（一）班，軍銜：少校，姓名：白保宗。這張畫是在昨天的美術課上和課堂作業一起交上去的。

一塊乾硬的鼻涕牛兒被摳了下來，在指肚間揉成一個小球。白保宗不害怕也不害羞，笑嘻嘻地揚著臉兒，把鼻涕牛兒偷偷彈到離自己最近的課桌上。

突然，那根剛才把他「勾」到前邊來的食指重重地敲在腦殼上：

「站好！」

像炸痱子似的，白保宗渾身的汗毛孔猛地縮緊了，緊得毛拉拉地疼。

「你對大家說說，你這麼做對不對？」

「不對……」

「都哪兒不對？」

「我不該亂畫……」

「還有呢？」

白保宗答不上來，手指頭又朝著鼻孔伸過去。

「放下手去！」

一聲斷喝，剛才敲過一下的手指頭又敲了下來，這一次比上一次更重，白保宗覺得整個腦袋都「嘣」了一聲。

「你好好想想，還有哪兒不對。什麼時候想出來，到教研室找我去。想不出來，咱們就一起帶著這畫到你家去……」

誰也沒料到，白保宗忽然哭了起來：

「憑什麼上我們家，憑什麼上我們家！不就是畫了張破畫兒嗎？我以後不畫了還不行……」鼻涕眼淚都下來了，抹來抹去的手背上洗出了一點新鮮的肉色，眼睛的四周卻留下些泥湯似的淚跡。

其實，班主任的質問不只白保宗答不出，一（一）班的同學們都有些茫然。中學生剛剛當了三天，有些人的名字還記不準呢。可既然老師問，就一定還有原因。按照老師的臉色來看，那個白保宗答不上來的錯誤比在圖畫本上亂畫要嚴重得多。按照白保宗哭得這般傷心勁來看，他那麼害怕老師家訪，家裡一定有一個極其厲害的家長。

張老師不理會傷心落淚的白保宗，從活頁夾中又取出一幅立方體臨摹，高高地舉起來：

「我這兒還有一張畫，美術老師說這是全年級畫得最好的一張，也是咱們班的同學畫的，大家好好看看。白保宗你也看看！」

教室裡出現了一陣小小的騷動，有人小聲地問著：「誰呀？誰畫的？」和白保宗坐鄰桌的李京生認出來那是自己的作業，心裡一陣興奮。張老師讚許的目光和他對視了一下，又轉向白保宗：

「桌子挨著桌子，你怎麼就跟人家差了這麼多？」接著又吩咐，「李京生，今天放學以後你好好幫助幫助白保宗！」

許多羨慕的眼光集中過來，李京生的臉紅了。當白保宗拖著鼻涕眼淚回到座位上時，一股難聞的怪味隱隱傳過來，李京生厭惡地聳了聳鼻子。

開學三天了，他依然不能適應從農村同學身上時時散出來的這種味道。這是一種說不清是汗臭、煙燻還是酸腐的豬食味混攪在一起的氣味。後來，時間久了，李京生又慢慢辨別出這氣味是隨著農時和節令而變化的。春天常常會有一股在地窖裡放壞了的紅薯的苦味兒；麥收時節會有隱隱的麥稭味兒；冬天是燒熱炕的柴草燻出來的冷煙味兒；到了殺蟲的時候又會有股強烈的農藥味兒。

一直到了初中二年級第二學期的「生活會」上，他才認識到自己這種對氣味的反應，不是屬於生理衛生教科書上所說的那種嗅覺器官受到刺激後的生理反應，而是屬於需要改造的嚴重的思想感情問題。

下午放學之前，張正平老師特意把李京生叫到教研室去。

從教研室出來的時候，李京生知道了一個祕密，知道了白保宗自己想不出來的那個錯誤的嚴重性。只要一想起張老師那張嚴肅的臉，和這個有點像小說、電影裡的故事一樣的祕密，李京生就抑制不住一種衝動，甚至覺得馬上就要進行的這場和白保宗的談話很有些神聖。可是，當他在放學回家的路上費盡口舌，啓發了半天之後，白保宗卻一個勁地朝他做鬼臉。李京生有點誇張地把眉頭鎖起來：

「白保宗，你嚴肅點！」

白保宗撇撇嘴：「得得得，您別跟我假正經了，學校又不給你開支！」

「什麼假正經？張老師說了，你的錯誤有思想根源。你和劉彩英一樣，都有家庭問題，你得劃清界線！」

「老說這玩意兒眞沒勁！」

爲了轉移話題，白保宗顯出很近乎的樣子湊上來叫著李京生的學號：

「嘿，九號，把你的口琴借咱吹吹。」

「你應當好好認識自己的錯誤！」李京生竭力模仿著班主任。

「就吹一會兒。」白保宗死纏著不放。

「不借！」

「操，又不是紙糊的！」

隨著罵人的髒字，那股難聞的味道又飄了過來。李京生厭惡地皺起眉頭，盯著白保宗那兩隻爛得發白的嘴角說道：

「眞噁心！」

白保宗並不灰心，繼續保持著高昂的情緒：

「頂數你們『大工人兒』事多，不就是怕傳染嘛。操，咱沒病，保證沒病！」

一邊說著一邊從書包裡摸出他那個全校獨一份的水杯——一隻大號墨水瓶，就著膠木嘴嘬了一口水，呼呼嚕嚕地漱了一陣，噗地噴到地上，抬起絲絲縷縷的袖口在嘴上一抹：

「怎麼樣？這回衛生了吧？」

李京生早已忘記了自己的使命，憤然衝到前邊。

在開學典禮的大會上，他就是用這隻口琴贏得了全校師生的掌聲的。聽了他的口琴獨奏以後，團總支書記、少先隊大隊輔導員趙蜀秀老師找他談了話，要他做好思想準備：戴三道槓，做大隊的宣傳委員。高興之餘，李京生又有幾分得意——上小學的時候他就是三道槓。趙老師肯定看過自己的學生簡歷表了，那上邊什麼都寫得清清楚楚的。

背後傳過來白保宗失望而又惱怒的聲音：

「操，這幫『大工人兒』眞他媽小氣！」

李京生猛然轉回身：「你罵人？」

「誰罵了，誰罵你了？我他媽罵自個兒呢。」

白保宗自找台階，嘻皮笑臉地又把一隻胳膊搭到李京生的肩膀上。

在這些農村來的同學眼中，所有吃商品糧、有城市戶口的人，都被他們一概蔑稱爲「大工人兒」。於是，在同學們中間就有了一道天然的分界線，分界的雙方都有一種不大能說清原委的敵視和不斷發生的齟齬。

李京生狠狠地把白保宗搭在肩上的手推下去，再一次把白保宗撇在身後。猛地，一陣口琴的響聲又把他拉了回來。白保宗笑著，把口琴從嘴裡拿下來，一縷黏長的口水在夕陽中閃著光亮。

「操，挺容易，一吹就響！」

李京生怒吼著撲上來：「給我！」

白保宗靈巧地躲閃了幾次，很快把對手甩出一段距離，口琴在他嘴裡又沒譜沒調地亂響了起來。李京生暴跳著：

「你要不還我，我就到你們家去告你偷東西！」

說完轉身便走。這一招果然靈驗，背後傳來那個熟悉的討好聲：

「哎哎哎，鬧著玩呢，較開眞兒啦？哎，我給你擦擦……我可把口琴放在這兒了，眞要丟了我不管……」

李京生不理會背後的討好，毫不動搖地朝前走。忽然，哇地一下背後傳來了絕望的哭聲：

「操你媽的……吹下破口琴就給告家長呀……」

李京生愣住了，這可是他絕沒有料到的場面。他有點驚訝地轉過身來，遠遠地，看見黃土大道的中間，自己那把蝴蝶牌口琴亮閃閃地躺在夕照之中。迎著夕陽，白保宗的鼻涕和眼淚幻化成一片橘黃色的光斑。李京生心軟了，猶豫了一會兒，還是朝口琴走了過去。當看見他終於拿起口琴的時候，白保宗忽又笑了起來：

「操，眞他媽不地道，動不動就告家長。我哥要是知道了，非他媽揍死我不可！」

「我不說告家長，你能還我？」

白保宗嘿嘿地笑，一邊又把鼻涕在手上來回地抹著發出一個倡議：

「走，九號，上我們家吃棗去！七月鮮兒！」

孩子們的聯盟從來都是在瞬間完成的，他們握手言歡了。

白保宗的家就在前面不遠的塔營村。

李京生每天上學、放學都要沿著這條黃土大道從村子中央穿過。坐在自家門坎上毫無顧忌地吊著奶子的婦人；忽然從門洞裡躥出來的黃狗；從高高的院牆裡探出來的棗樹枝；房舍間偶或露出來的長滿綠苔的污水坑；道路上星散著的牲畜的糞便；挑著水桶罵罵咧咧地和鄰居打招呼的農漢……這一切，都叫他感到新奇和陌生。尤其當村民們把那種分明打量陌生人的眼光，從身前身後投過來的時候，他就會從陌生中油然又生出些隔膜和說不清的惶恐。他從小是在農場的機關大院裡長大的，他從來都是隔著農場場部的大門，隔著自己那些溫暖的童年，遠遠地眺望這些曠野中的村莊的。

當李京生塞了滿滿兩兜「七月鮮兒」，跟著白保宗很不習慣地跨進那道高高的木門檻時，心裡不由得吃了一驚。

堂屋的柴灶上正坐著熬豬食的大鐵鍋，顯然是糊底了，一股焦糊的苦味兒和酸臭的豬食味混在一起，瀰漫了整個房間。屋內到處是雜亂無章的什物：工具、鞋襪、衣服，沒洗的碗筷，落滿灰塵的破撣瓶，結了蛛網的年畫，不經心撒出來的各種糧食顆粒，充塞了全部空間。沒有頂棚，椽子和檁條開膛剖腹般地在屋頂上裸露著，被長年的煙火燻得又黑又亮。一頭小豬圍著鐵鍋吱吱地尖叫著。羽毛上沾滿泥污的雞們在遍地的雜物之間搜尋著，並且不時地屙下一灘黏乎乎的綠屎來。一個滿身塵垢和柴屑的婦人慌慌地朝屋裡迎著來客：

「來啦您？屋裡坐，屋裡坐。」

一邊讓著，一邊順手抄起炕頭上的笤帚塵土飛揚地打掃著。

「他大哥，您倒是坐呀！早聽小二說了您是班幹部。我們小二皮著哪，您可得替我管著點……」

李京生有點不知所措了，此生還從來沒有誰用這麼恭敬的字眼、這麼謙恭的態度稱呼他。一時間，他在自己的頭腦中怎麼也找不出該如何對應的行為記憶來。

「您喝水呀。」

躊躇之間一隻粗瓷碗又伸到李京生眼前，白保宗大概是看出了同伴的尷尬，上來硬沖沖地解嚷道：

「妳甭管，人家不渴。熬妳的豬食去吧，火都滅了！」

把母親轟出屋之後氣氛才又輕鬆了一些。

白保宗走過來，大大方方地從李京生的書包裡取出口琴又吹起來。剛才打棗兒的時候，他剛剛知道了吹口琴是出氣、吸氣並用的，那支〈東方紅〉已叫他吹出一點模樣來了。但畢竟手生，吹到連不上的地方就索性唱上一兩聲。聽見琴聲，坐在灶前的母親又搭起腔來：

「小二，是口琴吧？準是人家他大哥的。早多少天就吵吵著叫我給買，上哪兒買去？連上學都是將就著上的。這不，他哥哥小學都沒畢業就退學了，還不是爲了供他念書。我這孤兒寡母的當是容易的……他爸還不知得多會兒才能回來，就這份兒命還買口琴呢！……」

「媽！妳少囉唆兩句行不？」

猛地，院子裡響起一聲粗重的男人的嗓門。

正嘮叨著的母親立即沒了聲音。大概是灶膛裡的煙戧了出來，她劇烈地咳起來。白保宗的臉上明顯地現出一絲恐懼。過了一會兒，隨著一口噴出來的煙霧，白保宗的哥哥夾著自捲的菸跨進裡屋。他那剛剛長出來的毛茸茸的唇髭和尚顯單薄的身架，與臉上掛著的嚴厲頗不相稱。他掃了弟弟一眼，喝斥道：

「給人家！」

看著馴服地執行命令的弟弟，哥哥又從身後重重地給了一句：

「癩蝦蟆想吃天鵝肉！那東西是你玩兒的？」

李京生突然漲紅了臉，似乎是本能地感到了主人的反感。爲了掩飾窘態，他慌忙捧起那隻粗瓷碗喝了一口水，但嘴裡立刻感到一股類似蒸鍋水的怪味，忙忙地又把碗放下，匆匆告辭退了出來。白保宗默默地跟在身後，走到村口的時候，他忽然拽了李京生一把，詭祕地眨眨眼：

「嘿，九號，我給你個東西看看。」

隨即神出鬼沒地從懷裡摸出一張舊得發黃的照片來。照片上是一個英武的軍人，沒有帽子，但領章上分明地標著他的軍階：兩道槓，一顆星。白保宗得意地露出黃蠟蠟的門牙：

「怎麼樣，挺神氣的吧？——我爸！操，不是咱這頭兒的。還沒等我生下來他就蹲大獄去了。哎，那天農場演《野火春風鬥古城》，你看去沒？裡頭那個關敬陶兩槓仨花，上校團長。我爸爸沒人家大，才兩槓一個花，少校營長。」一面惋惜地說著，又笑笑，「這照片是我專門給你偷出來的，我媽藏在她梳頭匣兒裡了，想瞞我？沒門兒！」

李京生突然想起了圖畫本上那幅威武的自畫像，頓時，好像悟到一點什麼，可又什麼也說不清。有好一陣，他講不出話來，怔怔地看著那張黃舊的照片，再看看眼前的同學，怎麼也不能想像這張生了雀斑的黃瘦的臉，就是那個軍人的後代。更叫他疑惑的是，自己在以往的小說和電影上看慣了的那些國民黨軍官的容貌，和這張舊照片似乎是根本沒有共通之處，不管他怎樣努力地尋找也是徒勞……一種說不清是恐懼還是同情的心緒在李京生心中猛然湧起來，難解難分地翻攪著，久久地不能排遣。

晚上回到家，李京生把「七月鮮兒」分給哥哥弟弟們。然後又向媽媽要來一點灰錳氧，把在自來水龍頭上洗了又洗的口琴放進了紫色的溶液中。看著口琴躺在濃重的紫水裡，不知怎麼，心裡就沉甸甸的。

「我以後一定要好好幫助白保宗改造思想，要求進步。」這麼想著，李京生似乎鬆快了一點。

第二天清早，當李京生在上學的路上經過塔營村口的時候，遠遠地就看見一個人坐在路邊的樹墩上。接著，那人冷丁跳了起來手舞足蹈地喊：

「嘿——！九號，九號！」

狂喜的叫喊聲直到鉛筆盒從書包裡顛出來，稀里嘩啦地摔到地上才止住。兩個朋友高興地「會師」了。白保宗興沖沖地建議道：

「李京生，以後我天天兒在這等你，行不？」

「行！」

「我媽昨天跟我說啦，叫我跟你交朋友，跟你學，說你這人兒面善，心眼兒錯不了！老娘兒們就知道講迷信。我還沒跟她說呢——人家李京生他爸爸是大官兒！操，她哪知道這個呀！」

李京生無比驚訝地瞪起眼睛：「你聽誰說的呀？」

「還用聽說？一到禮拜六下午，紅房子那兒就停一輛小轎車，我打草的時候見得多啦！有一回，還看見你從那車裡跑出來過。」

李京生一直很小心地記著爸爸的警告：絕對不許在同學中間誇耀自己的家庭出身。他從來沒向同學們吐露過一個字。可是當機靈的白保宗把這一切點破的時候，他心裡還是生起一種油然的得意來。

看見自己說對了，白保宗又趁興追問道：

「你家是住紅房子不是？那輛小轎車是你爸爸的不？」

李京生高興地點點頭，又囑咐道：「你知道就行了，別再跟別的同學說。」

「那還用你提？咱們倆現在是哥們兒！」

這個白保宗，滿口都是這些叫人發笑的話。李京生忽然想起老師們的教導：要幫助同學，首先就要團結同學。這個念頭一閃，他一下子就想到了口琴，隨手從書包裡抽出來遞給白保宗：

「給。」

「給我吹？」

「不是，給你了！」

「眞的？」

「眞的！我叫我媽再給我買一個新的！」

「噢——！」

白保宗一把奪過口琴歡呼起來。嘩啦——，鉛筆盒再一次地從書包裡飛出來。兩個人一起蹲下去把文具拾起來以後，李京生鄭重地說道：

「白保宗，以後你可得好好改造思想。」

「行——，改造！」

「還得要求進步。」

「行——，進步！」

「以後說話不許老帶髒字兒。」

「行——，不帶！」

白保宗頭也不抬地應著，在衣襟上來回來去地擦著那把已經屬於他的口琴，全然忘記了整個世界。

「你還得跟家庭劃清界線……主要是跟你爸爸。」

「劃界線幹什麼呀？」白保宗撐起了薄薄的眼皮，「再說我爸爸蹲大獄呢，我上哪兒找他劃去呀？」

「反正得劃清，張老師說了，你和劉彩英都得和家庭劃清界線。」

「操，我不劃。我們家就我媽和我哥哥，跟家裡劃清界線，誰他媽供我念書呀？」

可是看看李京生有些不高興了，他又連忙點頭道：

「我劃，我劃還不行？」

「好，那我以後就教你吹口琴。以後學校再搞演出，咱倆一塊吹口琴合奏。」

「嘿——，太棒了！對，就吹電影裡那個〈蘆笙戀歌〉。」

「那可不行，老師說了那是資產階級情調，得吹革命歌曲。」

「那就吹〈東方紅〉！」

這樣興奮地商量著，白保宗的眼睛裡好像點燃了一對燈盞，情不自禁地揮舞著亮閃閃的口琴。兩條胳膊像划水一樣笨拙地在空中擺來擺去，自己打拍子自己唱起來：

「東方紅，太陽升，中國出了個毛澤東……嘿，革命歌曲，眞棒！」

早上的太陽在晴朗的天空中燦爛地照耀著。被露水浸潤了的土路上，晃動著兩個孩子長長的身影。在極度的興奮中弄得走腔走調的嗓子，把尖銳的童音一陣陣地送到瀰漫了運河氣味的、濕漉漉的晨空之中：

「東方紅，太陽升，中國出了個毛澤東……」

二

開學已經五天了，可是第六排座位的最後一個位子卻一直空著。人不來，反倒引起大家的注意。一連五天，每天早上晨檢點名的時候，張正平老師都要照例高聲地叫一遍：「三十六號——，劉富金。」人沒來，自然也就沒有回答聲。於是，老師又繼續點下去。在這個小小的停頓中，同學們常常不由自主地把目光斜向那空盪盪的位子：這人眞怪，既不請事假，又不請病假，考上學校了卻又不來。

第六天上午被那張空位子一直等著的人終於來了，彷彿是誰安排好的，專門叫他撞在教語文課的賈文彬老師手裡。濹閘中學人人皆知，賈老師的威風全校第一。

劉富金到校的時候，那堂語文課已經上了一半。講的是朱自清的散文〈春〉，時代背景、作者簡歷都已介紹完了。據說這篇散文是朱先生心情最開朗的時候寫成的最開朗的篇章。賈老師示讀課文的時候表情難得的開朗，誇張地抑揚頓挫著。在秋天的教室裡向學生們強烈地渲染著春天的氣息：

「盼望著，盼望著，東風來了，春天的腳步近了……」

「報告。」

門外傳來了殺風景的遲到者的聲音，有些人的注意力輕微地轉移了。賈老師立即沉下臉來，威嚴地頓住，在眼角裡掃了一下教室的門，繼又讀下去：

「小草偷偷地從土裡鑽出來，嫩嫩的，綠綠的……」

「報告。」

「『吹面不寒楊柳風』，不錯的，像母親的手撫摸著你……」

「報告！」

「啪！」賈老師手中的課本摔到了講桌上。細長的手指神經質地伸向鬢角，隨即又放下來支住講桌的兩角，窄而長的臉霎時沒了血色。不知爲什麼，每次見到這種暴風雨來臨的場面，李京生的眼前就會出現電影上那些怪叫著俯衝下來的「敵機」。賈老師咳了一聲，右手的拇指和食指之間夾著一截剛剛掰下來的粉筆頭，教室裡的氣氛凝重得猶如一面堅硬而冰冷的石壁。

突然，叭地一聲微響，從第一排第一個座位的課桌上滾落下一隻圓形的紅塑料轉筆刀，搖搖晃晃地一直滾到講台下邊才倒下來，躺在一縷斜射進來的陽光中。劉彩英緊張地探了一下身子，可馬上又直直地坐定，一雙好看的大眼睛怯生生地在老師和自己心愛的轉筆刀之間來回擺動著。白保宗幸災樂禍地翹起了嘴角，爲借這隻轉筆刀他已經碰了三鼻子灰。但此刻沒有人去注意這支小插曲，大家的眼睛都死死盯在教室的門上……

終於，門開了，猛然間教室裡爆發出一陣哄堂大笑來，笑聲中居然有人拍起了課桌。

「不許笑！」

隨著賈老師的一聲咆哮，笑聲彷彿一面被飛石擊碎的玻璃窗，嘩啦一下，沒有了。只剩下眼睛還在笑。

同學們的眼前站著那位被等了五天的劉富金，誰也想不到他竟是一副這樣的裝束：蓬亂的頭上箍了一圈電線，靠近額頭的部分蔫頭耷腦地吊著一片專門撕下來的舊帽檐；破舊的衣服到處開了線；爲了把那條不合身的大褲子弄得牢靠些，腰裡繫的又是權充腰帶的一道電線；這「腰帶」的結合部打了一個結，結上綁了一隻釉面殘剝的白搪瓷杯子，髒乎乎的杯子上還可以認出一行紅字：「獻給最可愛的人」；右臂下像夾公文包一樣夾著的「書包」，也是電線製品，井字形地綑縛了幾冊舊書；腳上的兩隻球鞋一隻是高勒的，一隻是矮勒的，相同之處是都露著黢黑的腳趾頭。

劉富金併攏雙腳，鄭重地從頭上取下「帽子」，那一臉故意擺出來的悔愧的神態，越發襯出他掩飾不住的得意來——這一場哄堂大笑，是被他精心製造出來掩飾自己曠課的過錯的。可是今天他選錯了老師，遇到了一場他絕不能想像的狂轟濫炸：

「劉富金，你給我站直了！」

劉富金把兩隻腳併得更緊了些。

「站直！」

劉富金又盡力地伸了伸脖子，可還是不直，李京生從側面看去，吃驚地發現了劉富金那個突出的駝背。

「逃學五天的是你吧？」

默認。

「幹什麼去了？」

「賣草。」

「賣草？那你今天是上學來了，還是賣草來了？」

「……」

「說！」

「……上學。」劉富金現出一絲苦笑。

「上學？我瞧你純粹就是個要飯的！你給我出去！」

賈老師瘦嶙嶙的手指著門外，劉富金抬起乞求的眼睛，臉上還是掛著那絲苦笑：

「老師……」

「出去！」

「老師……」

「出去！」

賈老師幾乎是在喊了，看著依然不願挪身的學生，他又口不斷氣地一頓臭罵：

「一撅屁股就知道你屙什麼屎，想跟我這兒齜毛？齜哪根兒毛我薅你哪根兒毛！告訴你，今天不出去，這個學期你就再別想聽我的語文課！到底出去不出去？」

賈老師一面喊著一面大步跨下講台來，堅硬的皮鞋恰好踩在那塑料轉筆刀上。隨著破碎的聲響，劉彩英緊咬著嘴唇，淚水奪眶而出。賈老師毫無所動地直奔門前。

眾目睽睽之下的劉富金，在這頓狂轟濫炸面前既不哭，也不頂，彷彿一團兒多了水的麵團任擠任壓。看著老鷹撲小雞一般衝上來的老師，他臉上照舊掛著那副有點無可奈何的苦笑。大概是老師最後不許上課的威脅起了作用，他向逼到身邊的老師鞠了一躬，悶頭退出門去。賈老師又跟上一道命令：

「給我把門關上。」

隨著吱呀作響的門聲，剛才這一場暴風雨被推出了門外。抑揚頓挫的「春天的氣息」又在教室裡傳播開來：

「……春天像剛落地的娃娃，從頭到腳都是新的，它生長著。」

「春天像小姑娘，花枝招展的，笑著，走著……」

可同學們緊繃繃的臉上卻再也找不到半點對春天的反響。李京生分明看見，直到下課劉彩英都一直盯著那已經變成一攤碎片的轉筆刀熱淚漣漣。解救眾生的下課鈴終於響起來了，賈老師剛剛跨出教室門，白保宗立刻直著脖子像個叫驢似的吼起來：

「『盼望著，盼望著，東風來了，春天的腳步近了』……操，上他媽語文課能把人憋死！」

說完又警惕地轉過身去，朝著史淑萍說道：

「嘿，課代表，大委員，妳可別給咱匯報啊。」

學習委員史淑萍回敬道：「少耍貧嘴。賈老師今天批評劉富金是應當的，誰叫他逃學，還像個叫化子一樣！」

正說著，劉富金垂頭喪氣地走進來了，可一看見同學們的目光，他又訕訕地管自笑起來。白保宗朝教室後邊一指：

「嘿，你的座兒在那！讓咱戴戴你這帽子。」

劉富金大方地遞過去：「給你了。」

接連不斷的問話聲從四面八方傳過來，迎接著這位剛才的受難者：

「哎，你怎麼這麼多天都不來呀，真的賣草去了？」

「嗯。接著入學通知書我爸不叫我念了，說供不起，我就自己打草掙學費、書費。」

「那你夾這麼幾本舊書幹什麼呀？」

「這是我哥哥上中學用的課本，他叫我問問老師看還能頂用不，省得交書費。」
「別瞎起鬨了，根本不能用，趁早別問。」
李京生走上去指著那隻釉面殘剝的杯子：
「你這杯子太髒了，幹麼不洗乾淨點？」
「嗨，不乾不淨，吃了沒病。」
李京生又指指那一行被污垢覆蓋的紅字：「你爸爸原來是志願軍？」
劉富金滿意地打量了對方一眼：「你還眞看出來了。」
這一句問答頓時在教室裡引起一陣小小的騷動，七嘴八舌的問話又多了起來：
「志願軍？哎，去過上甘嶺沒有？」
「沒有。」
「是開坦克的吧？」
「不是。」
「負過傷沒？」
「沒。」
大家有些失望了。劉富金把杯子扔進桌斗裡：
「負過傷倒好了！我爸爸老罵美國鬼子的槍子兒他媽不長眼，整整三年就沒叫槍子兒擦破皮兒，眞要是那會兒挨上一槍，弄個三等殘廢，我哥哥看病，我上學的錢就有了。」

「你瞎說！」

史淑萍氣憤地插進來：「我爸爸也是志願軍，他在第三戰役的時候犧牲了，就是美國鬼子打死的……我爸要是不死，我媽也不會朝前走……」說著眼淚就滾了下來。

雖然開學時間不長，可大家都已經知道了史淑萍是瀑閘村的。她的爸爸是烈士，媽媽「朝前走了」（改嫁）。她現在跟著哥哥過，可是嫂子總是虐待她。幸虧史淑萍在學校享受助學金，學費、書費都免收。也正是因爲這個，史淑萍對學校、對老師懷了一種深深的感激，在所有的老師面前都如同對待長輩一般敬畏、遵從。

一直靠在課桌上默默站著的楊留根，操著粗嗓門冷冷地打斷了史淑萍：

「得得得，您少流點水兒吧！動不動你媽朝前走。誰叫你媽朝前走來著？也他媽不嫌煩人！」

楊留根在小學蹲過三次班，現在是班裡塊頭最大的一個。脖子上突出來的喉結；嘴唇上邊黑起來的汗毛；粗重的嗓門；動不動抱在胸前的兩條粗胳膊，都已顯出一副男子漢的派頭。

他的父親楊洪海是瀑閘生產隊的隊長，區人民代表，在通惠河兩岸頗有些聲威。有一次，李京生曾經親眼看見這位隊長，披著褂子，夾了菸捲，站在閘橋上喝斥著一群壯實的莊稼漢們起閘板。

在學校裡，兒子總是有意無意地模仿著父親，以當然的領袖自居。對這些農村來的同學們帶著一股驕橫，對本村的同學就尤其厲害些。對此李京生非常反感，並且他還強烈地感覺到，這個楊留根總是對他懷有一種特殊的敵意。

選舉班幹部的那天，班主任張老師把事先已經安排好了的名單抄在黑板上，讓大家舉手通過。彼此間都還不怎麼熟悉的同學們心裡都明白，舉手不是表示自己的意見，而是表示對老師的服從，所以被選舉的人總是全體通過的。可是當張老師說到李京生的名字時，坐在最後一排的楊留根脫口喊了一句：

「我不同意！」

李京生雖然沒有回過頭去，卻也分明感到了對方那股惡狠狠的火氣。這猝不及防的襲擊儘管不會影響選舉結果，卻是一份公開的宣戰書。楊留根似乎在和李京生爭著一樣什麼東西，尤其是當他和農村同學熱呼起來的時候，楊留根的反應就分外強烈。

一場挺熱鬧的談話被楊留根打斷了，教室裡忽然顯得沉悶起來，只有被毀了轉筆刀的劉彩英還在一下一下很響地抽著鼻涕。

猛地，在這短暫的沉悶中響起了口琴的聲音。只見楊留根大張著的嘴裡滿滿地咬著口琴，既不吹歌子也不吹什麼曲調，只是拚命地叫口琴發出響聲。薄薄的簧片在劇烈的氣流衝擊下，不時發出噼噼叭叭、幾欲斷裂的震顫。有幾個女同學尖叫著摀住了耳朵。李京生一眼認出來，被咬在那張大嘴上的正是那把蝴蝶牌口琴，一股火氣頓時躥上來：

「白保宗，我給你的口琴呢？」

白保宗膽怯地低下頭去：「他在茅房門口堵住我非要借走，我……」

楊留根把口琴高高地拋起來，又接住：「李京生，你們家不是闊著那嘛，給咱一（一）班一人發一把不就結了。」

李京生呼地朝著楊留根衝了上去，腳邊的椅子絆了一下，叮叮哐哐地滾倒在地上。白保宗在後邊喊著：「別打，別打，你非得吃虧不可……」女同學們再一次地尖叫起來。就在這同時，上課的鈴聲響了……一場眼看爆發了的暴風雨，驟然間被凝凍在半空，李京生火悻悻地收起拳頭。楊留根嘲諷地撇著嘴：

「有本事咱倆現在就出去，我可不怕當不上三好生！」

歷史課代表喬莉莉急不可耐地漲紅了臉：「自覺點好不好，老師都來了！」

果然，敞開的教室門前，隨著洩進來的陽光，一個嬌小的身影無聲地印在了教室的磚地上，屋子裡頓時沒有了聲響。當門口那個小影子在班長「起立」的口令和桌椅碰撞聲中走進來的時候，一（一）班的全體同學驚訝地發現，他們竟有一個這麼漂亮小巧的歷史老師。烏黑的頭髮燙成幾個自然的波浪在腦後舒展著，一件質地極好的藍色無袖旗袍顯眼地襯出了兩條雪白滾圓的胳膊，秀氣的半高跟皮鞋篤篤有聲地敲打著講台上的水泥地面。她走上講台，踮著腳尖在黑板上大大地寫了三個字：陳靜婷，爾後轉過身來：

「同學們，我叫陳靜婷。以後就由我來教你們的歷史課。我也是剛剛從學校畢業的，在這之前我和大家一樣也是學生……」

一邊說著就漲紅了臉。像一股夏天的風颳過叢林，教室裡湧起一陣小小的騷動。

白保宗捅捅李京生悄悄地說道：「嘿，眞棒，眞棒！」李京生搖搖頭：「別說話。」

在這陣騷動中陳老師的臉更紅了，她以爲是自己出了什麼差錯，忙扭頭看看黑板上的字，爾後又上下打量著自己，有點詫異地問道：

「同學們，怎麼了？」

白保宗在座位上脫口喊道：「陳老師眞好看！」

教室裡頓時升起一片贊同的笑聲。陳老師抬起渾圓的胳膊，反過手掌羞色滿面地擋住嘴，努力把笑容從臉上抹下去，使自己莊重起來：

「同學們，這不是咱們歷史課的課堂內容。下邊，我首先給大家講一講學習歷史的目的和意義……」

至於學習歷史的目的和意義到底是什麼，同學們並不在意。重要的是，從此，他們都不約而同地認定了，歷史課就應當和陳老師一樣可愛。

上午的四節課總算都結束了。家在附近的同學們都匆匆趕回那些冒著炊煙的農舍，滿當當的教室轉眼空了一半。剩下的人都一心等著生活委員從汪大爺那兒把熱好的飯領回來，心急一點的就跑到門外去張望。當每個人都香甜地吃起來的時候，李京生發現劉富金沒有飯，坐在自己的位子上，兩手捧著那隻志願軍用過的杯子在喝水。水很熱，白色的水氣淡淡地升起來擋在臉前，劉富金鼓著嘴吹開它們，目不轉睛地盯著杯子，一口一口的，很響，很認眞地喝著。教室裡一片咀嚼的咂咂聲。李京生疑惑地問道：

「劉富金，你怎麼不帶飯？」

「我不餓。」

一面答著，劉富金又響響地吸進一口開水。

李京生非常不好意思地看看自己的飯盒，三個肉包子只剩下半個了。躊躇了一會兒，伸過飯盒試探道：

「你吃嗎？這半個包子是我掰的，沒咬過，眞的……」

說著滿臉漲得通紅，彷彿做了什麼對不起人的事情，心裡頓時升起一種非常難以說清的湧動。不知怎的，就想起了雷鋒小時候的「舊社會」來。以致那舉著飯盒的手又猶猶豫豫地縮了回來。劉富金避開同學們的注視，臉上又現出那副訕訕的苦笑來：

「我眞不餓。我們家從來都是兩頓飯。」

白保宗撇撇嘴：「假招子，叫你吃你就吃唄！」

劉富金並不生氣只是笑笑。李京生轉而向白保宗求援：

「你還有嗎？」

白保宗不情願地打開飯盒，把剩下的半塊玉米麵貼餅子一分爲二，一面嘟囔著：

「操，自己不帶還想吃個滋潤！」

李京生生氣地擋住他：「不用你的！不用你的！」

白保宗忙又笑起來：「較什麼眞兒呀，我又沒說不給。」說著把省下的那一塊也一起拿了出來。

看著劉富金終於吃起來的時候，李京生又眞心地邀請道：

「劉富金，你以後參加我們的學雷鋒小組吧。我跟白保宗是一組的，老師說自願結合。」

「行。」

「你們家怎麼這麼困難？」

「我媽死了，我哥得類風濕性關節炎癱了，我爸也是個病秧子，隊裡一天只給六分工。」

「那也不能不吃中午飯呀。」

白保宗又撇起嘴來：「你們『大工人兒』哪知道這個。操，六〇年我們村兒還有餓死的呢！你爸是大官兒，餓著誰也餓不著你呀！」

「你胡說什麼！」

李京生氣憤地喊著，可內心深處卻分明感到一種隔膜。這層東西總是時時橫在他和農村同學之間。

自從上了中學，李京生分明感到好像一切都變了，離開了家，離開了從小一起長大的朋友和紅房子；那個破破爛爛的瀑閘中學，那些渾身是味兒的農村孩子，叫他那樣的陌生，他甚至覺得被這陌生沉重地壓出一種孤獨來。在運河那邊，在那些鋪了魚鱗瓦的舊平房和松柏林之間，總有些和自己格格不入的東西在束縛著。李京生眞想擺脫掉這種孤獨，可面對著那麼多的陌生，他又覺得不知所從。他幾乎是在著著急急地交朋友，著著急急地向周圍的同學們表示著好感，一心盼著快點和同學們混成一團兒。

就在這一刻，李京生暗自下定了一個決心：他要像助人為樂的雷鋒那樣做一件好事，要幫助劉富金。從此以後，他每天往飯盒裡裝午飯的時候總是要死命地塞，直到再也裝不下為止。有一次母親詫異地問他：「你怎麼要帶這麼多？」李京生只回答了兩個字：

「我餓！」

三

今天是劉富金請客！

課桌上攤著一塊很厚的黑乎乎的籠布，籠布上擺著一大塊餘溫尚存的「驢打滾兒」。暗紅的黏高粱米麵裹滿了摻了糖精的香噴噴的炒豆麵，劉富金使勁地勸著兩位朋友：

「吃呀，趁熱快吃！這東西就得做得了趁熱吃，不能再回鍋，再一蒸回頭拿不起個兒來了。李京生，你再吃一塊！」

一邊說著又用鉛筆刀割下一塊遞過去。其實籠布上的那點東西，根本經不住他這麼起勁的勸，就是再有這麼多也不夠三個人吃的。

快半個學期了，這是劉富金帶來的第一頓中午飯。這半個學期當中，每天中午都是李京生把自己的飯分一半給劉富金吃。怕他不好意思，每天吃完飯以後又都是李京生自己搶著去洗飯盒。其實李京生不懂得，村裡人和城裡人不一樣，沒那麼多的虛套子。眞要是臉皮兒這麼薄，劉富金也早就不吃他白給的飯了。受了人家的好處，又一點兒回報也沒有，這才叫人心裡難受呢。

今天這頓風味獨特的奢侈午餐，劉富金眞恨不能叫李京生一個人一口不剩地嚥下去，好像不如此就不足以補償他半個學期以來的歉意和感激。

看見劉富金在那兒「只動手，不動口」，李京生不滿意了：

「劉富金，你自己也吃呀！」

劉富金不屑一顧地朝著「驢打滾兒」擺擺手：

「我早就吃膩了！」

白保宗一邊舔著指肚上的豆麵，一邊挖苦道：

「剛他媽帶了一頓飯就牛開了，有本事天天兒來個驢打滾兒！」

一句話噎得劉富金不說話了。想頂一句可又張不開口，他知道，到明天他還是什麼也帶不來。這塊「驢打滾兒」還是他跟爸爸說了好幾次才特意做出來的。心裡一陣難受，眼淚在眼眶裡就打起轉來，他想忍住，就笑，一笑淚珠反倒斷了線似的落下來……

李京生勃然大怒：「白保宗，你怎麼這麼缺德呀！有你這麼說話的嗎？」說著拉起劉富金就走，「走，咱們走！以後不理他了！」

白保宗就怕李京生這句話，一溜小跑跟在後邊哀告起來：

「操，不就是一句話嘛，咱認錯兒還不行？咱賠不是還不行？我不是人，行了吧？嘿，劉富金我又不是成心的，你至於的嘛……」

李京生根本不理會後邊的哀告，朝教室外邊徑直走了出去。教室裡的同學們都笑嘻嘻地看著他們。現在這三個人已經要好得出了名，連課間十分鐘上廁所都得同進同出。

一直追到松柏林裡，白保宗才總算把李京生攔下來：

「你說怎麼辦就怎麼辦還不行？」

李宗生氣呼呼地指著他的鼻子尖：「以後你再幹這種事，咱們的學雷鋒小組就不要你了！」

「行，再幹就開除我。」

「你給劉富金道歉！」

「行，道歉。我不對，我的錯，我給你磕頭！」

說著白保宗屁股一撅當眞跪下磕起頭來，碰得腦袋咚咚響，三個人終於一起笑了起來。忽然，白保宗靈機一動出了個主意：

「嘿，乾脆，他們桃園三結義，咱們仨來個校園三結義吧！——不求同年同月同日生，但求同年同月同日死！」

一陣風颼過松柏林，頭頂上響起了頗有幾分氣勢的林濤聲。李京生拉住正要跪下去的劉富金：

「咱們走，別跟他出洋相！」

一場風波平息了，三個朋友有說有笑地返回教室。吃完剩下的東西以後，李京生又像往常那樣搶在前頭洗飯盒去了，而且還帶走了那塊籠布。劉富金實在覺得應當也幹點什麼，忽然發現了李京生扔在桌子上的手絹，就拿起來跑去洗。當他把洗好的手絹朝椅背上搭的時候，楊留根已經在家吃完飯又返回學校了，他站在身後拍拍劉富金的肩膀：

「吃了東家的飯，就得給東家幹活呀。賈老師眞他媽說對你了，天天兒要飯吃你就不嫌寒磣？」

白保宗在一旁跳了起來：「你說誰？」

「說你們倆呢，一對馬屁精！李京生給你們什麼好處了？」

「對了，願意！你想叫拍還不拍你呢。這地方楊洪海可他媽管不著，你少來這套！」

李京生洗飯盒回來，背後站著兩個堅強的盟友，唇尖舌利的白保宗顯得分外英勇。楊留根被人戳到疼處，那張長滿了「壯疙瘩」的臉頓時變了顏色：

「你個小兔崽子，我他媽今天給你放放血！」

一面說著挽著袖子走上來，李京生朝前跨了一步：

「你動他一指頭試試？」

話音未落，劉富金也逼上來：

「你敢？」

楊留根被死死地頂住了，眼前的形勢明擺著，要打就得吃虧。可是要當著這麼多同學的面下軟蛋，楊留根也就不是楊留根了。瞧他不動，白保宗更來勁了：

「打呀，㞞啦？」

突然，學習委員史淑萍插到這劍拔弩張的對峙當中來了：

「你們想幹什麼？想打群架呀？」一面說著又招呼別的同學，「去，你們快去叫張老師，就說咱們班裡有人打架呢！」

一聽說叫老師，白保宗的嘴軟下來了：「操，叫老師幹麼呀？誰打架啦？我們的事兒你們女生瞎摻和什麼呀？」

史淑萍不理白保宗，她知道現在阻止誰最有作用，朝著李京生轉過去：

「你還是大隊委呢，也打架？你們學雷鋒小組一塊打群架，像個小集團！」

這句話果然有效力，李京生那緊攥的拳頭不由得鬆了下來。等到張正平老師匆匆忙忙跑來的時候，對峙的雙方已經都各自平息了。

整整一個中午李京生心裡都在窩火，史淑萍說的那幾句話眞叫人膩味到家了。什麼叫「小集團」？可他又對自己的學雷鋒小組這次不光彩的行動愧悔莫及。下午上完自習課之後，他把兩位「組員」又召集到一起：

「走，咱們做件好事去，省得叫人家說咱們小集團！」

白保宗叫起來：「小集團就小集團，你是集團司令！」

「別耍貧嘴了，你們說咱們今天做件什麼好事吧。」

「操，成天掃茅房、掃馬路眞沒勁！」

「那咱們還是幫助那個五保戶去吧？」

「行！」

說幹就幹，一行人跑到汪大爺那借了笤帚、水桶，興沖沖跑出校園。

離學校不遠的地方住了一個五保戶，姓陳，是瀑閘村的。也不知是誰首先提起這件事的，自從這個祕密被瀑閘中學的學生們發現以後，這位五保老人成了全體同學爭先恐後地表現雷鋒精神的目標。

大家花樣翻新地想出各種主意：你替老人打掃房間，我就替老人拆洗衣被；你替老人拆洗衣被，我就在院子裡澆菜；你澆菜，我就買日用品；常常一件事情一天之內會有三四撥人來做；直到有一天，老人向學校領導提出來他還是想一個人多清靜清靜，這個做好事的浪潮才從那個小院裡退了下來。

李京生帶著自己的小組來到院門前時吃了閉門羹。敲門，沒人應。再敲，老人隔著門在院裡搭腔了：

「學生們吶，謝謝你們啦，今兒我這兒沒事。」

「陳大爺，我們再給您澆澆菜吧？」

「快不用了，再澆，到了冬季天兒我就一口菜也吃不上了。謝謝你們啦，回去吧！」

興沖沖的三個人只好又拿著工具返回學校去，心中好不掃興。走著走著，白保宗又出起洋相來：

「謝謝你們啦學生，再澆，到了冬季天兒我就一口菜也吃不上了！」

小小的隊伍中猛然爆發出一陣笑聲來。

笑完了，白保宗跳到另外兩個人面前，把兩隻手像棒槌一樣直通通地舉起來：

「來，我起頭打拍子咱們唱個歌兒！——〈學習雷鋒好榜樣〉，預備——唱！」

沒人理他，可白保宗並不介意。像個上足了發條的玩具人兒一樣，一面嚎著，一面轉風車一般地揮舞著胳膊。

四

楊留根掀起蓋簾從瓦盆裡拿出個熱氣騰騰的貼餅子。一面金黃，一面焦黃，奶奶粗大的指印在玉米麵餅子上留下清晰的印痕。一股只有當年的新玉米才會有的香味飄進鼻子裡，口水立即溢滿了雙腮。吭哧咬下一大口，沒說的，外焦裡嫩，香得人直想翻筋斗。他從小就愛吃玉米麵貼餅子，從小就是咬著奶奶的那些指頭印兒長大的。奶奶的頭髮從灰白變成全白的了，可貼餅子上的這些指頭印兒從來沒變過。看著他那麼貪婪的樣子，奶奶在一旁用手指頭點著他的腦門說：

「窩窩頭腦袋，沒出息！」

楊留根把脖子一擰：「我好稀！」

奶奶不生氣，反倒露出稀鬆了的牙齒粲然笑起來：

「跟你爸爸一個模子！」

老人心裡很愜意，如今在瀑閘村能和自己的兒子「一個模子」的人還沒有。眼前這座一磚到頂的四合院大瓦房，就是自己羨慕了別人一輩子而到底在兒子手裡蓋起來的——只可惜沒有大影壁，沒有磚墁地。這總是叫老人的心裡留下了一點缺憾。

楊留根把嘴裡的餅子嚥下去後，轉了一個念頭，又把缺了一塊的餅子扔回去，跑到躺櫃跟前從點心匣裡拿出一塊核桃酥來。躺櫃上這些花花綠綠的匣子，總是舊的還沒吃完新的就又換上了。這都是村裡那些有求於爸爸的人，死氣白賴地送來的。楊留根咬了一口核桃酥心裡想：

「跑到閘橋上吃貼餅子，給他媽我爸爸活現眼！」

他順手又從灶台下撿起一棵嫩蔥來，掰掉蔥屁股在手心裡一捋，咔嚓咬下一截，一溜煙地跑出院子來到閘橋上。

楊留根特地打扮了一番。白襯衣、藍褲子是新的，球鞋也是新的，頭一次穿出來，鞋頭上的橡膠從來沒有磨過，低頭一看還閃閃發亮。

今天他到這兒是專爲等一個人。他要在這截住他，要給他一點厲害看看，他不能叫自己在這個人面前丟了面子。

「假門三道的，有他媽什麼了不起！」

心裡這麼罵著，楊留根坐在了閘橋的石墩上。過往的村民們見了他都笑嘻嘻地打招呼：

「喲，留根這身衣服眞鮮靈呀！」

「嘿，留根，核桃酥嘎嘣脆了您吶！」

楊留根傲然地坐著，並不怎麼理會這些熱情的招呼。他知道這些人全都怕他爸爸，所以也怕他。爲了省去麻煩，他索性把脊背掉轉過來臉朝著河面。

因爲落了閘，河床裡憋滿了深褐色的河水。那股濃烈的又苦又澀的味道從河面上蒸騰起來，楊留根暢快地聞著，看著。他從小就是在這運河邊兒上長大的，他愛這股味兒。他知道等到冬天，只要爸爸披著褂子、夾著菸捲朝這橋頭一站，村裡頭最壯實的男人們，就會在爸爸的指揮下，把泡了大半年的閘板一塊一塊地絞起來，河床底下就會露出烏黑的淤泥。村裡的人搭上橋板，把肥得流油的淤泥用泥包一包一包地抬到岸上，等到小麥返青時，再把河泥一車一車地撒進麥田裡。這一切全都是在爸爸的指揮下進行的。爸爸是瀑閘村的頭兒，楊留根的心裡對父親那股居高臨下的氣勢，指揮一切的威嚴，既羨慕又敬畏。

他希望自己將來也能有這麼一天：披著褂子，夾著菸捲兒，站在這個閘橋上指揮一切。而且他覺得，今生今世不會有誰能阻擋了他這個願望。可是一想到這兒，他就又想起了今天要截的那個人——那個叫他從骨頭縫裡反感的李京生，那個假門三道往農村學生裡扎堆的李京生。平常瞧著人模狗樣的，到時候就上老師那兒使壞去。這一回，要不是他給音樂老師使壞，誰敢把我從合唱隊裡給弄出來？

「操你媽，不叫參加合唱隊我照樣穿！白襯衫、藍褲子你架不住我有！」

和李京生一樣，楊留根也對這個圍了土牆的瀑閘中學感到十分彆扭。上了九年的小學，他都是在本村小學讀書。在小學裡他是當然的中心，考不及格蹲了班，也沒人敢笑話他。在那些學生裡他如魚得水一般地自由痛快。可一到中學，他迎面碰到了這麼多的「大工人兒」，這些人身上都天生帶了一種比他更優越的東西，而這些東西是他所從來沒有過的。用不著競爭，也用不著比賽，他原來所習慣了的一切頓時消失了。至於到底失去了什麼，又怎樣再去獲得，楊留根卻弄不大清，只是強烈地覺得那個處處比他優越的李京生就是個活生生的天敵！

最近一段時間，學校裡唱歌的事情壓倒了一切，市委號召大唱革命歌曲，區裡要舉辦「『紅五月』革命歌曲演唱比賽大會」。大街小巷，各個機關單位的高音喇叭響成一片，學校自然更有唱歌的條件。一時間，〈天大地大不如黨的恩情大〉〈學習雷鋒好榜樣〉〈好八連之歌〉〈我們走在大路上〉〈全世界無產者聯合起來〉……充滿了整個空間。

為了參加區裡的比賽，學校先進行了選拔賽。結果，一（一）班榮獲第一，將要代表學校到區裡參加比賽。全班同學被自己的勝利鼓舞得要發瘋。為了保證比賽成績，學校特准一（一）班每天下午集中在音樂教室練歌。由教音樂的黃宛如老師擔任指揮，陳靜婷老師自告奮勇擔任鋼琴伴奏。

一切都被唱歌給打亂了，每天的教課日程重新安排，下午的「自習」取消了，教歷史的老師跑來給彈鋼琴，同學們樂得手舞足蹈，「天大地大」就「天大地大」，「學習雷鋒」就「學習雷鋒」，反正唱歌比上課好受！於是，每天下午那架星海牌鋼琴便不停地轟鳴著，把慷慨激昂的旋律送到校園的上空。每到下課時間，窗外就擁滿了羨慕的圍觀者，有幾次連寧校長也笑咪咪地跑來聽唱。

按照規定，參加比賽的合唱隊只能選拔三十名。所以每個人都把喉嚨放得大大的，唯恐在最後一刻落選。作為少先隊的大隊宣傳委員，李京生是當然的組織者，在同學之中也就成了當然的中心。他回到家裡把哥哥的一套服裝拿來借給劉富金，又把自己富餘的一件白襯衫借給白保宗。而且還出了一個叫老師極為滿意的主意：唱那支〈紅領巾之歌〉的時候，除了鋼琴之外，再加上小鼓伴奏。學校裡沒有小鼓，他又主動提出到自己原來的國營農場子弟小學去借。今天他帶了自己的學雷鋒小組，高高興興取鼓去了。再過一會兒，他們就會經過這個必須路過的閘橋。

可是在這麼一場熱熱鬧鬧的活動中，楊留根一直受著冷落。老師總嫌他唱得不好聽，他心裡覺得自己早晚是要被合唱隊除名的。今天，當他從史淑萍那兒終於證實了這個最後的決定時，還是氣憤得忍不住了：

「操他媽，我嚥不下這口氣去！」

史淑萍驚恐地勸阻著：「你可別說是我告你的。」

「妳就這麼怕他？馬屁精！下三爛！」

叱罵聲中史淑萍像隻被懾服的小母雞一樣垂下頭去。她有點懼怕這個楊留根，在她和楊留根之間有一個同學們都不知道的祕密。在瀑閘村，已經有三戶人私下裡向楊家老奶奶提過親。在哥嫂的旨意下，史淑萍成了楊留根的三個候選者之一。雖然提親的事都被楊留根的爸爸以上學為由一口回絕了。但從此，這件事情就在史淑萍的心裡注進一股難以言說的恐懼。她不敢正視楊留根那張長出唇髭的臉，她害怕同學之中再有誰知道這件事情。而無形之中，楊留根似乎在對她行使著一種當然的權利。班幹部們做出的任何決定，只要他想知道的，就毫不猶豫地來問。

坐在橋頭上，可以沿著橋兩端的黃土大道看出老遠。不久，南邊的那條土道上出現了一支一字排開的小隊伍，並且隱隱傳來了鼓聲。

從子弟小學一出來，李京生就開始教兩個同學打小鼓：怎麼用腕子，怎麼拿鼓槌，怎麼利用鼓面反彈的力量打出連擊，嘴裡還咚咚嗒嗒地背著鼓點。教著教著來了興頭，就用鼓槌在路面上把鼓譜寫下來：

「你們看鼓點可以用簡譜標出來：

噠啦 咚— 噠啦 咚— 噠啦 咚咚— 噠啦噠啦咚—……」

白保宗佩服地看著那個寫在地面上的鼓譜：「李京生，你眞有兩下子，什麼都會。」

李京生笑笑：「我以前在小學當過鼓號隊長，用小鼓給合唱做過伴奏。」

「我說的呢，怎麼好主意全叫你給想出來了！哎，你跟老師說說，我不想唱了，乾脆叫我敲鼓伴奏吧！」

「那可不行，我已經跟老師說好了，伴奏的人只能從合唱隊之外選，這樣咱們班就可以再多三個人參加比賽。」

「管他呢，反正鼓是你借的，想叫誰敲叫誰敲。」

「敲鼓的人我已經和黃老師商量定了。」

「有誰？」

李京生又笑笑：「明天由黃老師宣布。」

「操，早知道這，我才不跟你揹鼓來呢！」

這時一直不出聲的劉富金舉起鼓槌來指著：

「你們看，鬧橋上的那個人不是楊留根嗎？」

三人同時停住腳步，白保宗來了興頭：

「來，咱們敲，齊著點，叫他聽聽！」

於是，黃土大道上響起了亢奮的鼓聲。

看著這支鼓隊走近了，楊留根迎頭衝了上去。眨眼間，李京生胸前的那隻鼓被劃出一道長長的口子，鼓面難看地分作了兩半。楊留根手握小刀朝著驚得發呆的李京生發洩著：

「叫他媽你使壞，今兒叫你認認馬王爺有三隻眼！」

白保宗跑上去拉住楊留根：「你給賠！你給賠！」

楊留根噗地朝白保宗臉上啐了一口：

「賠你，馬屁精！」

霎時間，四個孩子打作一團。很快三個制服了一個，楊留根被按倒在閘橋旁，衣扣撕掉了，小刀被奪過來扔進通惠河，一張臉被當作痰盂，叫白保宗噴滿了唾沫。正打著，白保宗驚叫起來：

「李京生，你鼻子流血了！」

一面喊著他的拳頭也朝楊留根的鼻子掏過去，兩股鮮紅的血當即流了出來，白保宗嚇住了。流出來的鮮血似乎起了威懾的作用，四個孩子全都停了手。楊留根爬起來，摀著鼻子邊罵邊走：

「白保宗，我他媽饒不了你，以後我天天在這兒截著揍你！」

白保宗後怕了，嗚嗚地哭起來：「誰叫你先賤招兒的，誰叫你先賤招兒的，我他媽又不想打你。你敢，你敢截我……」

哭著哭著，白保宗止住了哭聲，他看見李京生哭了。劉富金有些慌張地問著：

「怎麼了你？怎麼了？」

李京生把劃破了鼓面的小鼓重新挎到肩上，淚水止不住地往下流：

「他幹麼這麼恨我？我都跟黃老師說好了，叫他也參加伴奏……」

這一場血戰的結局大大出乎參戰者的預料。校長在全校大會上對四個人進行了點名批評。修鼓的費用由損壞公物的楊留根全部承擔，並給予警告處分；白保宗被取消了參加合唱隊的資格，而且班主任老師宣布：爲了防止在學生中形成「小集團」，白保宗受到被調班的制裁，從（一）班調到一（二）班；大隊輔導員趙蜀秀老師把李京生叫去，嚴厲地提醒他：

「你這個大隊委員怎麼能跟白保宗一起打群架？他爸爸是什麼？——反動軍官。你呢，你是革命幹部子弟，你和他不一樣。你不能因爲自己出身好，就不注意思想改造！」

李京生的學雷鋒小組垮台了，他沒有想到是因爲「政治原因」而垮台的。面對著校長、班主任、輔導員的嚴厲批評，面對著既成事實，他開始認眞考慮：也許眞的是自己在搞小集團？也許眞的是不但白保宗沒有劃清界線，自己的「界線」也弄亂了？

可是緊張的演唱比賽把一切都淹沒了，李京生很少能顧上演唱之外的事情。功夫不負有心人，他們果眞成功了，爲學校爭得了一面很大的錦旗。大紅的錦旗上，用黃絲線繡了兩行字：

唱革命歌

做革命人

得勝歸來，學校又大張旗鼓地搞了一次匯報演出。全體同學都按班級分坐在松柏林裡，臨時搭起來的唱台上整齊排列著一（一）班的合唱隊。因爲不怕影響比賽了，這一次是全班上場。唱了〈天大地大不如黨的恩情大〉，唱了〈學習雷鋒好榜樣〉之後，就該唱那支全班同學最喜歡的〈紅領巾之歌〉了，陳靜婷老師優美流暢的鋼琴聲中和進了振奮人心的鼓聲：

小鴿子高高地飛翔，
是嚮往那藍色的天空。
小魚兒自由地游蕩，
是嚮往那遼闊的海洋。
我們心中熱情激盪，
我們心中熱情激盪，
是因爲紅領巾在胸前飄揚，
是因爲紅領巾在胸前飄揚。
……

台下，一（二）班的行列裡有一個人在哭，淚水一次又一次地淹沒了臉上的雀斑。台上那縱情高歌的隊伍中本來是有他的，他本來是應當也穿著白襯衫、藍褲子，繫著紅領巾挺著胸脯站在全校同學的面前的。他最愛唱的，也是這支敲著隊鼓的〈紅領巾之歌〉。可是現在，他所面臨的結局已經不是不能唱歌了。最近老師去「家訪」了，哥哥說他給家裡惹事，狠狠揍了他一頓，不叫他再上學了。受了這一場處分，他自己也不願意再到這個學校來了。之所以等到現在，是因爲他還想見李京生一次，有件事情還沒有辦。

放學以後，李京生在閘橋上見到了白保宗。白保宗笑笑：

「就知道在這兒準能慭住你。」

「有什麼事？」

「我不上學了。我哥哥也不叫我再念了，明天我就不來學校了。給你。」

說著，他從書包裡抽出來那把蝴蝶牌口琴。

「我哥哥不叫我要你的東西。」

口琴被塞到李京生的手裡，他發現白保宗的眼角上腫起一大塊烏青：

「楊留根又打你了？」

「不是，我哥打的。嫌我要了你的東西。我哥恨你們這種人，不許我再跟你來往。我先走啦。」

白保宗把李京生留在閘橋上，獨自走上了黃土大道，走得很快，袖口上那些絲絲縷縷的布條像穗子一樣拂動著。

平生第一次，李京生感到一種震撼，平生第一次如此明確地知道有人這樣無緣無故地仇恨自己。他茫然地握著那隻口琴，不由得對它生出一些怨恨來。

通惠河在閘橋下邊轟鳴不已，腳下的橋面被飛瀑的沖擊撼動著。李京生看了看手中的口琴，走到橋欄邊，把手伸出去只微微地一鬆，口琴滑脫了。電鍍的琴殼留下一道瞬息的閃光，在光滑的水面上打起一朵水花。那水花竟被瀑布的水流舉著走了一段，接著，便在雷鳴般的轟響中跌得粉碎。

五

「上學上出『憶苦飯』來了，嘿，階級教育，來勁！」

楊留根做夢也沒想到，平常奶奶嘮嘮叨叨跟他說的那些老事兒，現在全成了寶貝。請她的人一撥一撥地來，帶著奶奶滿世界跑，說了一場又一場。還又來了位報社的記者拍了照片，說是要搞一個新舊社會對比的典型材料。爲了拍照片，公社還給家裡送來幾樣新擺設。

「眞他媽邪門兒了，受苦也能値錢！」不僅如此，楊留根明顯地感覺到，自己在學校裡的處境有了急劇的改變。老師和同學們時常圍著他打聽奶奶的身世。班主任張正平老師還特意把他請去，問他能不能叫奶奶到學校來給全班同學講一次。楊留根沒答應——沒那麼便宜的事兒，我得拿拿糖，我得叫你們求夠了我再說。

那段時間，整個學校都浸泡在憶苦思甜的眼淚裡：憶苦飯，憶苦歌，憶苦思甜報告會，學校還專門包場叫全體同學都看了《收租院》的紀錄影片。學生們被組織到社會上去聽憶苦報告，然後又請人到學校來憶苦，全校的、年級的、班級的憶苦會連續不斷。學生們被動員起來講家史，講村史。作文課寫〈我的爺爺〉；政治課搞村史材料。

每次憶苦都要唱憶苦歌，「天上布滿星，月牙兒亮晶晶，生產隊裡開大會，訴苦把冤申……」唱著唱著，憶苦還沒有正式開始，女同學們的眼淚已經成串成串地滾下來。常常一個班級的憶苦會結束了，可同學們卻哭得散不了場。別的班級的同學就圍在門前看，輪到自己的憶苦會便要哭得更厲害。一時間，對於階級敵人的刻骨仇恨在學生心中牢牢地扎了根。

這些日子裡，史淑萍對楊留根特殊的熱情，倒還不僅僅是憶苦思甜啓發了階級友愛。班主任張正平老師把動員楊留根的工作交給她，要她一定爭取成功。一（二）班不但唱歌要奪錦旗，搞階級教育也要全校第一。幾天來，史淑萍想盡辦法接近楊留根。放學上學一起走，幫助補習功課，甚至還特意從家裡弄了一兜蜜甜的酒棗兒。趁著沒人的時候，她把酒棗兒給楊留根裝進衣兜，一面以本村鄉親的身分叫著楊留根的小名：

「根兒，跟奶奶說說，反正也是講，哪兒還不一樣？」

楊留根把一顆棗扔進嘴裡：

「少跟我奶奶、奶奶的，妳奶奶？」

「得、得，是你奶奶。咱們班集體的事兒你也不能一點不關心呀。張老師跟我說你這一段進步挺大的，還說想培養你入團呢。」

「操，我不入！團員全他媽是老師的馬屁精！我知道妳早就想瘋了，趕緊拍呀！」

史淑萍不說話了，每當楊留根耍起渾來的時候，她一點辦法也沒有。楊留根吐出棗核兒問道：

「這事兒妳怎麼不找那幫『大工人兒』呀？」

「張老師說了，他們的那些事兒都不感動人，不典型兒。」

「張老師不會找李京生去嘛，那小子什麼都行。」

「人家李京生有人家的事兒，學校已經定了，請他爸爸來給全校同學講革命傳統。」

「眞的？」
「誰騙你！」
「那我叫我奶奶來！」
「你同意了？」
「同意！你回去跟張老師說，我奶奶來不能只給咱們班講，也得開全校大會，我不能比那小子低！」
「行，我跟張老師說說。」
「不開全校大會，就吹！」
學校領導很快有了答覆，楊留根如願以償了。
開憶苦思甜大會那天，全校師生像往常那樣坐在松柏林裡。楊留根攙著奶奶坐到主席台上，講台上鋪了紫紅的台布，自己和奶奶的面前都擺了一隻雪白的瓷杯。他不渴，卻照樣端起杯子來，打量著台下的人群響響地吸了一口。
老人家沒有講稿，講一會兒，哭一會兒，松柏林裡一片唏噓之聲。講了一陣之後，老人開始思起「甜」來：
「還是這會兒好哇，要不是新社會，我上哪兒住一磚到頂的大瓦房去？我那兒子不聽我的，不弄大影壁、磚墁地，要不，更可心了。啥，也甭光說人家不好，孝心呀，有！連棺材全給我預備好了，柏木頭，一年漆一回，回回兒漆都得叫我眼瞅著。我那棺材頭上描金卍字兒一個兒挨一個兒！要不說新社會好呢，連死都是可心的！」

會場上的反應並不如想像的那樣強烈，楊留根覺得很丟面子，插進來打斷了老人：

「奶奶，叫您憶苦，給人家講棺材幹麼呀？把那回跟我講的那事兒您再說說。」

「什麼事兒呀？」

「就是碰了頭的那事。」

「嗐，怪寒磣的。」

寧校長也在一旁開導著：「老人家您就說吧，教育孩子們的事有什麼寒磣的。」

楊留根硬戳戳地又頂上一句：「嫌寒磣就別來！」

奶奶笑起來：「得，我說。學生們哪，我說出來你們可別笑話我，要不是衝我這孫子我就不說了。剛剛我不是說了嘛，這一輩子我跟過五個男人，最後那一個也是賣到那兒的。我原來的那個爺們爹媽死到一塊了，公公婆婆都得埋，上哪兒找錢去？沒錢，有人，他就賣。把我跟他生的兒子留下，把我賣到這兒，把我帶過去那閨女賣給人販子了，你說我能依嗎？可你不依又有什麼法子？人家弄來幾個大老爺們繩子一捆，生把我給綁了去。怕我跑，把衣裳全給扒了，扒得一根線也不留，朝黑屋裡一鎖，一天就給一個窩頭一碗水。人活到這分兒上還活什麼？我一頭撞到炕沿子上……瞧瞧，就是這塊疤瘌。嗐，沒有當鬼的命，又活過來了，還是得當人家的人……有什麼法子，誰叫你是個娘兒們，你可窮呀……學生們，你們可得好好念書，別攤上窮命，念好了書趕明兒當大官兒，坐汽車，見天兒吃白麵饅頭，吃肥肉。」

聽眾席上有人笑起來。

寧校長微笑著走過去，替老人端起茶杯遞上來。在學校請來貧下中農憶苦思甜的活動中，像這種文不對題的話是時常發生的。

坐在主席台上的楊留根一直在留意著李京生，他看見當奶奶昂起額角指著傷疤的時候，李京生哭了。

可是，奶奶的憶苦思甜所帶來的心理滿足，並沒有維持多久。當李京生的父親坐著小臥車來到校園裡的時候，楊留根才第一次眞正意識到了自己的屈辱。

小汽車的牌子有人知道，說是「伏爾加」牌的，是外國的。米黃色的車體上高傲地奔馳著一頭閃閃發光的鹿。面無表情的司機戴了白手套，坐在車子裡耐心地等著。任憑嘰嘰喳喳的學生們羨慕、驚訝地圍觀，他一動不動。這輛光彩四溢的汽車襯得整座學校寒酸無比。校長、書記、班主任都堆滿了笑容簇擁著李京生的父親。

楊留根只覺得血在朝臉上沖湧，大會剛剛宣布開始，他就從座位上衝了起來，把椅子踢得亂響。班主任嚴厲地維持著秩序：

「楊留根，坐好！」

「我拉稀！」

楊留根硬硬地頂撞著朝廁所跑過去，憤怒的眼淚差一點就要奪眶而出。他眞後悔把奶奶拉來訴苦，眞後悔逼著奶奶說出那麼寒磣的經歷……

「我操你祖宗，『伏爾加』！」

衝進廁所的時候，楊留根到底忍不住了，他替奶奶也更替自己感到委屈，脫口喊了一聲：「奶奶——！」洶湧的淚水便飛迸而下……

與此同時，寧校長表示歡迎和感謝的謙恭的講話聲，全體師生長時間的熱烈的掌聲，從松柏林裡爆發出來。

六

隨著一陣腸胃的抽動，劉彩英感到一股痛徹心脾的痛楚從五臟六腑裡爆發出來。眼前一團金星亂迸，虛汗即刻沁滿了額頭。幸虧是坐著，幸虧是靠著這棵松樹，不然非栽倒不可。四肢有些微微地發顫，心慌，慌得連喘氣的勁兒也沒有。她餓，她已經餓了十天了。

十天來，她一直在拚命地約束著自己，早晨只喝一碗棒子麵糊糊，晚上也還是一碗。午飯時間，同學們都在教室裡吃飯，滿教室都是饞人的飯味兒。以前不注意，現在這麼一餓才知道，每天中午那混成了一團的飯菜的香味裡有十幾種、幾十種的差別；只要有那麼一絲絲飄進鼻孔裡，就能立即分辨出來：老鹽菜，鬼子薑，醃黃瓜，雪裡蕻，炒豆角，柿子椒，貼餅子，蒸窩頭，菜團子，饅頭，米飯，烙餅……所有的味道裡肉味兒是最突出的，只要沾一點肉的邊兒，哪怕是葷油炒的菜也一下子就能聞出來。飢餓會使人的嗅覺變得如此靈敏，這可是劉彩英萬萬料想不到的。整整一個午休時間，她都不敢在教室裡待，她眞害怕自己會因爲受不住那些味道的誘惑，向同學們伸出手去。

現在她相信了，眞正的一點也不懷疑地相信了：人餓急了是會去要飯的。而在舊社會，天下所有的窮人，幾乎天天都像自己這樣處在飢餓的煎熬中——他們眞可憐。想到這兒，她對自己當地主的爺爺、爸爸眞誠地有了一些仇恨。而對自己出身於這樣的家庭充滿了恐懼和罪惡感。

十天前，上語文課賈老師布置了一篇作文，題目叫〈我的爺爺〉，要大家寫憶苦思甜的事情。同學們都寫了，她沒有寫，給課代表交作業的時候，她只在作文本上寫了一句話：我的爺爺是地主。就是從那天起，她下定決心不吃飯的。她實在想不出更好的辦法來洗刷自己家庭的罪惡，排解內心深處的恐懼。她特別希望能像老師說的那樣，快一點和家庭劃清界線，做一個和同學們一模一樣的人。餓了十天，當她如此深切地體會了飢餓滋味的時候，沉重的心理似乎得到了一些寬慰。她甚至覺得自己和貧下中農有了一點階級感情——窮人眞可憐！

自從學校開展憶苦思甜的「階級教育」運動以來，往常像隻蝸牛一樣，成天縮在自己座位上的劉彩英，變得更加膽怯和沉默了。每一場憶苦會她都參加了，別人流淚是爲著自己階級的苦難；她流眼淚是爲了自己階級的罪惡和愧悔。儘管老師講過幾次對於出身不好的同學的團結問題，可是在聽了那麼多令人髮指的罪惡之後，同學們還是和劉彩英不由自主地疏遠了。劉彩英自己也更是不敢和任何一雙眼睛對視，在她直視的物體中，除了黑板而外就是自己的課桌。

今天是星期五，下午第一節課是陳靜婷老師的歷史課。劉彩英在等著上課鈴。教室裡她一分鐘也不願意多待，除了因爲害怕那些冷淡、疏遠的目光而外，劉彩英還爲了躲避那瀰漫在整個教室中的飯菜的香味兒。這些天來，最難熬的就是下午。午飯過後，同學們帶的飯菜雖然早已裝進了各自的腸胃，可那誘人的氣味兒整整一個下午都不會散完。聞到各種各樣的味道以後，所有的課程她都聽不進去，吃的欲望壓倒了一切。吃不上，就想，就回憶，把所有用嗅覺辨別出來的食物，在想像中放進嘴裡，成十遍、成百遍地品嚐。

中午的太陽暖和地照射著，松柏林裡飄蕩起一陣陣淡淡的松油的香氣。劉彩英不由自主地尋視起來：老松樹的枝頭上孤零零地懸著幾顆去年的舊果。看見松果，她想起了松籽，松籽是可以吃的，以前吃過，很香。也不知這些松果裡有沒有松籽？這麼想著，口水已經溢滿了雙腮。太高，根本就搆不著，無力的脖子已經開始發痠了，眼睛也有點花，頭只好軟軟地垂下來。可就在垂下來的一瞬間，視線裡突然出現了一隻松果，就在對面那兩棵連理而生的柏樹中間，在兩根樹幹的縫隙裡夾著，一伸手就可以搆著。「多半也是空的。」這麼想著，劉彩英還是忘情地走了上去，小心地取下那隻松果，果然，是空的。劉彩英把空果舉到鼻尖上輕輕地聞了聞，一股濃郁的松香味直透肺腑。她情不自禁地把空果放到了牙齒上，咀嚼的欲望立即壓倒了理智。隨著一聲類似枯枝折斷的微響，一塊粗糙的松果皮咬了下來，馬上被奔湧而出的唾液淹沒了……接著，又一塊；接著，再一塊……一些和鋸末同質的東西，經過舌苔，經過咽喉，經過食道，落進了胃。咀嚼和吞嚥的快感不亞於任何美餐佳餚。驀地，她呆呆地怔住了，有些不敢相信地看著手中那隻被啃得殘缺了的松果，忽然就覺得憶苦飯是很好吃的。

上課的鈴聲響了。

這鈴聲叫她從吞嚥的迷狂中清醒過來，急匆匆地朝教室趕去。牙縫裡塞滿了松果皮的碎屑，舌頭火辣辣的，口腔裡除了濃郁的松香味兒之外，還有點類似舔了肥皂水的苦澀。

在黑板上寫下「綠林、赤眉農民起義」的標題後，陳靜婷老師在講桌上攤開了教案和備課本。那件時常穿在身上的漂亮的藍旗袍久已未見了，她特意把上大學時一件洗得發白的藍制服換出來。自從學校搞階級教育以來，陳老師的心情一直是很沉重的。不用誰來提醒，面對著那麼多的苦難和眼淚，面對著那難以下嚥的憶苦飯，若再穿這件曲線畢露的旗袍，無疑是一種褻瀆，是對校園氛圍的一種破壞。這是陳老師無論如何也做不出的。聽了這麼多的「憶苦思甜」，人的感情確實起了變化。以前在歷史課本上讀到那些「餓殍遍野」、「農民流離失所」的字眼時，總有一種乾巴巴的程式化的味道。現在卻大大不同了。在如此深刻和具體地感覺到了人民的苦難之後，在以歷史的莊嚴向學生們再去複述這些苦難的時候，那件露著胳膊的藍旗袍尤其顯得格格不入。她已經想好了，今生今世，只要站在講台上，就永遠不再穿它。

陳老師沉穩地打量了一下教室，控制著語氣，盡量嚴肅一些：

「同學們，綠林、赤眉農民起義，是先後爆發於新莽末年的農民大起義。西漢末年，由於封建地主階級的殘酷壓迫剝削，土地兼併劇烈，階級矛盾日益激化，王莽取得政權後又施行所謂『改制』，廣大農民遭到更爲深重的災難。天鳳四年，也就是公元十七年……」

可這些話坐在第一排的劉彩英一句也沒有聽進去。她死死地盯著講桌上打開了蓋子的粉筆盒，雪白的粉筆一根緊挨一根地排滿了盒子。劉彩英忽然覺得那盒粉筆像一大碗白米飯，簡直是太像了！她甚至聞到一股米飯的香味。她眯起眼睛，舌頭在口腔裡蠕動著。可不知爲什麼嘴裡那麼乾，乾得連舌頭都轉不動。心裡突然爆發出一陣煩躁，她沒有料到這煩躁的力量竟會如此凶猛。眼前一黑，整個身子重重地歪倒下去，不知不覺中額角撞在了鄰桌的桌角上，鮮血麻木地湧洩出來。一（一）班的教室裡頓時亂成一團。莊嚴的歷史在這一刻被劉彩英的昏厥打斷了。陳老師驚呼著撲下講台來。

在醫院的急診室裡，醫生經過詳細的化驗、檢查之後，有些不可思議地搖起頭來：

「這孩子，好像是餓壞了。」

驚魂未定的陳老師使勁地擺著腦袋：「不可能，這完全不可能，現在的孩子怎麼會呢？」

醫生朝躺在病床上的孩子看了看：

「這得問問她。」

淚水順著眼角淌下來流進了耳窩，劉彩英已經醒了。雪白的綳帶在額頭上紮著，傷口一跳一跳地疼。醫生說對了，自己是餓壞的，可是現在已經不覺得餓了。陳老師溫和地湊到眼前，替她撩起一縷散髮：

「劉彩英，妳眞的很長時間不吃飯了嗎？」

劉彩英略略點點下巴。

「有多長時間了？」

「十天。」

「爲什麼？妳這是爲什麼？」

淚水又止不住地湧了出來。劉彩英覺得自己一時無法向老師講清，可又覺得這一刻非講出來不可。她嗚嗚咽咽地哭著說著，陳老師終於聽明白了，聽明白了，自己的眼淚也止不住地淌下來：

「妳這孩子，改造思想怎麼能不吃飯呢？眞要餓出了事情不是什麼都晚了？」

「陳老師，我就是想快一點劃清界線。我回家問過我爸爸了，他說他沒有變天帳。他的帳土改的時候都交給工作隊了……」

「劉彩英，老師告訴妳，老師的出身也不好，跟妳一樣也得和家庭劃清界線。只要咱們眞的改造思想、要求進步，黨組織和同學們是會相信咱們的，眞的。你以後千萬別再不吃飯了，聽話。」

一聽到眼前的陳老師竟然也和自己是同樣的身世，劉彩英放聲大哭起來：

「陳老師，那咱們什麼時候才能改造好呀，快點吧，我就是想快一點……」

七

升入二年級以後，學校接連組織同學們看了兩場電影：一場《箭桿河邊》，一場是著名的評劇演員馬泰主演的《奪印》。看了這兩部電影，同學們在階級教育中被激發了的階級仇恨，無形中有了具體的目標：那個端著元宵碗的「爛菜花」；那個喪失了階級立場的陳廣清；那個揮著斧頭砍斷了橋墩的地主分子，個個陰險毒辣，罪惡滔天。只可惜是在電影上，若是眞的碰上這樣一個壞蛋絕不會饒了他！

看了這兩部電影之後，運河兩岸的工廠、農村就陸續搞起「四清」來。很快，一些驚心動魄的消息傳到學校裡來了：有的村子完全被階級敵人掌握了政權；有的地富分子家裡眞的查出了變天帳。

可這一切都還算不了什麼。當二（一）班的同學們突然聽說自己的同學楊留根的爸爸成了「四不清」幹部、蛻化變質分子，並且，全校師生要去瀑閘村參觀「楊公館」的時候，他們驚訝、激動得幾乎不可自持了！

難道眞的有這種事？楊留根的爸爸原來是個階級敵人？楊留根的奶奶在舊社會受了那麼多的苦也會蛻化變質嗎？還蓋「楊公館」？和劉彩英家是一樣的？

可是，當二（一）班的全體同學站在那個蓋了大影壁的四合院門前的時候，他們不得不相信這一切都是千眞萬確的。

只有從雲端裡躍下來的楊留根怎麼也不能相信這一切都是眞的。

自從父親變成「四不清」幹部和蛻化變質分子以後，他自由自在地生活了十六年的那個世界，一夜之間變得面目全非了。他無論如何也想不到在瀑閘村往日平和安靜的生活中，竟埋藏著對於父親的那麼強烈的仇恨。批判會上有幾個哭得披頭散髮的女人，抓住父親又撕又打，嘴裡一遍又一遍地哭喊著：「楊洪海，你也有今天呀你……」以前那些隨處可遇的低眉順眼的笑臉全都不見了，連五六歲的小孩子也敢追在屁股後頭朝自己扔石子。有一天晚上，在批判會上楊留根自己也被一位老太太揪住衣領揍了一耳光。老太太哭著說，他有一回把她孫子的頭給打破了。楊留根記不清有沒有這回事，他只記得在瀑閘村只要動起手來，常常都是以自己的勝利而告終的。

工作隊要求父親退賠多吃多占的東西和貪污的公款，要把家裡的房子折價充公，要在這四合院裡辦展覽，可任憑說破了嘴，奶奶死活不依。到了限期的那一天，貧下中農協會的人來搬家，奶奶發瘋一般地抱著桌子腿拖也拖不開。爸爸就那麼當著眾人撲通一聲給奶奶跪下了：

「媽，妳給兒子留條活路吧……」

奶奶哭，爸爸也哭，楊留根咬著牙跑了出去。

他受不了，眼看著往日那麼威嚴的一個人，鼻涕眼淚地跪倒在塵埃裡，他心目中崇拜的偶像摔碎了。

楊留根跑出村去，跪在通惠河長滿了酸棗叢的河沿上嚎啕大哭，現在他只能在這兒哭，只有通惠河聽他的。

搬了家的第二天，奶奶瘋了。她說她死了，得躺在自己那口漆了無數遍的柏木頭的棺材裡。

可是今天，楊留根作爲瀑閘中學二（一）班的學生，他得和自己的同學們一起回到村裡，回到這個給了他那麼多回憶和屈辱的四合院裡來。

現在它再也不是自己的家了，印了奶奶粗大指印的貼餅子的香味，再也不會從這個院子裡飄出來了；現在它有了別的名字，它叫「楊公館」。今天，他得和大家一起來參觀家庭的罪惡，得像班主任老師說的那樣和蛻化變質的父親劃清界線，站到貧下中農一邊來。

老師說的這些話楊留根根本聽不進去，他不信，現在他什麼也不信，心裡只有一個念頭：

「我今天不能哭，難受死也得忍住！我不能當著他們哭，我不能像我爸爸那樣叫他們看笑話。楊留根，你小子要哭，我就操你祖宗！我就摳瞎了你！」

張正平老師特意囑咐李京生和史淑萍，要他們在參觀的過程中注意楊留根的舉動，不要發生意外的事情。張老師無意中的這項安排深深激怒了楊留根。這兩人一左一右不離身邊，一個是自己原來最反感的；一個是自己原來最看不起的。下了油鍋還不行，還得有人站在鍋邊上瞅著你是怎麼被炸爛、炸碎、炸焦了的。

走上台階的時候，楊留根故意停下來，指著那新起的影壁，叫著史淑萍的小名問道：

「嘿，二萍，這影壁我以前怎麼沒見過呀？院裡頭這磚墁地也不對呀？」

史淑萍魂飛魄散地四下裡張望：

「楊留根，你別逞能了行不？要說你自個兒說去，甭跟我瞎說八道的！」

楊留根冷笑笑，大步跨進了院門，故意擺出往日那滿臉的蠻橫氣。

同學們一樣一樣地挨著看過去，解放前的打狗棒，討飯碗，補靪摞補靪的寒衣，磨爛的沒有鞋形的鞋，地主家欠下的血債；解放後的新被、新褥、新毛毯，當選人民代表的大照片，貪污的成沓成沓的人民幣，鋥光瓦亮的自行車，多吃多占的成堆的白麵袋，擋住了半堵牆的點心匣子；還有毆打貧下中農和被富農用女兒施美人計拉下水的連環畫；最後，同學們都看見了那口被楊留根的奶奶由衷地讚嘆過的柏木棺材，紫紅的，亮亮的，棺材頭上描了金的卍字兒果然是一個連著一個……看著看著，楊留根臉上的蠻橫氣沒有了，只剩下一張鐵青的臉和憋得烏黑的嘴唇。

突然，不遠處傳來一陣慘烈得瘆人的哭喊。楊留根渾身一震，接著，便不顧一切地朝院外衝了出去。他一面跑一面喊，淚水毫無顧忌地灑了下來。

「楊公館」裡驟然像凝凍了一般死寂。同學們聽清了，是楊留根的奶奶在哭：

「我死啦，我死啦……根兒，根兒，你把奶奶揹過去吧……」

緊接著是孫子的應答聲：

「奶奶——！奶奶——！」

兩天以後，瀑閘村的同學們聽說，楊留根的奶奶眞的死了。

這幾天楊留根的座位一直是空盪盪的。李京生從史淑萍那兒打聽到出殯的日子和埋人的地點，這天的下午他專門請了假，提前跑到閘橋上來等著。

又到了挖河泥的季節。起閘了，沒有水閘阻擋的通惠河頓時小了許多。往日淹在水流下面的黑沉沉的河床淤滿了污泥。河水順暢地奔湧著，精靈般的水氣一縷縷地從流淌著的水波中時斷時續地升起來，消逝在已經有了寒意的初冬的空氣中。也許是因爲天冷的緣故，平常那股刺鼻的苦澀的腐味少了許多。淤泥上搭滿了一排排的橋板，瀑閘村的村民們正在工作隊的帶領下做著往年的工作，河床裡一派繁忙。遠遠看去，彷彿一群不辭艱辛的螻蟻在蠕動。他們的祖先們開鑿的這條運河，就在那群螻蟻的身邊不分晝夜地奔流著。

猛然，從村子的深處傳來了人群的哭聲。不一刻，一支疏疏落落的隊伍抬著棺材，在黃土大道上出現了。

新做的棺材白骨一般裸露著觸目的白茬。因爲正處於政治運動的高潮中和死者特殊的現狀，這支送葬的隊伍簡單到了不能再簡單的程度。沒有鼓樂相送，沒有喪母該著的重孝，甚至棺前連一桿招魂的白幡也沒有，全部的鄉俗都被取消了。送葬的人只穿了蒙了白布的孝鞋；楊洪海還在隔離審查之中，楊留根替了父親走在奶奶的棺材前邊，頭上戴了這支送葬隊伍中的唯一的一頂白帽子。

當這支隊伍走上閘橋的時候，哭聲驟然減弱了。河槽裡正在忙碌的村民們頓時全部停了手朝橋上注視著，木然的臉上叫人很難覺察出到底流露了什麼。

只有楊留根毫無顧忌地嚎啕著，「奶奶」「奶奶」地連聲呼喊。淚水淹沒了瀑閘村，淹沒了閘橋，淹沒了運河，淹沒了悲痛世界之外的一切……他根本沒有注意到橋欄旁站著一個自己的同學。

很快，隊伍走過閘橋拐上了運河的大堤。河槽裡的人們又開始在催促聲中幹了起來。

李京生猛然想起了那口描了卍字的棺材，和那個結傷疤的額角，不知怎麼，他就忽然爲死者悲哀起來：

「眞可惜，她到底沒有死在自己的棺材裡。」

這麼想著，鼻子裡就有些酸。

冬日肅殺的原野上，走著那愈來愈孤獨的一群。白生生的棺材令人心悸地晃動著，遠遠地，從孤獨中生出一種絕望……從絕望中似乎又生出一種悲壯。

沿著大堤是一片緩緩升起的原野。在原野的高處有一堆翻起的新土，楊留根的奶奶就埋在那兒。躺在那平坦的高坡上，可以看見通惠河裡緩緩流動著的那股黑沉沉的褐色。

那種深深的陌生和隔膜，又從李京生的心裡油然湧了起來。他忽然覺得站在閘橋上呆呆觀望的自己竟是如此多餘。老師交給自己的任務實在難以完成，無論怎樣拚盡想像，也想不出幫助楊留根進步的辦法來。

大概是落棺了，那遠處的哭聲忽又響了起來。

八

教研室那一排平房的山牆上，有一塊團總支的黑板，黑板的左邊有一塊空牆。這空牆上過一段就會有一張紅紙貼出來，上面用工整的毛筆字公布出最近一批發展入團的人名單。這紅紙一貼出來，就會招惹得很多人羨慕地圍上去。常常有時候紅紙上寫的人也在人群裡，於是就會聽到許多讚嘆的聲音，看到許多羨慕的眼光，心裡就免不了生出許多自豪來。過幾天，團總支書記趙蜀秀老師就會在實驗室掛起來的團旗下，舉著瘦瘦的拳頭，把一個個骨節繃緊成白色，帶領新團員宣誓。

「我宣誓：遵守團的章程，遵守團的紀律，忠於團的組織，努力做好中國共產黨的得力助手……」

這時候，常常會有晶瑩的淚水湧出來哽咽了鏗鏘的誓辭。宣誓以後要發給新團員團徽，和一本紅色的印了團徽的《中國共產主義青年團章程》。最後新老團員要一起高唱團歌。等到從實驗室走出來的時候人就變了，因爲趙蜀秀老師說，你獲得了一條比血肉之軀更可寶貴更加高尚的政治生命。

從此，你就要時時刻刻用團的章程來約束自己那些可見的語言、行爲，也要約束自己內心深處最隱蔽的思想和感情。要像保護眼睛一樣，保護這第二生命的純潔性。

過「五四」青年節的時候，二（一）班有三位同學入團了。不久同學們又知道三位團員當中，史淑萍做了二（一）班團支部的支部書記。做了團支部書記的史淑萍大大地變了樣子，一掃往日那種畏首畏尾的神態，時常大膽而又嚴肅地對班裡的事情發表見解。在所有想入團的同學的心目中，她毫無疑問地具備了權威性。

沒能夠成爲班裡第一批團員這件事，大大傷了李京生的自尊心。從小學到中學，他從來都是在學校裡拔尖兒的人物。「三好生」、班主席、大隊長這一類的榮譽，從來都是自然而然地落到他的頭上。可是這批團員一下子發展了三個也沒有他的分兒，這裡頭無疑有種警告和提醒的味道。李京生被告知：第一，身上有驕傲情緒，靠近組織不夠。第二，對於搞小集團打群架的錯誤認識不深。這叫他心裡十分懊喪。他暗自下定決心：一定要改正錯誤，一定要早日入團。

可是上了二年級以後，一直坐在李京生旁邊的喬莉莉卻不這麼看，她對這三個團員滿肚子的看不起：

「哼，有什麼了不起的，幹麼三個人都是農村的？不就是老實巴交的會聽老師的話嘛，有本事也拿總分兒第一！」

一面說著，抿住上嘴唇，噗地吹出一口氣來，把垂在漂亮的腦門兒上的漂亮鬈髮，從眼前吹到一旁去。

「李京生，我看你早就夠個團員了，幹麼不叫你入？我要是你就找趙老師問問去！」

喬莉莉已經一連拿了三次全班考試總分第一名了。學期末，在她的學生手冊操行評定一欄中，有一條和李京生一樣的缺點：有驕傲情緒。

喬莉莉不在乎：驕傲就驕傲，有本事你們超過我。

她不想入團，她的理想是畢業以後考進音樂學院附中，然後再考音樂學院，將來當個歌唱家。喬莉莉的爸爸是附近那個生物製品研究所裡的實驗員。她也是被那條「就近入學」的規定委屈到這個農村中學裡來的，所以絲毫也不避諱對這所破破爛爛的學校的失望和鄙夷。她從來都把自己的理想如旗幟一般高高地掛在嘴上。而教音樂的黃宛如老師，也就總是捧珍珠似的誇獎她。總說她嗓子好，有「本錢」，甚至不時地在放學以後還要特意留下喬莉莉，在音樂教室裡叮叮咚咚地彈著鋼琴教她練習發聲。遇到同學們發音不準的時候，黃老師就會推一下鼻梁上那副蝶形眼鏡，朝喬莉莉轉過臉去：

「喬莉莉同學，請妳站起來給大家示唱一遍。同學們，請注意聽。」

喬莉莉容光煥發地站起來，撩開眼前的鬈髮，如黃鶯鳴囀般的歌聲就會伴著鋼琴流淌出來，還眞有幾分歌唱家的風度。這風度不免就招來了嫉妒，尤其是全體女同學的嫉妒。

在二（一）班的全體同學中，喬莉莉只對自己的鄰座最有好感。李京生的作文從來是班上的第一名。賈老師常常把他的作文當作範文讀給同學聽，有時還用紅筆批出精采的段落貼在教室正面的牆上。每到這種時候，喬莉莉就總要借走鄰座的作文本，拿回家去自己抄一遍，等還回來的時候就要佩服地說幾句：

「我爸爸說，你這人有文學細胞，說不定將來是個文學家！眞的，你笑什麼？」

李京生很喜歡自己的女鄰座。在喬莉莉的身上永遠也不會有那股難聞的怪味，倒是經常會有香皀和雪花膏的香味兒隨著喬莉莉爽朗的笑聲飄過來。

但是這一次在沒能入團的事情上，喬莉莉那些直通通的抱怨，卻不能使李京生得到哪怕是稍稍的寬解。她不理解李京生內心深處的那種深深的失落感。

李京生這個從小學一年級就是「好學生」的身上，現在突然一下子失去了好學生的標誌。二年級的第二學期一開始，少先隊爲超齡的隊員舉行簡單的退隊儀式。李京生在摘下紅領巾的同時，也摘下了那個「三道槓」。在他的想像中，滿以爲是會用更值得驕傲的團徽來代替紅領巾的，可現在，每當團員們圍坐在松柏林裡過組織生活的時候，他只能在外邊遠遠地看著，他爲自己不能加入那個優秀者的行列而愧悔莫及。

李京生決心用實際行動來證實自己。

他幾乎每天都要留下來參加本還沒有輪到自己的値日掃除。一次又一次地用休息日時間到學校來，清掃那本已被別人清掃過了的廁所。積極參加一切班集體的活動。給團支部送去一份又一份的思想匯報。他甚至渴望著遇到一場火災，或是兒童落水之類的險情。如果那樣，他就會毫不猶豫地用生命去證實自己的純正。

可是對這一切喬莉莉卻不以爲然，她吹著鬈髮給李京生潑涼水：

「只要是史淑萍當團支書，你這輩子也別想入團！」

也許眞的叫喬莉莉猜對了，在學期末團支部幫助李京生的生活會上，史淑萍指出了李京生身上和共青團員的標準極不相稱的缺點來：

「我覺得李京生同學在思想上有一種對農村同學的偏見。我總聽見他說農村同學身上有股不好聞的怪味兒。這件事情看來並不大，但是卻深刻地反映了李京生同學感情深處的一個問題。」

說著史淑萍拿出她那叫同學們羡慕的《毛澤東選集》來。現在史淑萍不僅是團支書，而且還是學校裡第一批學「毛著」積極分子，這套選集就是和獎狀一起，由寧校長在全校大會上頒發的。她打開一頁唸起來：

「『拿未曾改造的知識分子和工人農民比較，就覺得知識分子不乾淨了，最乾淨的還是工人農民，儘管他們手是黑的，腳上有牛屎，還是比資產階級和小資產階級知識分子都乾淨。這就叫作感情起了變化，由一個階級變到另一個階級。』

「咱們學校的農村同學絕大部分都是貧下中農子弟。對待這些同學的感情，提高到原則上就是毛主席說的這種對待工農的感情。我今天把這條語錄送給李京生同學，希望你能好好對照自己，找找思想深處的問題。」

李京生漲紅著臉，他不得不承認自己確實沒有意識到對於氣味這種問題的原則性。而史淑萍找出來的那條毛主席語錄無疑是千眞萬確的，是非常有針對性，非常有說服力的。

他覺得史淑萍確實變了，她似乎是獲得了一種無形的力量。兩年來他第一次對這位農村的女同學產生了一種敬佩，又由於這敬佩是源於自己的缺點，李京生便益發地自慚形穢起來。

可是還沒等李京生從容地改正這個錯誤，他又很快地被一場事件捲了進去。

暑假過去了，二（一）班變成三（一）班。調整了教室之後，喬莉莉又和李京生坐到一排座位上。喬莉莉高興地朝他眨眨眼：

「我一猜就還是咱們倆。」

兩天以後，上自習課的時候，喬莉莉悄悄給鄰座遞過一張紙條，李京生以爲她又要借作文本，打開一看不由得有些吃驚：

「送你一件生日禮物，在課桌裡。」

「她怎麼會知道我的生日？」

李京生大惑不解地朝課桌低下頭去，果然在桌斗裡找到一件東西：是一個橘紅色封面的日記本，日記本的扉頁上有喬莉莉頑皮的鋼筆字：

祝你生日快樂！

祝和魯迅、托爾斯泰生在同一個月的人將來也當文學家！

一種異樣的震動在胸膛裡激盪起來，李京生羞紅了臉。十六年來他第一次如此正式地接受外人的生日禮物。家裡沒有這種習慣，過生日從來都是媽媽給煮幾個雞蛋。

他打開日記本，仔細端詳著裡面的彩色插頁。身邊那個大膽的姑娘儘管咬住了嘴唇，可笑聲還是衝進李京生發熱的耳輪裡來。

他也寫了一個紙條遞過去：

「妳怎麼知道今天是我的生日？」

又一張紙條遞過來：

「在你的作文上看到的。」

李京生想起了那篇作文，還是二年級第一學期寫的，題目叫〈媽媽〉。眞沒有想到喬莉莉竟然如此細心，一種暖暖的溫柔在心裡蕩漾開來。

以前，當媽媽不經心地從自己頭上拿下一根草棍，或是拉著衣襟爲自己釘上一隻鈕扣的時候，心裡就常常會像這樣暖暖地盪起一種溫柔來。這一次卻不同，心裡這波動不已的漣漪，是被鄰座的這位女同學輕輕撩動的。當李京生再一次打開日記本看著扉頁上的那段題辭時，雖然沒有抬起頭來，可直感在告訴他，一雙漂亮的眼睛正在朝著自己笑呢。

放學以後，李京生還像往常那樣自動留下來打掃教室。正掃著，有個同學來轉告說趙蜀秀老師叫他去。推開趙老師的門以後，李京生感到一點異常的氣氛。趙老師在，張正平老師也在，而且史淑萍也坐在辦公桌的旁邊。

張老師劈頭便問：

「下午上自習課你做什麼了？」

「沒做什麼呀！」

「喬莉莉送了你一個日記本？」

李京生的眼睛轉向了史淑萍，他不知道她是怎麼發現的，更沒料到她會跑到這兒來匯報。

趙老師極其嚴肅地說：

「男女同學之間互相幫助是可以的，但是像你們這樣性質就不同了。這是思想意識問題！」

張老師又接上：「這種事情在大學裡都絕對禁止，在中學就更不行。我們希望你交出日記本來，立即改正錯誤！」

「如果想要入團就得拿出實際行動來，忠於團組織，遵守紀律，做同學們的表率。李京生，我一再跟你講過了，你不能因爲自己出身好就放鬆思想改造！」

李京生極其困惑地看著老師們，他覺得老師們實在是小題大做了。他更不明白史淑萍這樣做是爲了什麼，一種被出賣的屈辱感把血沖上了臉頰。雖然他們一句明確的話也沒說，但李京生還是聽懂了那句「思想意識問題」指的是什麼。爲了證明自己的清白，李京生立即把日記本送來了。當他退出辦公室的時候，正好看見放學回家的喬莉莉穿過了松柏林。那件撒滿了紅色圓點的連衣裙在校門前一閃，不見了。他忽然覺得心裡很難受，覺得有點對不起喬莉莉……

第二天早上「晨檢」的時候，張老師宣布三（一）班同學的座位安排得不大合適，需要再做調整。隨著一陣桌椅叮叮哐哐的碰撞聲，被老師點了名的學生們站起來，按照指定的座位重新坐好。

喬莉莉噘著嘴從桌斗裡不情願地抽出書包的時候，小聲地嘟囔著：

「淨是沒事找事！」

李京生沒敢看她，只有他知道這次調整座位的眞正原因。代替喬莉莉坐到李京生身邊來的，是團支部書記史淑萍。

九

「我爸爸當貧協主席了。」

「眞的？」

「操，我不想叫他幹！」

「爲什麼？」

「貧——協，貧協頂個屁，一個工分兒也不多給。除了多開會，多耽誤工夫，一點好處也沒有。」

「你就知道工分兒！」

「廢話，工分兒工分兒社員兒的命根兒，沒工分兒吃誰去？我不叫他幹。我跟他說你要當貧協主席趕明兒老了讓貧協養活你！我一句話，改選那天老頭兒就沒敢去。」

「你這傢伙思想眞落後！」

話一出口，李京生發現了劉富金眼睛裡狡黠的笑意，明白自己又上當了。壓根兒就沒有這回事，劉富金純粹是爲了尋開心瞎編呢。李京生有點生氣了：

「這麼重要的事情你也瞎打岔，你要不願意寫，我一個人寫！」

劉富金不說話了。快三年了，除了假期以外，幾乎每天的中午飯他都是和李京生分吃同一份，就憑這個交情他也不敢說不幹。不過，李京生發起要幹的這件事情好倒是挺好的，就是太難。

最近學校裡正轟轟烈烈地跟著全國人民一起批判吳晗，批判「三家村」。《文匯報》、《解放軍報》、《人民日報》、《光明日報》、《中國青年報》、《紅旗》雜誌、中央人民廣播電台，連篇累牘地發表文章。師生們每天下午都要抽出半天的時間讀報紙。

語文課停了，賈老師給同學們宣講《燕山夜話》裡的反動言論。政治課停了，結合「三家村」的反黨罪行，給同學們講資本主義復辟的危險性。學校裡已經連續舉行了三次全校大會批判「三家村」，並且又請人來做憶苦報告。每個人都在擔心著舊社會的重演，那樣就會有再吃「二遍苦」、再受「二茬罪」的災難。每個人都擔心著反黨分子會奪取了政權，那樣就會有「千百萬人頭落地」的浩劫。

很長時間以來，老師和同學們在心理上等待多時的那個階級敵人終於出現了！每個人都在爭先恐後地表示著自己難以平息的義憤。

就在大家每天學習報紙上的批判文章的時候，李京生忽然想到了語文課本第五冊上那篇吳晗寫的〈天安門贊歌〉。他打定了主意，要自己寫篇文章投到報紙上去。連題目他都想好了，就寫〈吳晗的《天安門贊歌》在放毒！〉。爲了寫好這篇文章，他還專門向陳靜婷老師借了一本書，以便在需要歷史論據的時候查閱。做好了這一切準備之後，他就把劉富金悄悄地拉到松柏林裡來擬訂寫作計畫。

在事情沒辦成之前他不想洩漏出去，他一心要辦成一件一鳴驚人的大事來。可劉富金說得也對，是難，這件激動人心的事情想起來叫人熱血沸騰，可眞要寫起來確實很難。李京生把那篇看了很多遍的課文又推給劉富金：

「要不，你再看一遍。」

文章不長，只一會兒就看完了。

李京生問道：

「你說咱們的論點應當是什麼？」

劉富金撓撓頭皮，把課文照樣推回來：

「我說不上來。要不你再看一遍，你說怎麼批我就跟著你批。」

兩個和尚沒水吃。李京生喪氣地把課本一古腦兒塞進了書包：

「算了，算了，我今天晚上回家自己寫！」

「行，你寫出來我抄！」

經過一夜的奮戰，李京生的文章寫出來了。第二天，當劉富金捧著那幾頁稿紙看了一遍之後，高興得直叫喚：

「嘿！倍兒棒，倍兒棒！我他媽怎麼就看不出來呢？就是，這他媽吳晗他憑什麼說『天安門寂寞地度過了將近五百年的漫長歲月』？整個兒一個反動！他才寂寞呢！」

可是看著那抄得工工整整的稿子，劉富金有點不好意思了：

「我一個字兒也沒寫，你幹麼還簽我的名呀？」

李京生得意起來：「你不想批吳晗？」

「想，想！乾脆我跟你一塊郵了去吧，你說人家給登嗎？」

「管他呢，走！」

「哎，給哪個報紙？」

「《中國青年報》！你絕不許說出去！」

「放心吧你！」

從稿子寄走的第二天起，李京生和劉富金就一天好幾趟往汪大爺那兒跑。每次去都帶著水杯，去了就喝水，不渴也喝，可是眼睛卻總往信插上看。

他們萬萬沒有想到報紙是比信先來的。消息傳開，整個瀑閘中學轟動了！學校立刻召開全校大會宣讀了這篇文章，並且表彰了兩位眼光敏銳的作者。賈老師把這篇文章當作課文給大家講解了整整一堂課。政治老師要求同學們學會這種觀察事物的眼光。陳靜婷老師一再誇獎她的學生善於使用學習過的知識。最叫人意想不到的是，趙蜀秀老師親自到三（一）班主持了團支部的會議，在會議上正式通過了吸收李京生入團。

願望終於實現了！而且是在輝煌的成功中實現的！李京生深深體驗到一種從未體驗過的自豪。戴上團徽的那天是一個星期六，李京生是一路哼著團歌往家走的。往日看慣了的景物，今天再看卻格外爽朗。

正走著，一輛大車嘩啦啦地從身後趕過來，只見車把式「吁」了一聲，停車跳下來當頭喝道：

「嘿！九號！」

是白保宗！

李京生高興地迎了上去，可對面走過來的那個人卻給他一種陌生感。

白保宗變樣了，臉黑了，肩膀寬了。手指間也像他哥哥那樣夾了一支自捲的「大炮」，自在自得地抽著，一面笑著用夾著菸的指頭點點李京生胸前的團徽：

「嗬！升團員兒啦您吶！」

這「升」字用得叫李京生有些反感，可他還是熱情地拉住對方一隻粗糙的手：

「學會趕大車了？」

「今天幹什麼活兒去了？」

「早就會啦！」

「接我爸爸。」

白保宗還是用夾菸的那手挑起大拇指，從肩膀頭上朝後戳戳：

「這是我爸爸，從大獄裡熬出來了。」

李京生猛然回想起那個「蹲大獄」的軍官來。他隔著白保宗的肩膀朝大車上望過去：一個人靠在一捆被捲上，肥大的灰色衣褲中瑟縮著一個蒼老的軀體。瘦削的臉滿是皺紋，兩隻窄窄的眼睛，青白色的眼泡浮腫著……這就是被白保宗畫在圖畫本上和留在那張黃舊的照片上的英武的軍人？李京生不由得感到一陣寒徹心脾的震顫，趕緊挪過頭，眼光又落在了白保宗夾著的菸捲兒上：

「你幹麼這麼快就學這個？」

「嘖，村裡的爺們兒全抽，男人哪有不抽菸的！」

「你以後眞的就再也不上學了？」

「操，不上了！實話跟你說，我要還念呀，就他媽上個大學校。趕明兒當個專管老師的最大的校長，我一天給他們丫挺的上三回晨檢！天天兒出卷子考他們，天天兒上他們家家訪去！」白保宗一邊說著哈哈地放聲笑起來，「坐車不？咱的。」

李京生搖搖頭：「不，不用。」

白保宗並不介意，縱身坐回到轅桿旁，隨手牽起了轠繩喊一聲「駕！」，朝著李京生一揚臉：

「九號，回頭見啦您！」

李京生怔怔地戳在路上，眼看著大車在黃土大道上跑了很遠，很遠，心裡有種說不出來的震動和感觸，壓得沉甸甸的。

星期一，李京生一進教室，劉富金就跑來告訴他一條驚人的新聞：

「嘿，賈老師和陳老師結婚了！」

「你又瞎說！」

「眞的！不信上實驗室門口看看去，昨天辦的喜事兒，結婚對聯還在那兒貼著呢。」

李京生跟著劉富金跑去了。果然，實驗室的門框上貼了副大紅紙的對聯，上面寫著：

互相幫助改造思想

你追我趕共同進步

劉富金又說：「聽說是寧校長給主持的婚禮。人家新事新辦，結婚頭一件事是兩人聯名寫一份批判稿，就在教研室的山牆上貼著哪！」

教研室的山牆上原來團總支專用的那塊黑板，現在已經開闢出來，做了教職員工批判「三家村」的牆報。牆報上眞的有一份登著賈文彬、陳靜婷兩人姓名的批判稿。

可是不知爲什麼，李京生總是不大相信，說得更確切一點是不大願意有這種事情發生。賈老師和陳老師在同學們的印象中是截然不同的兩種人，就好像太陽和月亮一樣，不會出現在同一塊天空上。

可是很快，接連而至的事情淹沒了這件新聞。只批「三家村」已經遠遠地不夠了。報紙上的社論要求人民群眾揪出隱蔽的反黨反社會主義的黑幫，要求「橫掃一切牛鬼蛇神」。老師們首先寫出了大字報。有人「引火燒身」；有人提出質問，又有人反質問；有人自我檢討，又有人揭發假檢討。

在實驗室和老師們的食堂裡，用繩子掛起來的大字報像迷宮一樣盤繞著。同學們忽然知道了許多聞所未聞的祕密。在往日叫他們頗爲敬畏的老師中間，居然有那麼多可怕的事，甚至連亂搞男女關係的事情也被寫在了大字報上。

學生們再也無心坐在椅子上聽課了，學校終於被迫宣布了停課。正在準備進行期末考試的學生們，從終日緊張學習的壓迫之下猛然解放了出來，頓時感到從未有過的痛快！有的同學乾脆就不來了，更多的卻是聚集在一起激動地議論著，或是相約到附近的學校、機關去看大字報。

一場期待已久的眞正的暴風驟雨式的階級鬥爭，終於迫在眉睫了。黑幫分子就在校園裡，就在老師和學校領導中間。這一回眞的輪到自己來幹了，而且是要大幹，要停了課專門幹一場革命！

這天，劉富金跑來找到李京生，硬要送給他兩個核桃：

「李京生，給你這個。」

「你瘋啦，給我這玩意兒幹什麼？」

「我明天就不到學校來了，不念了。我爸爸說這三年裡多虧你這麼個好朋友，叫我把這兩核桃給你，讓你給你爸爸帶回去。這兩核桃在我爸爸手裡揉了二十年了，去朝鮮他都帶著。我爸說能活動血脈養身子骨。」

李京生還是弄不明白：「你瞎說什麼呀？這種形勢你怎麼能不到校？」

「我跟你們不一樣，我爸爸說趕明兒就靠我頂門立戶了，我得養活他們。反正現在學校也不教課了。」

三年來李京生第一次發現自己的話對劉富金失效了，他有點傷心地接過那兩個核桃。手掌裡，兩個雞蛋大的核桃浸透了一個勞動者的汗水。在二十年歲月的揉搓中，竟然變成了一件晶瑩剔透的珍寶，紫紅光滑的核桃凹凸著把塵世的光影折射出來……

李京生一時想不出該送些什麼給朋友，忽然想起書包裡還有個沒有用過的硬皮本。他取出來，略一思索用鋼筆在第一頁上留下一句題辭：

高舉毛澤東思想偉大紅旗

誓死捍衛無產階級專政！

劉富金笑著接過來：「正合適，我回村兒就用它當記工本！」

這天到了放學的時間，李京生特意陪著劉富金走出學校的大門，送了老遠老遠還是捨不得。心裡總想再給這個同學一點什麼東西，可又實在想不出來。分手的時候，他突然脫下了身上的藍外衣遞過去：

「給你！」

劉富金哭了，說不出話來。拚命地忍，又忍不住。兩個人猛然抱在了一起，劉富金像個小孩兒一樣哭起來：

「操……吃了你三年的飯，我他媽一輩子也忘不了你……得，這件衣裳我要，我穿……反正是你的……」

「你以後還來學校嗎？」

「來……就衝你一個人我也來……操，我們家就是太窮，要不然我才不走呢……」

可他到底還是走了，越走越遠，走遠了還在揮著那件藍上衣。

就在劉富金走了的第二天，瀑閘中學的校園裡有人貼出了第一張「炮打黨支部」的大字報。接著，楊留根也貼出了第一張學生寫的大字報，上面只寫了兩句話：

打倒修正主義教育路線！

打倒修正主義教育路線的黑尖子！

校園裡，驟然間突發出一股從未有過的魔力來。李京生激動地感受著，急切地加入進去。他比平時趕到學校來的時間更早，比平時離開學校的時間更晚。

這一天，當他又匆匆地走上閘橋的時候，忽然發現不遠的大堤上聚集了一群人。一種極異樣的氛圍籠罩著人群，他急忙趕了過去。長滿雜草的河堤上放著一具剛剛從運河裡撈起來的女屍，有一位全副武裝的民警在一旁守著。從人們的竊竊私語中，李京生才知道這女人是一名畏罪自殺的現行反革命犯。一張臨時拽來的破葦蓆下邊露出失去了光澤的頭髮，頭髮上沾滿著水草和污泥。一隻腳上裹著濕漉漉的花尼龍襪子，另一隻光著，白白的，冷冷的，像是鋸下來的標本……幾隻蒼蠅嗡嗡嚶嚶貪婪地叮在葦蓆上。晶瑩的翅膀反射著燦爛的朝陽，顯出魔幻般的奇異光彩來。

河槽裡遲鈍地湧動起夏日的風，潮濕、悶熱，而又凝重。深褐色的通惠河從北京城裡黑沉沉地流過來，很慢，慢得叫人看不出它的流動。偶爾間遇到了什麼阻擋，緩緩地打一個旋兒，隨即又恢復了平穩。古老的河床內闃然無聲，只是那股時時被風颳起來的又苦又澀的腐味，才能提醒人們注意它沉重的存在。

李京生逗留了片刻，轉身又走向閘橋。遠處，有隻高音喇叭在嘹亮地唱著人們熟悉的革命歌曲……

古牆

春日的太陽剛剛從嚴寒中舒展開來，還不曾恢復了它的力量，懶洋洋地照在墓坑裡。

……我低頭細看，
一道古牆，
好像長蛇，又好像老藤，
原來它是萬里長城。

——童年的小學課本

引言

根據地質學家們的推斷，地球形成於四十五億年前的冥古代；原核生物產生於三十億年前的太古代。從那時起，我們這顆星球上有了很多很多生與死的更替，有過很多很多海與陸的變幻。但自從有了人類以來，大自然漫無目的所演變出來的這一切，卻給時時刻刻以生存爲目的的人類平添了世世代代的喜怒哀樂。

到了一億三千七百萬年至一億九千五百萬年前的侏羅紀，地球上的一隅形成了一塊很大的煤田。以後，這煤田又被兩百萬年前的第四紀黃土掩蓋了。考古學家的發掘證明：兩萬八千年前這裡有了舊石器時代的人類活動。史書記載：公元前八世紀周宣王曾在這一帶與玁狁鏖戰；公元前三〇二年趙武靈王提倡「胡服騎射」，嗣後，在這裡發生了一連串的胡漢之間的戰爭。至今，雁門關口仍有斑駁的石碑記錄著趙國名將武安君李牧的赫赫威名。從此，這裡殺聲不斷，戰爭延續了兩千多年。秦朝大將蒙恬，漢朝名將驍騎將軍李廣，車騎將軍衛青，驃騎將軍霍去病，北宋名將楊業、楊延昭……以至鐵騎萬里的成吉思汗，御駕親征的康熙皇帝的浩蕩人馬，都曾在這塊土地上征戰；然而所有這一切都是爲了疆土，並非爲了煤炭。

到了人類學會用公元紀年的一千九百八十四年，才把這塊煤田命名爲普寧煤田。這煤田引來了A國肯特公司，引來了數萬名建設者。他們將共同投入五億美元的巨額資金，他們要建成一座年產一千六百萬噸優質動力煤的世界最大露天礦，要在這片古老的塞外荒原上建起一座新興的煤炭城市。爲了這個目的，他們要使一條河流改道，要使若干個村莊遷移，要揭去數十米上百米厚的第四紀黃土，要炸開岩層，要挖走一些山，要填平一些谷……在進行這一切工作的時候，他們又意外地在沉睡的土地下面，發現了一千三百座兩千年之久的漢代古墓……於是，在行跡匆匆互不相識的人們中間，便發生了下面這些支離破碎的故事，增添了一些世世代代都被重複著的喜怒哀樂。

一

七曲河在句注山赤裸荒瘠的山嶺中拐了六道彎，來到河口堡村前的時候，它又奮力折向東北，在亂石遍布的河灘中磕磕絆絆地奔向了桑乾河。

河口堡，一個再普通不過的村子。在塞外荒原上以至在整個黃土高原，你隨處都可以指著一個類似的村莊說：這就是河口堡。一道光禿禿的黃土山梁腳下，錯落著幾十眼黑洞洞的土窯，安門窗的住人，不安門窗的放柴草或是用來圈牲畜。村中偶或可以見到一兩朵升起來的樹的綠色。

一道水少石頭多的河灘，給村子勾勒出一條赤貧的曲線。那些黑洞洞的土窯會叫你驚嘆，人類在穴居時代學會的居住方法竟使用得如此久遠。

像中國所有的村莊一樣，河口堡也有些古老的過去可以回憶，至今在縣志第十卷烈女篇中還記載著一段五百年前的往事：

王氏：年十七歸河口堡里民郭勝。逾歲，勝從征沒於陽和後口，氏懷孕在身，一聞訃音遂撞檐柱下，絕而復醒者數次。姑曰：「爾幸有身，如生男爾夫有後雖死不死，若女當遂爾志。」已而果生男，名嘉生。家素清貧，縞衣藿食，四壁蕭然，氏茹苦含辛，姑媳相依，撫子嘉生成立。姑歿，葬祭如禮。無何嘉生又故，遺妻劉氏，始十八歲，子女俱無。姑媳抱頭，撫棺慟哭，晝夜悲號者數日，老少聞之無不流涕。一夕，雙雙自縊身死，各遂其志。成化間詔旌。

五百年的歲月把這段慘烈的往事變得依稀而淡漠，如今在河口堡人的口頭上只留下一句頗有幾分自豪的話：「我們河口堡出過一個朝廷下命令表揚的女人！」

長年的征戰使這一帶的村落裡很少有留下來的宗祠、廟宇，即便留下了，也被人們記憶猶新的那場「文革」浩劫蕩滌無餘。現在，唯一可以標誌出河口堡久遠歷史的，只有郭家老墳上四株虬枝盤繞的老柳和那座「后土神位」的石碑，那上面殘留一行依稀可辨的字跡：

大清嘉慶壬戌年歲次甲辰月穀旦立

多少年來，生的短暫與死的永恆，就在這村中的土洞和墳場的墓穴之間，如鐘擺一樣做著從未停歇的替更。彷彿命中注定的，世世代代的河口堡人，不管做過多麼艱難的掙扎，不管有過多麼美好的希望，最後還是要被黃土默默地掩埋。就像弄潮的漁夫們最終默認了大海的至尊一樣，河口堡的農民們也把自己的命運世代相傳地託付給腳下的土地。

可是最近發生的事情叫河口堡人亂了方寸，他們說不清是好是壞，來不及做出歡迎和反對的選擇，便驟然面臨了巨大的事變。上面派人來宣布說：七曲河要改道，村前的這條河谷要變成露天礦的排土場。現在河口堡的人要做好思想準備，都要好好想想將來的農業新村遷到什麼地方去好。年輕後生們很興奮：搬！把河口堡連窩賣給公家，叫我們當工人學技術，叫老婆孩子吃細糧（這裡把吃國庫糧叫作吃細糧）。四五十歲的人們有些發愁：後生們學技術當工人，我們可不行，除了種地不會別的，要搬遷得先把土地解決了才行。六七十歲的老人們覺得事情到了非哀求不可的地步：「哎呀，公家的地方這麼大，就非要河口堡這一疙瘩？跟省上的官長們反映反映，換個地方動工程不是一樣的！」七十歲的郭福山老漢對這一套聽也不願聽，「我不走！我還等著住自己的獨門獨院呢。農業新村——哼，你蓋金鑾殿那是你有錢！」

公家的工程似乎是等不及了，不等河口堡人仔細品味一下，便轟隆隆地開來了數不清的機器，在對面山坡上整天整夜地幹，惹得狗們發瘋一般狂吠，驚得雞們半夜三更就叫明。緊接著苦菜坪上又豎起了外國人的鑽機，村民們傾街空巷地放下農活跑上山去，一個個瞪起驚訝而又惶惑的眼睛……躺在老墳裡的先人們，此時若是突然醒來，也一定會目瞪口呆。

「洋人瘋！一村子洋人瘋！」

郭福山老漢心裡火悻悻地罵著，又朝烽火台那邊狠狠地剜了一眼。烽火台前邊是林場十幾年前栽種的一片小葉楊。苦菜坪上的土太貧瘠，連山楊樹也長不成材，全都是毛毛杈杈的。若不是這片山楊林擋著，隔著很遠你就會看見烽火台旁邊圍了很多人，男女老幼，人來人往。「春日大忙正是送糞的時候，放下農活去看外國人的啥機器。一村子洋人瘋，一村子不本分！洋人也是人，看機器也看不出糧食來！」郭福山又罵起來。

漫山遍野的黃土，只有那片山楊林透出一派青綠，怪惹眼的。從這一派碧綠升上去是湛藍的天，藍綠之間便是那座在風風雨雨中矗立了不知幾百年的烽火台。它是用苦菜坪上的黃土夯出來的，四周的土牆塌得差不多了，可它卻不塌，雨水在上面沖出了一道又一道深深淺淺的溝，讓人想起千年的古樹。這是靠村子最近的一座烽火台，再往後是長城。站在這座烽火台向北瞭望，你就能看見沿著一條條灰黃的山脊，一站又一站的烽火台向北遞伸過去，一直通到什麼也看不清的天邊。覆蓋著整個塞北荒原的第四紀黃土，給這幅畫做了深厚的底襯，塞外高原強勁的季風和暴雨，使這幅蒼涼而又古遠的圖畫日日常新。

郭福山老漢常常到烽火台的那片林子裡去，這一幅景致他早已看慣了。可是前天突然來了幾個金髮碧眼的外國人，開著三台漂漂亮亮的車跑到烽火台旁邊，接著就豎起那座花花哨哨的鑽機，高高的和烽火台並排站在苦菜坪的黃土峁上，就像個披紅掛綠的俏媳婦。自從豎起這個機器，河口堡的村民們像著了魔似的，全都跑上去看稀奇，看那機器怎麼就能把山打透的。「今天是清明節，為看洋人連祖宗都不要了，全都是混帳！全得叫我唾到臉上！」郭福山不是吹牛，在河口堡郭家門裡，他屬於輩分最大的那幾個人，他有權力這麼罵，有權力這樣動肝火。肩頭上扛了一張鍬，鍬把上挑著一隻荊籃，籃裡裝著紙錢和供品，他是來郭家老墳供獻的。

郭家老墳在村西的土坡上，離村大約二里路光景。老墳四角立了四根石柱，墳地艮山坤向背靠山梁。那四根石柱象徵著四面圍牆，靠南端又在中間部位立了兩根石柱，那是門，埋人、祭奠都必須從「門」裡進。人雖死了，但也照樣屋舍俱備，也像活著的時候一樣，按輩分大小嚴格地占著各自的位置。整齊排列的墳頭組成金字塔的形狀：父親、大伯、二伯、三伯，爺爺、二爺爺、三爺爺，祖爺爺……一直到最頂端那個沒有恰當的稱謂可以表述的老祖宗。和老祖宗的墳並排的是那塊「后土神位」的石碑。再往後，是那一字排開的四株老柳樹。每一位家長的墳前都擺著一個石墩供桌，桌面上刻著香炕、茶壺、酒瓶和三個圓圓的酒盅。郭家世代都是種田人，沒有一個成就了功名的，所以沒有權利豎碑。郭福山老伴的墳在最下首的角落裡擠著。墳地裡沒有女人的位置，先死了的女人都得像這樣在角落裡等著，等到丈夫死了才能隨著男人合葬。若是這女人的丈夫遠走他鄉一去不回，那她就得永遠被遺棄在那角落裡。

遠遠地，郭福山看見老墳裡站著一個人，定眼看了一陣，認出來了，是老福海。八十四歲的老福海前半生是光棍，後半生是鰥夫，已經當了十幾年的五保戶。因為膝下無子，老福海從不到墳上來祭奠，總是說：「祖宗門下不缺我這麼個絕戶。」看見老福海，郭福山的心裡才略微舒了口氣，遠遠地招呼道：

「福海哥！」

老福海木然地站著，一動不動，又叫了兩聲還是不應。郭福山嘆息著：「真是聾得一點用處也沒啦！」

直等到郭福山對著耳朵喊起來，老福海才愣怔怔地轉過臉來。嚴重的砂眼使他的眼睛紅腫著，眼角裡終日掛著淚水，不知多少天沒有洗過臉了，鼻梁的兩側和臉上的皺紋裡布滿一層污垢。背駝得像是扣著一隻鍋，彎曲的手指間揑著一隻黑乎乎的布袋——他是出來給自己餵的那口豬剜野菜的。

郭福山繼續扯著嗓子，「你也上墳麼？」

老福海自言自語著：「……看看自己的地方，快啦……」說著他朝近旁的一根石柱挪過去，把手搭在上邊。

幾十年前的老福海不是這個樣子。那時候的老福海靠一把钁頭，一天開過一畝半的荒地，一頓飯能吃下三斤糜子麵的窩窩。幾十年前走西口的時候，每年河口堡頭一個動身的總是老福海。郭福山忽然想起幾天前老福海找他拾掇過灶火，不知這幾日好使不好使，於是問道：

「福海哥，灶火還倒煙麼？」

「……活得連自家也麻煩……」

「灶火好使麼？」

「好……？還是死了好……」

一邊說著，老福海看見了腳下的幾株苦菜，便顫巍巍地探下腰去，郭福山趕忙走上去幫他拔了裝進口袋，一面又責怪：

「連人都顧不住了，還非養那口豬幹啥？」

看見老福海那張呆癡癡的臉，郭福山不想再說了。他放下荊籃，把紙錢拿出來，將用白麵蒸的牛頭、豬頭、羊頭擺上。然後從懷裡抽出酒瓶來，一塊三一斤的白乾酒，是從供銷社打的，侯三那賴鬼手太黑，這麼貴的酒，不知叫他兌了多少水！郭福山把三個酒盅斟滿，爾後燃香焚紙，雙膝沾地，鄭重其事地跪拜下去，口中叨唸著那些連名字也叫不出的老爺爺、祖爺爺們的亡魂……到底是老了，腰腿不聽使喚，顫巍巍的動作顯得笨重而遲緩。當額頭挨住地面的時候，頭有點暈眩，他稍稍地停頓了片刻，一股被太陽曬出來的土腥味立即迎面撲了上來……三十六年前，把老伴從口外帶回來的時候，他也曾像這樣把臉貼在黃土上……郭福山站起身，特意走到老伴墳前化了紙，輕輕拔去墳上剛剛冒出來的幾棵小草，然後又用鍬仔細地培上一層新土。當他做這一切的時候，老福海一聲不響地看著……真快，三十六年一眨眼就這麼都埋在土裡了。

那年走西口是老福海帶的頭，一夥人在二十家分了手。郭福山跟定老福海一直向北，過綏遠，翻大青山，過武川，直走到烏蘭花。一路上打草、脫坯、拔麥子、割洋菸，下死力氣掙錢。秋涼一露，他們便又匆匆走上回家的路，趕回去看自己春季種下的莜麥、糜黍有沒有收成。又來到二十家的時候歇了一天。老福海忽然從集市上跑了來，劈頭問道：

「老四，你是三十四了吧？」

「是呀……」

「想娶媳婦不？」

「福海哥，不要耍笑人！」

「跟我走！」

老福海不由分說把郭福山拉到集市上。穿過亂嘈嘈的人群、貨攤，一直來到一個大肚子女人面前：

「我問了，是個童養媳，還沒圓房就有了孩子，男家嫌丟人，只要五十塊！」

女人低頭跪在地上，看不見面孔，只有一條辮子從脖頸上垂下來。身架挺結實，衣服倒也齊整，身後揣手站著一個戴氈帽的男人。郭福山看著那鼓得像口鍋一樣的肚子，皺起眉頭來。老福海搡了他一把：

「就憑你苦菜坪上的那十畝莜麥地，還想娶天仙龍女呀，還想熬到我這歲數再娶親？別傻啦，到嘴的肉還不吃！」

「那孩子……」

「沒孩子人家誰叫你拾便宜！反正路不遠了，只要孩子能生到自己炕頭上他就得姓郭！」

郭福山不猶豫了，咬定牙毅然朝那女人俯下身去：

「願意跟我走麼？」

女人點點頭，依舊看不見面孔。

「我還有三天的路程，妳能給我把孩子生到河口堡麼？」

女人又點點頭。

郭福山再不多說，定眼盯住那戴氈帽的男人：

「我買了！」

上路了，兩個男人，一個女人，再加上一條沒有降生的生命。二十家，大紅城，韭菜莊，他們一站一站地走下去，終於走過外長城，看見苦菜坪上的那座烽火台了。一路上這買來的女人什麼話也不說，不叫一聲餓，也不喊一句渴，你吩咐她做什麼，她就一聲不響地做，牽著頭毛驢趕路怕也不會這樣寂寞。離村子只剩下四五里路的時候，那女人突然臉色蒼白地落下汗珠來，一聲接一聲地呻吟著，兩個男人看勢頭不對，架著她拚命朝村裡趕，郭家老墳的四棵老柳樹就在眼前了，女人支持不住在路旁躺了下來，像是要被人殺了一樣死命地哭喊著，黏稠的血水在身下的石板上匯成一灘。到這種時刻，男人們所有的本事全都沒有用了，老福海只好催促夥伴：

「福山，我在這照看，你趕快跑回去叫個婆姨來！」郭福山跑了幾步，他又衝著背影補上一句：

「來的時候別忘了撮土！」

按照這裡的習慣，女人臨產時要撤走炕蓆，到街上去撮一簸箕細土鋪在身子下面，那個來到人間的孩子便是落生在這層黃土上的。等到他們匆匆忙忙跑來的時候，孩子已經露出了頭，不一會兒響亮地哭起來。接生婆朝著郭福生嚷道：

「男娃娃，是男娃娃！」

郭福山懊喪極了：趕來趕去到底還是生在外頭了。心裡像堵著塊石頭，朝地上狠狠地啐了一口：「這女人！」

一件浸著汗水的破衫做了孩子的襁褓，一床爛棉絮包住產婦。當人們停止了忙亂的時候，那一路上死不說話的女人，第一次開口了：

「還要我麼？」

雖然是陌生的外鄉口音，可郭福山還是眞眞切切地聽明白了：

「……」

「你還要我麼？」

女人慘白的臉上沒有一絲血色。

老福海在一旁寬解著，「咋不要？不管說啥，孩子總歸是落生在咱河口堡的黃土上。」

郭福山陰沉著臉挾過門板來，悶悶地吐出兩個字：

「回家。」

那女人又不說話了，一路上只有一片又一片的淚水從她慘白的臉上滾下去……從此，三十四歲的單身漢郭福山有了媳婦，有了兒子，有了自己的家。

把女人接進家門，郭福山連水也沒有喝一口，轉身奔向苦菜坪。一家三口，一冬一春的命都拴在苦菜坪那十畝莜麥上。鄉親們都說今年收成好，可是不親眼看看他不相信。當黃了梢的莜麥田呈現在眼前的時候，郭福山眞的不敢相信了，他從不敢奢望這樣的豐收，彷彿得了什麼人的恩賜，彷彿面對著救命的恩人。郭福山在自己的土地前面跪下來，口中喊了一句：「老天爺——！」便一頭栽了下去……撲面而來的是那股莊稼漢們再熟悉不過的泥土腥味……

「老四，給我喝一口。」

背後傳過來老福海嘶啞的聲音。郭福山愣了一下，但立刻就明白了，他把酒瓶給老福海遞過去，問道：

「福海哥，還記得麼？那年咱們從西口走回來，土生他媽就在那兒生的土生。」

郭福山朝不遠處指點著，希望老福海能想起來，能和自己一起說說老伴。老福海喉嚨裡很響地嚥了一口白酒，搖搖頭，不知是沒聽見，還是早已忘掉了那段往事……可不是嘛，三十六年了，連自己都記得不大清楚了。郭福山失望地搖著頭又一次嘆息道：

「哎，眞是聾得一點用處也沒有了。」

老福海搖搖酒瓶：「侯三兒水啦……」

老福海到底說了一句清醒話，郭福山苦笑著點點頭：

「嗯，那賴鬼兒得還不少哩。」

猛地，背後傳過來一陣拖拉機的聲響，只見黑子直挺挺地把著方向盤，眼看拖拉機要撞到老墳「門柱」上才停下來。郭福山不滿意地訓斥道：

「行啦黑子，老祖宗們知道你有個拖拉機。」

黑子嘿嘿地笑著，「四爺爺，不怕，我把著尺寸呢，眞把拖拉機撞壞了，就誤了掙大錢的空子啦！」

哼，心狠得你還想把天底下的票票都一個人掙了才舒心哩，美死你！郭福山在心裡咒著，他看不慣黑子這股張狂勁，開了個小四輪，一天掙五、六十塊錢，就張狂得頭不是頭腳不是腳啦。你當你是誰？你是黑子，你不就是在河口堡的黃土堆裡滾出來的黑子嘛！

黑子跳下車，拎著一個提包走到供桌前，唰地打開拉鏈，把幾筒罐頭叮噹作響地擺上，又抽出一盒餅乾擺上。郭福山心裡的火又拱上來了：

「黑子，你咋不蒸饃哩？」

「反正是擺樣子呢，這營生又省事又好看。」黑子喜孜孜地說著又抽出一個瓶子來，瓶子不大可卻花哨得叫人眼亂。黑子有幾分賣弄地在老頭眼前搖了搖：

「四爺爺，你看這是啥？」

「我眼花！」

「這是外國人喝的酒！昨天在苦菜坪上那個大鼻子給的！四爺爺，你咋不看看去，說不準也能給你一瓶哩。人家那機器眞先進，駕駛樓裡都裝著空調器、錄音機，抽菸還有自來火！」

說著，黑子打開瓶子把酒倒進那三個圓圓的石酒盅裡。他弄錯了，那不是酒，是肯特公司鑽工們的飲料，是風行全世界的可口可樂。不管怎麼說，黑子是把自己認爲最好的東西拿到老墳上來供獻祖先的。一想起能叫老祖宗們開洋葷，黑子很開心，很得意。他沒有看出來他的四爺爺已經氣得有點發抖了：

「黑子，你這灰鬼到底是窮瘋了還是闊傻了？討吃來的東西也拿上來供獻？外國人的東西就那麼好？」

「反正比兌了水的寡酒強些。」

「你聾嘴！外國人放的屁是香的，你咋不捧到這兒來供獻上？」

憋了這麼多天的郭福山終於找到了一個發洩點，就像高壓鍋衝破保險閥，他把滿肚子火氣一古腦朝黑子噴過去：

「搬遷，搬遷，數你們嚷得歡。能搬上天？能住上金鑾殿？見著眼前這點東西就紅眼啦？受苦人沒有地種，河口堡子孫後代靠什麼養活？斷子絕孫？外國人挖完煤拍拍屁股就走了，你呢，老婆孩子呢？也都跟上去外國？中國的錢還不夠你一個人掙的？錢多得還要噎死你哩！」

郭福山罵得最解氣的時候，從坡下白晃晃的黃土路上款款走過一個紮了灰頭巾的婦人來。聽得這邊在吵鬧，便遠遠地立定腳步，聽了一陣，大約是認出了墳地裡的人，又匆匆順原路退了下去。

趁著郭福山喘息的空檔，黑子跳上了拖拉機，故意涎著一張黑臉問道：

「四爺爺，你老罵夠了麼？要是覺著解了氣那我可就走啦，工程上還等著我拉石子兒呢！」

一邊說著狠狠地發動了拖拉機，把一切都淹沒在馬達震耳欲聾的轟鳴中，轉眼間消失在黃土坡的下面。

黑子憋著滿肚子的晦氣，把拖拉機開得如颳風一般。猛然間，從地塄的後邊走出一個人來，死死地站在路中間。黑子一個急煞車，冷汗頓時冒了出來，不由得衝起半個身子破口便罵：

「你個雜種找死呀！」

罵完了，冷丁認出擋路的人，忽又像個洩了氣的皮囊軟塌塌地跌到駕駛座上。站在路中間的女人扯下頭巾，抬起一張淒淒艾艾的淚臉來：

「咋你不壓？壓死我這擋路的就省心了，壓死我這擋路的你好跟翠環成親去。壓呀，你不壓？你……」

黑子搖著頭無可奈何地求道：「貴蘭，妳這叫幹啥？青天白日的……」

「青天白日？你現在知道要臉面啦？當初呢，當初鑽寡婦門的時候你把臉放在哪了？」

「貴蘭，貴蘭，妳看妳……四爺爺就在墳上，咱倆有話上妳那說去行吧？我去，我去，我今晚上一定去！」

不想孫貴蘭聽了此話，禁不住淚如泉湧：

「我不怕，我現在啥也不怕……一個寡婦家青天白日當道上往家裡拉漢子，活人活成了這個樣，我眞是死不要臉啦……黑子我知道我不配你，我知道我不配你……」

一邊說著把手中的頭巾咬在嘴裡，死命堵住哭聲，嗚嗚咽咽地抖作一團。

二

當那深綠色的一圈終於全部裸露出來的時候，馮尊岱拿著尖頭鏟的手竟激動得有幾分發抖了。三十三年的考古經驗在告訴他：不行，現在高興還爲時尚早。可心底深處埋著的那種老年人的渴望，卻更固執也更有力地要他相信，這一輩子也許眞的要有一次屬於自己的轟動了。大半生的這個願望埋藏之深之久，連願望者本人也早已忘卻了。可現在它卻隨著那一圈深綠色的陶瓷，被手中的尖頭鏟猛然揭了出來……爲什麼陽光忽然這樣晃眼呢？馮尊岱瞇起眼睛，用左手輕輕捶打著疫疼的右肩胛，眼光緩緩地順著整齊的墓壁移上去。發掘證明鑽探數據和分析基本正確：墓深九點三米，墓葬形制屬豎穴木槨墓……當初吸引了他的就是這個九點三米。本來作爲考古隊長，作爲即將退休的六十一歲的老頭子，他是完全可以不擔任具體的墓葬清理工作的，可鑽探總平面示意圖上標出的這個神祕的九點三米還是征服了他。在所有已經探明的一千三百多座墓葬中，這個墓最大、最深，光是這個深度就足以顯示它的與眾不同……墓壁上當年挖墓人留下的工具痕跡清晰可見，痕跡寬度與那個出土的凹字形鐵鍤的刃口剛好吻合，都是十二公分。現有的種種跡象都在證明這個「M一八九」號是一座西漢早期的墓葬：那盞在棺前出土的有錯嵌飾紋的銅燈，那一組銅鼎、銅甑，銅盉、銅洗，那些帶著流雲紋的漆器殘片……是西漢早期，很可能是西漢早期。隨著自己的判斷，馮尊岱益發地激動了，心臟跳得太快，揪得他微微地塌下胸來，捶打的左手從右肩胛挪到心窩上——眞是老了，連高興的事情也不能承受過量……如果「一八九」號墓的全部出土器物清理完畢後沒有發現晚期器物，如果「一八九」號墓最終被證實是西漢早期的墓葬，那麼中國考古學界就將會發生一件新聞——那些大學教授們的考古講義必須改一改，因爲那露出土來的深綠色的一圈將證明：中國瓷器最早產生的上限年代，不是三國，也不是東漢，而是西漢早期，也就是說，教授們的講義中應當補進中國瓷器二百年到三百年的內容。這在馮尊岱三十三年的考古生涯中，是第一次恐怕也將是唯一的一次屬於自己所有的轟動。受不住那「轟動」的誘惑，馮尊岱青筋暴突的手又拿起尖頭鏟，小心翼翼地撥開黃土，慢慢地那深綠色的一圈顯露出完整的形狀——這是一個捲唇口瓷罐的口部。爲了進一步確定自己的判斷，馮尊岱戴上老花鏡又仔細地觀察了一番：不錯，是眞正的瓷器，瓷胎的原料是高嶺瓷土，燒製的火候不會低於一千二百度；光滑透亮的釉面明可鑑人，只是由於年代久遠出現了龜裂的紋痕；瓷坯是輪製的，製造者的指痕清晰地留在瓷坯上，形成一道道淺淺的平行紋路；由於工藝還不夠完善，瓷質顯得略有些粗糙；可不管怎麼說這是大大超過了原始青瓷的眞正成熟了的瓷器；即使沒有經過物理和化學方法的鑑定，這一點也是可以肯定的。也就是說，它在這九點三米深的黃土裡，已經默默無聞地埋藏了二千二百年上下。兩千多年的默默等待似乎是專門爲了留給今天，留給這位也如它一樣一直默默無聞的老頭子。

當馮尊岱繼續挖下去的時候，他在這一圈綠瓷的下邊發現了幾乎整整「一堆」瓷片。顯然，這是一組隨葬的瓷器，遺憾的是它們破碎到了慘不忍睹的地步，大概是腐朽的椁板塌下來的時候打破了它們，整堆殘片中唯一完整一點兒的就是他首先看見的那瓷罐的口部。他用竹籤將碎瓷一片片地剔出來，用手指輕輕抹去附著在上面的黃土，然後仔細地數了兩遍，不多不少剛好和自己的年齡一樣，大大小小六十一塊。費盡力氣挖出來的卻是一堆殘缺不齊的「破爛」，這在考古當中本是司空見慣的。可不知爲什麼，馮尊岱總覺得被打破的不只是這些瓷器，似乎也打破了一些屬於自己的什麼東西。他無限惋惜地將幾塊大一點的瓷片用手捏著對接在一起，那殘破不全的情形反而更醒目了，不由得在心中嘆惜：「要再完整些、再漂亮些就更好了。」不用說連他自己也明知，這企圖改變歷史事實的想法是一種奢求。這些瓷器是千百年以前就已打碎了的，對此後人是無法選擇的。這隻瓷罐兩千多年前注定了是這樣的形狀而不是其他。漢代器物大都是線條簡練、造型古拙的風格，人是無權要求歷史的。馮尊岱不由對自己露出一絲嘲解的微笑：眞是欲壑難平呀，沒有轟動過的時候想轟動，轟動來的時候，又希望是一個十全十美的轟動。難道搞了一輩子考古竟連常識也沒有了？連考古學和博物學的界線也鬧不清了？精緻、漂亮於考古有什麼價值？那些珠光寶氣的明、清工藝品所能夠引起的廉價的讚嘆，無非是要人去崇拜物質的華麗和奢侈罷了，在考古學上它們從來不會占有重要的位置。如果從博物的角度來看待這次墓葬發掘可以說收穫甚微。眼下已經發掘的這幾百座墓葬裡除了陶罐、陶壺、陶灶，就是博山爐、雁足燈、印章、銅鏡……所有這些早已在漢代考古中屢見不鮮了，全都是最最普通的，全都是大同小異的。當它們都堆放在一起的時候，那種雷同、重複，會使人不由得想起一片卵石遍布的荒灘，其中的每一顆石子都驚人地相似，只有老練的行家才能從中區分它們細微的差別。在這種環境中待得久了，你自然而然地會被訓練出一種近乎冷漠的職業冷靜。你會覺得所有那些外行們傻乎乎的驚訝和讚嘆全都滑稽可笑。

馮尊岱從工具袋中拿出鋼捲尺，老練地測了幾個數據，爾後習慣地取出了硬皮本和鋼筆，這是考古工作的嚴格規定，爲取得完整、詳盡的原始資料，發掘日記必須是隨挖隨記不可有半點遺漏。雪白的橫格紙上留下他清瘦、規整的字體：

一九八四年四月九日：晴

「M一八九」的清理繼續進行，距地表八點六米處見椁板，該墓爲一椁一棺，皆腐朽嚴重。根據痕跡及鐵釘分布，尚可辨認木棺形狀：呈長方形，位於椁室之西南部。鐵釘據其分布位置推斷，應爲釘棺之用。椁之西北部出土銅甑、銅鼎、銅洗共十七件。距此組器物四十釐米處，發現一組瓷器殘片（總計六十一片），破碎嚴重，唯一捲唇口瓷罐的口部殘留較爲完整，顏色深綠，口徑：十釐米。據對瓷胎、釉面及燒製火候的觀察，本組器物不屬於較爲落後的原始青瓷，應爲瓷器。依目前發掘的各方情況判斷，此墓葬年代可初步定爲西漢早期。對此組瓷器應做進一步科學鑑定分析，有可能對我國瓷器產生的上限年代提供新的實物證明……

略微思索了一陣，馮尊岱還是將「應爲瓷器」這句話後面那些判斷性敘述全部畫掉了——儘管這些破碎的瓷片讓他激動不已，可當用文字來描述的時候，他還是採用了盡量冷靜、盡量客觀的詞句，極力將想像的成分壓縮到最低點。在考古學上那些「初步」「可能」一類的字眼是最靠不住的。人類只能在確定無疑的事實面前談論歷史。

春日的太陽剛剛從嚴寒中舒展開來，還不曾恢復了它的力量，懶洋洋地照在墓坑裡。兩千兩百年前它也曾照亮過這個九點三米深的墓坑。但今天有所不同，此刻，那些世紀前的古瓷片被注入了現代人強烈的情感，那個埋藏了兩千年的本無所謂祕密或非祕密可言的客觀存在，由於被主觀所認識，反而具有了異乎尋常的神祕性。如果說考古也有職業的樂趣，那麼此刻，馮尊岱正是這樣沉浸在一種占有歷史祕密的樂趣之中。他滿意地將硬皮本插進衣兜，悠然而又愜意地點起一支香菸：

「它也是六十一……好，很好！」

這麼想著，他又隨手輕輕捏起一塊綠色的瓷片來，拿在手中細細把玩，看看正面，再看看反面，指肚一次次小心地抹過光滑的釉面，口中自言自語道：

「沒關係，雯佩有辦法把你們黏起來。」

想到女兒，馮尊岱做父親的心中便下意識地流動著一股深深的愛子之情，說不來是溫暖抑或是一種難言的悵然……雯佩小時因患小兒麻痺症一條腿殘廢了，從此後便枴不離手，像一隻離群索居的小動物，孤獨地站在這個喧囂世界的外面，在健康人自由而奔忙的步伐中自慚形穢。偏偏這樣的一個孩子，又在「文革」中失去了母親。從那以後，馮尊岱無論走到哪兒，都把女兒帶在身邊。漸漸地，他終於把女兒帶進了自己的考古事業。一開始，他想叫雯佩學習繪圖，可不知怎的，這個一天天大起來的姑娘最終竟執拗地選中了器物修復，終日埋頭在修復室內和那些破碎的陶片、瓷塊、膠泥、石膏、蜂蠟、蟲膠棒打交道，漸漸地竟叫她學成了一個小小的行家。人們開始一次又一次地把那些最珍貴又最難於修復的陶器、瓷器送到這個殘廢的姑娘面前；一次又一次地捧著被恢復了原樣的尖底瓶、彩繪陶壺、博山爐滿意而去。在考古所，雯佩已經成了一個小有名聲的「修復專家」。

看著女兒如此專心地沉溺於這種事情，有時候，馮尊岱不由得又有些擔心，說不清把女兒引到這個冷冰冰的、動不動幾千年數萬年的事業中來到底對不對。他唯恐那些破碎而古老的殘片，無形之中會完完全全地占有了女兒，把這殘疾的孩子引入另一種沒有盡頭的歧途……以血肉之軀組成的生命，終有一天會有另一種覺醒，到那時會不會一切都因爲走得太遠、太晚而無法挽回了？作爲父親，馮尊岱總是希望女兒能得到幸福。如果幸運的話，他眞希望女兒能得到那種終生的幸福；那或許是對女兒，也是對自己最大的安慰。可是一直等到現在，等到女兒已經過了二十八歲的生日，他仍然不敢向女兒提及結婚這兩個字眼。女兒似乎也早已感覺到了這一點，因而表現得更加諱莫如深。父女倆就這樣小心地處於一種僵持之中，誰也不願貿然站出來打破這種微妙的平衡……有時憋得太難受了，馮尊岱便不由得會想起撒手而去的老伴來，心中苦苦地嘆惋：

「易修，易修……妳好福氣……」

三

一九八四年四月十日，B省省報以頭版位置刊登出一條非同尋常的消息。摘要如下：

本報訊：省人大常委會委員、省建築設計院院長方鴻儒同志，在視察了普寧露天煤礦後提出的一份〈關於普寧露天煤礦行政生活區建設的意見〉，被國家有關部門採納，爲國家節約投資近一億元……

普寧露天煤礦爲我國目前中外合資經營的最大項目之一。行政生活區經有關部門批准已正式開工建設，在建設過程中，此礦片面強調企業的特殊性，脫離我國國情，設計指標過高，建設總預算高達兩億元人民幣，造成嚴重的浪費現象。尤爲嚴重的是普寧露天煤礦建設指揮部的某些負責同志，在對行政生活區的設計方案進行選擇時，不從國家利益考慮，不惜照顧親屬關係……

方鴻儒同志出於對國家和人民的高度責任感，提出了正確意見，使總建築面積縮減了百分之四十八，預計可以爲國家節約投資九千八百九十萬元……

消息發表後的第三天，省報總編接到署名馬長江的公開信。馬長江係普寧露天煤礦建設指揮部副指揮兼基建處處長。信中馬長江提出了尖銳的反駁，並要求將此信在省報公開發表。摘要如下：

總編同志：

貴報四月十日刊載的有關我礦的消息，我以爲是輕率的，其中多處與事實不符……當然，普寧露天煤礦行政生活區的建設現在已經接到了正式停工、重新修改原設計方案的指令文件，並且已經停工了……但我認爲這並非是一場浪費和節約的鬥爭，這是一場現代化的建築思想和僵化、保守的建築思想的鬥爭。換言之，是一場新觀念與舊觀念的鬥爭。中國要搞現代化，要對外開放，要解放思想，就必須衝破種種禁錮，包括讓活生生的人衝破陳舊、老化的「軍營化」、「周邊式」建築的禁錮……建築預算的問題並不是一個一加一等於二的問題。現在整個行政生活區工程進度已近一半，全部的輔助設施、地下管道、給水排水、供電供熱系統的主幹工程業已基本完成，這一切都不會因爲壓縮了一半建築面積而省下一文錢……可以預見到的，這個壓縮方案到頭來只有壓縮醫院、學校、公園、幼兒園、圖書館、電影院……可是請不要忘了，現在已不再是「小米加步槍」的時代，社會主義社會的幸福生活，也不應是一種對於人民的空口許諾……

工地上現在兩萬人停工，河北、河南、山東調來的民工也在等待工作，原來已經定貨並已付款的大批建築材料，現在都變爲無用之物，按原計畫訂用的車皮只好放空……這一切所造成的浪費難道不是人民的血汗？如果行政生活區建設因此而推遲，影響到整個露天煤礦的同步建設，進而影響到合同的履行，影響到五億美元的投資，影響到我國最大的中外合資項目的成功，這個後果的嚴重性是顯而易見的……

誠然，在選擇到底用哪一個設計方案向上級呈報的問題上，我是有較大的權力的。當初是由我力主否決了方鴻儒院長主持的設計方案，而採納了建築工程學院師生們的方案。不錯，我的兒子是建工學院的留校生，並且參加了這一方案的設計工作；但這並不是問題的實質，眞正的實質在於哪一個方案更好、更新、更科學。內舉不避親，外舉不避仇，連古人尚且可以做到的事情，我們難道不能做嗎？……

千里長堤毀於一穴，投資兩億人民幣的行政生活區建設，是經過政府部門的層層審批後才得以實施的。現在竟在工程進行了一半的時候遭此夭折，由於同步建設在時間上的嚴格要求，再恢復原方案已成爲不可能的了，作爲此項工程的主要負責人，我有義不容辭的責任。因此而導致的巨大浪費令人痛心疾首——人民幣是人民的！……

總編看後批示如下：

此件我已閱過。馬長江同志要求公開發表。信中所提問題重大，尤其關乎國際關係。請兩位副總編、工交部主任、副主任及編採此條消息的同志看一看，在黨報上公開這樣的矛盾是否妥當？請大家議一議，附上我們的意見，而後抄送：省委常委會、省委宣傳部、省人大常委會、省政府辦公廳、省建築設計院，待各方意見匯齊後再視情形酌定。

四

黑暗中，黑子輕輕拍拍那兩條緊纏著自己脖頸的胳膊：

「貴蘭，點燈吧。」

「我不。」

胳膊纏得更緊了，彷彿只要一鬆開就永遠會失去什麼。一陣戰慄傳過女人滾燙的身體。黑子不由得動心地用粗糙的手掌在女人柔滑的脊背上輕輕地摩挲。這細微的愛撫頓時得到了回報，一串熱辣辣的淚水頃刻落在了他厚實的肩膀上。胳膊纏得他幾乎透不過氣。孫貴蘭越是這樣生死難別，黑子的心就越像是放在了火苗上煎烤。他現在不退出去已經不行了，侯翠環那邊生米已經做成了熟飯。可多少次話到嘴邊又嚥了回去，不忍心，他實在不忍心這麼絕情絕義地傷了眼前的這個女人。眞是進退兩難呵，就彷彿被人放進一把大剪刀裡，活生生地被交叉的刀刃切筋斷骨地宰割著……有時候黑子甚至希望懷裡的這個女人變得凶狠些，他希望她打，她罵，她撒潑打滾，要是那樣自己或許會好受些，決心也會下得果斷些。可是偏偏就不，這女人心軟得像個菩薩，就連哭也總要憋著自己一聲一聲地嚥進去。

剛才，當黑子悄悄走進土窯時，撲面而來的是一股暖烘烘的炒菜香味。煤油燈的玻璃罩擦得一塵不染，被捻得低低的燈捻兒幽幽地燃著。朱紅的炕桌上擺著四個盤子，盤子上扣著光閃閃的四隻細瓷碗。裝滿了酒的瓷酒壺坐在爐灶上的溫水裡。洗臉盆放在緊挨躺櫃的凳子上，盆邊上搭了一條白毛巾。櫃頭上一個暖瓶，一個敞開蓋的肥皂盒。站在破舊的土窯外邊，你再也想不出窯洞裡會生出這麼多暖人心窩的溫柔，這一切都因爲有了一個女人而存在的。自從他們有了這樣的關係以後，孫貴蘭一直這樣暗自裡對黑子盡著一份妻子的責任。爲了掩人耳目，他們還私下定了一個相約的暗號，什麼時候孫貴蘭戴出那支藍色的花髮卡，這一晚就給黑子留著門。今天前晌，孫貴蘭在道中間哭成淚人的時候，頭上就戴著那隻藍卡子。其實這卡子她已經一連戴了三天，可三天黑子都讓她守了空房。

看見黑子走進窯來，孫貴蘭不由又紅了眼圈，一面抹淚，一面又捻大了燈頭，爲黑子掃身，倒水，遞毛巾……其實從一邁進窯洞那一刻起，黑子的心就軟了，打定主意今晚上什麼也不說。

直到今天，黑子自己也不大能理得清，怎麼就和這兩孔土窯、和這個女人糾纏得這麼深。有一次，也像是這樣，兩個人也是摟得這麼緊，孫貴蘭問道：

「黑子，你咋就敢到我這兒來的？」

黑子眨眨眼：「咋也不咋，實在是熬光棍熬憋不住了！」

孫貴蘭嫌話太難聽，狠狠打過一掌：「牲口！」

黑子不服氣：「嗐，實話說到根子上人就全都不愛聽啦。」

也許黑子是說得太露骨了，可前些年河口堡的光棍也實在是太多。一個勞動日只掙三分錢的村子沒有女人願意嫁來，本村的姑娘們又一個個以高得驚人的價碼嫁到外鄉去了，只留下越來越多的男人們苦撐苦熬，孫貴蘭就在這種時候死了丈夫。在婆姨們的嘆息中和光棍漢們火辣辣的注目下，她帶著五歲的女兒秀秀艱難地守著門戶。就像黑子說的那樣，在一個夜靜更深的晚上，這個實在熬憋不下去的光棍漢第一個撥開了寡婦的門栓。有了第一次就有了第二次，第三次。村民們照例是替黑子添油加醋地演義一番，照例是對寡婦義正辭嚴地指責一番，爾後相安無事。男女二人從來沒有發過海誓山盟，也從來沒有提過安家立業。如果不是眼前這個誰也料想不到的事變，也許他們相互間終生都不會如此刻骨地體察到竟會有這樣揪心的依戀。

黑暗中，孫貴蘭對黑子仰起臉來：

「黑子，我恨你那輛拖拉機，沒有它你也不會對我變心。我寧願你窮，我寧願吃糠嚥菜一輩子守著你……」

「妳又胡說。」

「沒有，一句胡說的也沒有。黑子，自從你貸款買上了拖拉機那天，我就看出你要變了。侯三倒是不傻，嘴上說一分錢的彩禮也不要就送你個黃花閨女。結果呢？你一年半掙來的一萬多塊錢，還不是跟他合夥買了汽車？以後你不是照樣得給他當個開車的？黑子……我知道我配不上你，從打第一天起我就沒敢想跟你過一輩子，我……」

這女人把一切都說得這麼透徹，又是這麼淒涼，這麼絕望……黑子心寒地抖了起來。他彷彿感覺到有什麼不祥的事情正從黑暗中朝著自己逼過來；心裡的難言之苦對誰也不能說，侯翠環現在已經不是黃花閨女了，她的肚子裡如今懷上了娃娃，那是他黑子種下的種子；在這件事情上侯三撒開手給過他很多很多的方便。可是……一股無明的煩躁在胸腔裡攪作一團，黑子猛然掰開了孫貴蘭緊纏著的胳膊：

「點燈！」

「我不！」

說著那兩條胳膊又死死地纏了上來：

「黑子，你留給我的還有幾天？今黑夜就由了我吧……」

隨著一陣叫人膽寒的顫抖，又是那死死地壓抑著的哭聲……黑子再一次把粗糙的大手放到女人的脊背上：

「貴蘭，妳別胡思亂想了，別聽村裡人鬼說，我和翠環的事情八字還沒有一撇……」

孫貴蘭伸手摀住他的嘴，「別哄我，別哄我……黑子，這幾年河口堡人人都知道咱倆的事情，人人都知道我是你的人，不衝別的，只憑這分情義我求你一件事情，等啥時候你和翠環的事最後定下領了結婚證，你先跟我招呼一聲，萬萬別這麼一寸一分熬煎人，我受不住，我怕我熬煎不到跟前……」

黑子想說什麼，可猛然湧上來的淚水又把要說的話噎了回去。他現在所能做到的，只有死命地抱住這個哭得死去活來的女人。他知道，自己已經做出了最後的選擇，自己沒有回天之力。他不能白白地扔了一萬三千塊錢，更不能捨棄自己種下的那顆種子。

五

「禪林古剎……」雯佩躺在被子裡默默地唸了一遍，接著，又唸了一遍，「禪林古剎……古剎」眞好聽。這些寺院的名字都是這麼好聽，這麼有味兒，叫了幾千幾百年也不會生厭的……靈隱寺，普願寺，白馬寺，潭柘寺，懸空寺……她盡自己所知把這些雋永的名字一個個數出來。屋子長年不住人有點兒潮，還有一點兒微微的霉味兒。雕花的窗櫺上糊著麻紙，靠近屋檐的最上端破了一個挺大的洞，半夜裡能感到清涼、新鮮的空氣從那洞裡時有時無地盪進來，在臉上軟軟地摩挲。還是第一次住在古廟裡，住在這樣有雕花窗櫺、有斑駁的朱紅廊柱的房子裡，古香古色的，一磚一瓦都滲透著一種古老凝重的氛圍……禪林古剎，眞好，眞有點兒像電影。門前的古松林裡，雀兒在嘰嘰喳喳叫，雯佩就是被牠們叫醒的，而不是像往常那樣被大街上噪人的汽車喇叭吵醒的。她抽了抽被角，不想起，就想這樣靜靜地多待一會兒。隔壁間爸爸在咳嗽，他大概正在起床，聲音隔著牆傳過來似乎悠遠了許多。接著，晨空中盪起一陣吱吜吱吜的響聲……準又是丑牛子在打水呢，天天都是他第一個來。寺院後邊有一口古井，很深，很甜。井台是用青石盤砌的，井口上架了一座轆轤，只要有誰搖起來，它就吱吜吱吜地唱，一邊唱，一邊就用粗大的井繩把青石鑿就的井口磨得溜光。昨天，雯佩站在井口邊向下探了一眼，眞深，黑幽幽的井底有一片白亮亮的反光，圓圓的，如一面平放的鏡子。禪林寺文物所的人說，這井年代很久遠了，寺院裡這一片古松當年就是靠它滋潤而成的。所以禪林寺還曾有過一個更好聽的名字——古井庵。那時候廟裡住的都是些心如古井的女人。後來一場兵燹把女人和女人們的天堂燒毀了，只留下這些被古井哺育過的松樹……不知怎的，雯佩打心底裡覺得這古寺，這松林，這口老井，這吱吱呀呀的轆轤聲，甚至包括這些古老得無法追溯的傳說都是爲她而在的。遠離了都市的喧囂，遠離了那個只關著孤獨的家，在這一派深沉寧靜的古樸之中，自己才成爲了自己。

吱吱呀呀的聲音停了，接著是丑牛子由遠而近，又由近而遠的腳步聲。扁擔鉤在水桶的提梁上摩擦著，隨著腳步間或磨出一聲聲的銳響。縣城裡早已通了自來水，可禪林寺文物所和考古隊的人，卻都是捨不得這眼井，寧願搖轆轤，寧願擔水吃。丑牛子擔水是有規矩的，第一擔水總要擔到寺外，送到郭館長家，因爲他要叫郭館長叔叔。丑牛子能來做臨時工，是靠郭館長介紹的。不知爲什麼，考古隊的人給郭館長起了一個外號，叫他「跑脊人」。眞逗，雯佩一想起「跑脊人」這個名字就想笑。佛光殿的房脊上有兩個身披鎧甲跨步欲躍的琉璃人，當地老鄉管他們叫跑脊人兒，爲什麼把這麼個名字送給郭館長呢？……丑牛子的第二擔水就輪到了爸爸。每天每天，兩個人都要爲這爭執一番，一個要推，一個要進，到最後總是爸爸認輸，一面鬆開手，一面嘆息：「這怎麼可以？這怎麼可以呢！」丑牛子一邊向缸裡倒水，一邊笑呵呵地重複著老話，「不怕啥馮老師，力氣是奴才，使了還回來！」第三擔水就沒準了，不知被哪個懶人看見，便抓住水擔叫嚷，「丑牛子把你的力氣也分給咱一點兒！」丑牛子照例笑著跟過去，從不違拗的。雯佩有點兒納悶：怎麼別人的力氣就不是奴才？……這念頭只輕輕一閃，便在清涼的空氣中消失了。現在雯佩更願意多想的是自己，躺在溫暖的被窩裡，沉浸在清晨的寧靜中，細細品嘗著這清幽幽的辰光。

和禪林寺相比，遠處的那個建築工地簡直是另一個世界。雯佩生在城市，長在城市，見慣了城市的一切，可就是從來沒有想過，也沒有見過一個城市是怎樣誕生的。那天普寧露天煤礦建設指揮部的副指揮馬長江，曾向他們考古隊的人做過繪聲繪色的現場介紹，雯佩覺得簡直是展示了一個奇蹟。他們坐在大轎車裡，一片樓群、一片樓群地轉過去，每到一處，她都能聽到見到一些新奇的東西：

通訊衛星地面接收站，直升飛機停機坪，環路系統，樹枝狀路網布置手法，空間背景，建築群體和個體的協調、錯落，建築小品的造型和處理，等等等等，這一切都叫她感到新奇，包括馬長江時不時掛在嘴上的那個「建築心理學」也叫她覺得新奇。那成堆的磚瓦，兀立著的水泥骨架，挖得又深又長的大溝，將來就是綜合辦公大樓、外賓公寓、住宅區、高級職員公寓；就是學校、醫院、公園、人工湖、電影院、體育館、音樂噴泉……一個嶄新的城市正在從大地的腹中降生出來……「從大地的腹中降生」，雯佩忽然對自己這個想像感到特別滿意。至今她還記得馬指揮談起單身公寓在人工湖裡的倒影時的那種得意：

「你想想，三座乳黃色的十六層點式樓，用空廊虛實相連，它們一起倒映在湖面上的時候有多好看！我們這個方案就是要徹底打破軍營式、周邊式、行列式的老一套，我們要讓人成為建築的中心，成為建築造型的活的靈魂！我要讓中國最貧困的塞外荒原上的人們看看什麼叫現代化！」

其實，那兒還什麼也沒有呢，人工湖的土連一鍬也沒挖呢，可馬指揮的神氣倒好像是正站在波光粼粼的湖邊上朗誦詩。爸爸就從來不會這樣，不會有這樣奔放的熱情，爸爸就像一隻古燈幽幽地燃著，不熄滅，也不灼人。……吱吜吱吜的轆轤又響起來了，這一挑水該輪到爸爸了。起床吧，爸爸見不得睡懶覺。

很快，丑牛子由遠而近的腳步聲停在爸爸門前，接著，是開門聲，嘩嘩的倒水聲，空水桶碰在水缸沿兒上的空響，再接下去是爸爸的道謝和丑牛子謙和憨厚的笑聲。可丑牛子沒有像以往那樣馬上就走，兩個人站在門口說起話來：

「馮老師，有件事想跟你請示請示哩。」丑牛子總是這麼恭恭敬敬的。

「請示什麼，有事情你就說吧。」

「我想告個假。」

「是不是媳婦要生了？」

「不爲這。女人家生娃娃還値顧請假。我回去她得生，我不回去她也得生。」

「那你請假做什麼？」

「幫我叔叔拾掇茅房。」

「這種事情郭館長也得要你來做？」

「我叔住獨院，茅房漏雨了。咱這人啥也沒有就是有個力氣……要不我明天再請示，我叔倒也沒說就一準今天拾掇……」丑牛子有點語無倫次了。

「哎——，去吧，去吧。噢，你的一九三號墓挖到多深了？」

「五米。」

「墓道、墓口都見了？」

「見了。」

「耳室部分的隔梁留了沒有？」

「留了。」

「那好，今天上午我替你關照一下挖土方的民工，下午就可能見到器物了，你一定得回來。等器物清理好我來幫你繪圖。」

「嗯。」

不一會兒，院子裡又響起吱吜吱吜的轆轤聲，這個丑牛子，眞是有使不完的力氣。雯佩從窗口探出頭去：

「爸爸，郭館長憑什麼老叫丑牛子給他白幹活？」

馮尊岱看著遠處丑牛子的背影搖搖頭：

「這個郭文學，做人怎麼能光靠力氣呢。」

「郭文學！」雯佩不由得咬住了嘴唇，眞想笑，整個禪林寺只有爸爸這樣正正經經地叫丑牛子的大名。雯佩無論如何也不能把文謅謅的「郭文學」和丑牛子聯繫在一起。

「爸爸，我聽丑牛子說他們河口堡得遷走，是嗎？」

「七曲河改河工程完成後，那個村子就沒有水源了，那塊地方將來就是露天煤礦的排土場，用不了幾年就會埋得留不下任何痕跡。要是兩千年後有誰像咱們一樣再到這兒來搞發掘，就會在黃土下面發現一處河口堡人的遺址。」

馮尊岱幽默地笑起來。

院子裡清涼的空氣中裹著一股微微的松脂的香味兒。院子後面，轆轤還在吱吜吱吜地唱，雯佩有點兒爲丑牛子也爲河口堡的人傷心：世世代代住著的地方一下子就連根拔走了，搬到哪兒去呢？遠不遠？河口堡是個什麼樣？眞的就像爸爸說的那樣，兩千年後會在黃土下面發現河口堡人的遺址？可兩千年後的人哪知道河口堡有一個這麼有力氣、這麼憨厚的丑牛子呢？……「郭文學嘿嘿」，雯佩輕輕地笑出聲來。可是兩千年後這個世界上最大的露天煤礦也不會存在了，煤早就挖光了。到那個時候這座新建起來的城市還會存在嗎？人工湖裡的倒影會留到兩千年以後嗎？……

陽光已經把佛光殿頂的琉璃瓦照耀得一派輝煌。殿脊的兩端是琉璃燒製的兩隻巨大的綠色鴟吻，它們面對面地把鱷魚一樣又尖又長的嘴貪婪地刺向青天。殿頂的四角是四條張著血盆大口奔突欲出的獬豸。雯佩曾到佛光殿裡看過，那裡面塑著三尊滿面慈悲的金佛：過去佛，現世佛，未來佛。他們雙手合十對塵世微微地俯下頭來，身後是直升殿頂無比華麗巨大的佛光，四壁是令人炫目的巨幅彩繪……爲什麼人們總把最殘忍和最仁慈這樣地編織在一起呢？……雯佩想不通，也解釋不清，然而，她卻帶著一絲悵惘，朦朦朧朧地由衷地喜歡這一切……

六

一九八四年五月十九日。臨時借用的縣委小招待所會議室內。普寧露天煤礦投資雙方的工作例會中的一段現場實錄：

（會前，普寧露天煤礦建設指揮部得到從北京方面傳來的消息：中國與A國肯特公司雙方關於最終協議的艱苦談判，已經是第三次陷入微妙的僵局。）

參加人

甲方：

普寧露天煤礦建設指揮部副指揮：馬長江。

普寧露天煤礦建設指揮部黨委副書記：王浩天。

地區行政公署工委主任：于佑發。

乙方：

A國肯特公司董事會董事，赴華工作協調組組長：默爾本先生。

隨員：博爾姆先生，詹妮小姐。

翻譯人員兩名。

雙方就工程形象進度、設備啓運、安裝狀況等等問題交換了情況和意見之後，在會議幾近尾聲的時候：

博爾姆：「馬先生，借用一句中國成語，我想開門見山地向您詢問一個有關私人的問題可以嗎？」

馬長江：「請吧。」

博爾姆：「普寧露天煤礦行政生活區的建設現在似乎是出了問題，並且受到官方的指責，更具體地說這個指責有可能是針對您本人的，是嗎？」

（一石擊水，會場內的氣氛頓時顯得有點緊張。）

馬長江：「請問這個消息您是從哪兒得知的呢？」

博爾姆指指會議室後邊豎著的那個讀報欄：「從那兒。頭版消息。已經是很多天以前的舊報紙了，不知爲什麼這裡的工作人員沒有把它撤換下來。我碰巧懂得一點漢語。」

（馬長江有些意外地朝那讀報欄投過困惑的目光。不久前那場報紙糾紛所帶來的忿懣陡然再起，但他現在只能盡量的壓抑著自己。）

馬長江：「那條消息是一個不大了解情況的記者搞出來的，這樣重大的一個工程，設計方案不可能是我一個人說了算的。」

詹妮小姐插說：「可是我們剛才途經工地現場看到的似乎是正在處於停工。」

王浩天插話：「不是停工。我們正在對原來的設計方案做某些調整。」

博爾姆緊追不捨：「那麼馬先生是支持原來方案的嗎？」

馬長江：「關於這個問題，剛才王副書記已做了回答。」

（馬長江無論如何也沒有料到，竟是在這樣的場合下，竟是由自己站出來爲那個「周邊式」、「軍營式」做辯護，然而除此之外他卻別無選擇……一種難以排解的深刻的悲哀在心中痛苦地絞作一團。）

默爾本：「根據草簽合同的規定，露天煤礦的心臟部分，整個工業廣場內的全部設施，包括中心控制室，機修廠，洗煤廠等等的設計和施工全部由我方監負。而環形鐵路、改河工程、幹線公路及行政生活區則全部由中方負責。剛才大家已經看到，其他項目的建設進展順利，只有行政生活區似乎是遇到了麻煩；至於採取何種方案施工的問題我方是無權干涉的，但是作爲共同投資的一方，我們不能不有所憂慮；如果行政生活區與生產區的同步建設得不到保證，那麼合同的最終履行必將受到影響，此類情形的時時發生，恐怕不能不說是最終協議的簽字受到影響的原因之一。」

（剛才在心中痛苦地翻騰著的情感，再一次在馬長江的胸中湧起，默爾本最後的幾句話叫他百感齊發，如鯁在喉。）

馬長江：「投資是共同的，利益是共同的，責任當然也是共同的。默爾本先生的擔心是合乎情理的。但是作爲行政生活區建設的直接負責人，我可以告訴大家的是，我們絕不會影響同步建設。因爲說到底普寧露天煤礦開採的最大利益獲得者將是我們。說到最終協議簽字的推遲，我倒也想開門見山地談一談。現在我們手中都有一份可行性研究報告的副本，關於普寧露天煤礦的基本情況上面有詳盡的說明。但是關於國際市場煤價的變化，卻是這一份報告中所沒有的。合同草簽時國際市場每噸原煤價格是五十二點七五美元。但由於國際能源市場的支柱石油價格的一再下跌，原煤價格隨之而降，今年年初跌到四十點零四美元，這個月又繼續下跌了二點四美元，最終變成了三十八美元。也就是說我們還沒有正式動工開採，每一噸原煤就憑空丟掉了十四點七五美元。按照原價格計算，我們的利得率可以很有把握地達到百分之十八或者更高。但是現在最低也要下降百分之三到百分之四。與此同時，就在前三天，五月十六日，貴國國家銀行宣布將貸款利率由百分之十提高到百分之十二，這樣計算下來，肯特公司似乎僅僅在爲了百分之二三的微不足道的利得率，而拿著數億美元的投資來冒險，與其如此，還不如去做貸款投資更爲保險些。如果我是公司董事長大概也會這樣考慮問題。可是草簽合同的時候，我們雙方曾經訂下了四條原則：共同投資，共同管理，共同受益，共擔風險。現在就是我們共擔風險的時候。從戰略的角度看問題，作爲能源和重化工原料的煤炭資源是有著樂觀的發展前景的！」

（會場中的氣氛起了變化，雙方之間流露出了只有同行們才會有的那種不做掩飾的坦誠。）

默爾本轉過話題：「馬先生，作爲你們的同行和朋友，我們還是對於行政生活區建設的這種反覆難於理解。既然原來的方案如此不合理，那爲什麼不在施工之前的審查中糾正它呢？這樣的反覆你們方面蒙受的損失和浪費是巨大的，眞是非常遺憾的事情。這種事情如果發生在我們那裡，簡直是難以想像的！」

馬長江：「默爾本先生，在我們這裡時時會發生些愚蠢的事情。如果我告訴您這一切都是受制於『帕金森定律』，您恐怕就能夠理解了。」

（外國同行們立刻對這位大膽直言的中國官員報以贊同的微笑。諾斯古德·帕金森和他的關於官僚主義的著名的「帕金森定律」，在世界各國幾乎人人皆知。）

午餐的鈴聲打斷了這個插曲，賓主紛紛起立。

（透過晃動的人頭，馬長江再一次朝會議室後邊那個讀報欄投過複雜的目光：一個服務員們懶於撤換的報欄的出現是這麼偶然，又是這麼不可思議。那個無所不在的「周邊式」的束縛，竟是這樣的生生不息，鬼使神差……馬長江不由得陷入一種難以自拔的困惑。）

七

鋒利的犁鏵有力地切進乾燥的表土，隨著土層中一陣斬斷草根和鏵面與土石磨擦的悶響，沉睡了一個冬天的土地，帶著清新的潮氣翻轉在燦爛的陽光之下。光明如鏡的犁鏵行進得如此順暢無阻，不由得叫你想起一尾撥蕩清波的魚兒來。轉瞬間，灰黃，乾旱，幾乎見不到什麼綠色的苦菜坪，頓時漾開來許多春的氣息。兩頭健壯的黃牛高昂著角，穩重而有力；牛的後邊是一手揚鞭一手握犁的結實漢子；掌犁人的後邊是鬢髮蒼白的播種者；再後邊是胸前掛著糞筐籮的後生。遠遠望去，藍天黃土之間，這小小的行列像是在舉行什麼神聖的儀式，頗有幾分莊嚴。河口堡的村民們就是這樣年復一年地把希望播進大地，就是這樣一步步在犁溝中走完各自的人生。

苦菜坪上的這十畝地，分田到戶的時候並沒有分到郭福山名下，是他拿了十畝半地硬從別人手中換下來的。地到手的第二天，郭福山在木匠手中討來一塊木板，而後找到小學校的老師門下求寫兩個毛筆字，老師問寫哪兩個，老漢探出兩根伸不展的指頭：

「地界！」

土生知道了父親做的事又好氣、又好笑，一再向老人解釋：

「包產到戶土地所有權還歸集體，不歸個人。」

「不是說十五年不變？等永輩子不變了咱換塊石頭的！那塊地原來就是我開出來的，地北頭往上走十五步是你福海大爺的，地西頭走七步是武四兒的，地南頭……」

土生只好閉上嘴，不再說話，他知道再講下去只有吵架，只會挨罵。自從把土地分到戶裡，年過七旬的父親突然像是服了返老還童的仙丹，奔日子的心勁比年輕人還盛，說話辦事平添著一股自信，時不時便要搬出幾十年前的老帳，便要提起他做過的那個好夢：

就是三十六年前跟著老福海一起走到烏蘭花那次。有一天，拔麥歇晌的時候，郭福山在地頭的大榆樹底下枕著鞋子睡著了。忽夢見自己像東家一樣也坐在獨門獨院的正房裡，手裡頭也打著一把芭蕉扇，手一搖，渾身爽。屋檐下蹲了一排人——是自己雇來拔麥子的，細一看，老福海也蹲在裡邊。他笑起來，一邊就伸手去拉：「福海哥，福海哥！咱倆有福同享！……」笑著說著，冷丁被人狠踢了一腳，睜開眼時卻是福海扠腰站在面前。他忍不住把剛才的夢境又敘述了一遍。福海笑著又踢了他一腳：

「說，你做了東家是不是想著雇我當長工？」

「哪能呢！剛才我還拉著你說有福同享呢……」

看他倆這般打鬧，一起做活的夥計們都笑，都說是個好夢。

土生弄不明白，走西口那麼多年了，那麼多的苦水，可父親爲什麼偏偏就永輩子也忘不了這個夢。而且，自從土地分家以來，父親的種種行跡似乎都是在一點一滴地想仿照著這個荒誕不經的怪夢。譬如說，現在他就不明白，明明可以和親戚們換工就能種下去的莊稼，父親卻非逼著他從大隊的煤窯上臨時雇來個抓糞的後生。

包產到戶的這兩年，河口堡頭一個破土下種的總是郭福山，今天又是郭老漢搶在了前頭。這彷彿成了一種榮譽，一種享受，爲著能盡興盡意地享受這分樂趣，他總是把春耕下種的一切細節安排得盡善盡美。從種子、農具，到鞭梢上該換的新皮條，他都要妥善、細緻地早早安排周到。此刻，就像是一場準備已久的宴會終於就座入餐，一切都那麼令人滿意：這無半點瑕疵如明鏡般的犁鏵，這還泛著一股酸味的剛剛編好的皮繩，這在陽光下黃緞子一般閃光的牛背，這特意綁在牛角上的耀眼的紅纓子，這緊跟在身後雇來的抓糞的後生，無不令人賞心悅目。老人兩隻青筋暴突的手極其熟練地從吊在胸前的笸籮裡將切好的山藥籽撒進犁溝，一步二尺，每把三塊，像一架精妙的機器絕不會錯。在這片刻不停的動作中，他還時常要敏捷地抬起頭來照看一下犁溝的方向，時不時地對兩頭黃牛「噠，噠」地吆喝兩句。犁鏵隨著地塄拐出一個突兀的彎道，郭福山手腳不停地對身後抓糞的後生吩咐道：

「二海，抻住勁，撒得多了你就接不上糞堆了！」

地裡均勻分布的糞堆都是事先步測好的，每堆糞要撒蓋在多少窩種籽上也是有數的，撒得多了接不上用，撒得少了不但剩下肥料，還會妨礙耕作。在種田當中這是一門學問，所以擺糞堆這樣的工作必是由經驗豐富的老農們操持的。

二海一面慌慌地應著，一面趕忙控制著這個彎道裡抓糞量的變化，可到底還是撒得太多了，沒能接住下一個糞堆，郭福山聽得背後聲音不對，又喝道：

「抻住勁！」

二海又沒接上，只好匆匆放過幾窩籽朝前趕趁了幾步，郭福山忍不住撞上火來：

「停住！停住！」

一邊轉回身指著那幾窩漏撒肥料的山藥籽斥責道：

「雇你種莊稼來了。雇你哄人來了？空下這算誰的？」

土生趕忙過來解圍：「爸，二海打口外來的，人家那地方不做這營生。」

「用你多嘴！口外我沒去過？口外哪樣活計我沒幹過？這有多麼難，狗戴上籠套也能幹！」

二海漲紅了臉，剛剛撮滿笸籮的幾十斤糞土，壓得掛繩深深地勒進肉裡，越發憋得面紅耳赤。郭福山走上去接過笸籮命令道：「學著些！」一面就麻利地撒出十幾把糞，隨手把笸籮遠遠地撂在地上又命令：

「你來！」

整整一個上午郭福山都這麼沉著臉。可土生總覺得父親有點異樣，就彷彿故意逗著一股威風。卸了犁，吃了午飯，歇了不到半個時辰，郭福山坐在炕頭上又分派起活計來：

「二海，拾掇家具，咱們到關上拉一趟磚去。」

土生皺起眉頭來：「歇歇吧，爸，後晌還要種呢！」

「春日大忙，你歇得起，我歇不起。二海，走！」

「那套上牛去吧。」

「不用，牛得歇晌。」一邊說著又催促，「走呀，二海！」

土生還要說什麼，被父親惡狠狠地瞪了回去。

看著二海順從地架著平車上了路，郭福山跟在背後響響地乾咳了一聲：

「嗯——哼！」

威風，痛快。他環視著有幾分雜亂的院地，沿著院牆的地基細細打量了一番，那副被盼望已久、在心中設想了無數遍的獨門獨院立即顯現出來，牆頭要高，要帶出檐，門樓要大，門環要粗，門檻要寬，要再砌上座影壁……「哼，你誰也擋不住我起房子蓋院！哪怕我今日蓋好你明日拆！」

這條拉磚的路最熟悉不過了，順著河谷往裡走三里路，從那塊大青石開始上個陡坡就是關口前邊的城門。過了這個城門洞就是長城關口的城樓，郭福山說的那個「關上」就在這兒，磚就是從那個城樓上拆下來的。河口堡的人凡是不嫌棄用舊磚的都到這兒來拉，只走三里路，出點力氣，一分錢的磚錢也不用花就起房子蓋院。

按理說春耕播種的時候活太重，人和牲畜都是要歇晌的，郭福山硬要分派二海拉一趟磚有他自己的用意，第一，花五塊錢雇人在家裡做活，叫他白白歇晌？郭福山不能充這個大頭。第二，更主要的是郭福山想叫村裡人都看看自己雇了人，而且專門雇的是個口外人。在郭福山看來這是一種榮譽，一分滿足，得細嚼慢嚥地好好品味，不能就這麼不聲不響地白白放過去。

一根拉套的麻繩搭在肩膀上，半截子剔牙的火柴棍在嘴裡攪拌著，步子邁得穩重，踏實，郭福山盡量使腰板挺得直些，盡量顯得自信昂揚，與迎面而來的鄉親們隨口應答著：

「不歇晌呀四爺爺？」

「不歇。」

「大晌午天這是做甚活計？」

「拉磚。」

「四爺爺，那駕轅的後生是誰？」

「二海。雇來的。」

「雇的？」

「嗯！雇的。口外的。」

說著走著，郭福山把對話的人不經心地甩到身後，盡量顯得並不急於告訴人家什麼，然而心裡卻是分外高興：

「嗯——，口外的！如今也輪著口外人給我們口裡人幹活啦！」

可惜，村巷裡的路太短。可惜，歇晌時分遇見的人太少。

大青石後邊的陡坡不長，總共四五十步，車到城門洞的時候，只要記住把轅桿朝懷裡一摟，車輪子就能準準地壓進那兩道青石槽裡去。拉磚的一路上，只有這二十五步最好走，比縣城裡的柏油馬路還光溜。城門洞裡的路是用大青石塊鋪出來的，那兩道石槽其實是叫車輪子磨出來的，眞深，也眞光滑。不知幾朝幾代，也不知過了多少車，磨了多少年才磨成這樣。不知道的，還以爲是誰專門鑿出來的。據說當年楊六郎曾在這個關口上紮營結寨，駐過很多很多人馬。如今，這巍巍雄關除了在城頭瑟縮的枯草和在石縫間蹦跳的岩鼠外，沒有人理會它了，甚至連它的名字也無從知曉。在歲月的侵蝕下，它正日復一日地淪爲一片瓦礫和廢墟……憑你怎樣想像，也無法相信這狹隘的山谷怎麼就能盛得下兩千多年的流血和怨恨。被人的衝動所導致的有聲有色的一切過去之後，那深深的歷史刻痕，就是這樣無聲無息地留給時間去塡平……可以留待考據的只有城腳下那兩塊被掩在砂石中的殘碑，一塊是明朝洪武年間，一塊是清朝雍正年間。

走上陡坡的時候，二海聽見背後傳來郭福山威嚴的聲音：

「朝左手裡摟轅，對準轍！」

車輪在一塊石頭上磕絆了一下，被高高地抬了起來，接著，轟隆一聲，落進了那古老的軌跡。

八

隨著噴燈呼呼的響聲，藍色的火苗在鍋底上燒灼著。片刻工夫，鋁鍋內凝結著的深黃色的蠟塊發出一陣吱吱的響聲，在一層層泛起的細碎的泡沫中軟軟地融爲黏稠的液體。於是，一股甜甜的蜜香味便在修復室內瀰散開來。擺在工作台木製輪盤上的是一件正在修復中的三足陶鬲。它的一半是由殘存的碎片黏接而成的，另外一半是用暗紅色的膠泥補成的塑形。爲了盡可能準確地恢復原物，泥塑部分的表面，依照陶鬲上原有的繩紋痕跡，用繞滿麻繩的壓印輥仔細地印滿了細碎的紋絡，新舊紋絡的銜接被極爲細心地保持了驚人的一致，眞彷彿是同一雙手同一次印上去的。這隻三足陶鬲再經過刷蠟，取泥，灌石膏，剝蠟，上色這幾道工序後，就會把近兩千年前的面貌顯現出來。

可這隻陶鬲的修復工作，被馮尊岱送來的那六十一塊瓷片打斷了。他要女兒先放下手中的一切事情，先把這組瓷器修好。自從這些瓷片送到修復室，馮尊岱已經急不可耐地來催過三次。雯佩從父親一反常態的表現中，察覺到了這組器物的非同尋常。

所有的這六十一塊殘片都已被雯佩擦拭乾淨，用粉筆依次編寫了號碼，並在吻合的茬口處留下標記，全部殘片的數百個斷口都用細銅刷仔細地刷除過。擺在面前的裝著三甲樹脂的玻璃瓶旁側，橫放著一隻山形白瓷筆架，筆架上是一支小巧的畫筆；只要拿起這支筆，把三甲樹脂塗到茬口上，把對縫擠嚴，把每塊瓷片的弧度把握準確，這些古老的瓷罐、瓷壺，就會像孩子們手中的拼圖版一樣被拼接出來。這個工作對於雯佩來說比修復複雜、殘破的陶器要容易得多。但是此刻，雯佩卻如坐針氈，把瓷片在手中茫然地擺弄著……這平靜的修復室，這甜甜的蜜香味，這坐慣了的摺疊椅，看慣了的輪盤，甚至連這些滿目皆是的殘陶碎瓷，都一古腦地在眼前旋轉起來，像一個不會游泳的人被拋入了水中，這二十八歲的姑娘感到彷彿猛然失去了自己已經習慣了的全部的人生依託。三年來她一直在頑強地拒絕著，可三年來她又似乎是一直深深地希冀著……然而當這一切來臨的時候，卻又是這樣的令人哭笑不得、局促不安。她覺得這是一個不祥的預兆，在這不祥的恐懼之中自己是那麼的孤苦無助……

一切都是爲了這封信，這封顯然是被陰差陽錯地裝錯了信封的信。

今天上午，有人把一摞信交到雯佩手裡，最上面的一封是給她的，其餘都是父親的。在考古隊馮尊岱是信件最多的一個。這一千多座漢墓的發現引起全國考古同行的矚目，各個考古所、大學考古系的同行老友們，認識的、不認識的，都紛紛寫信來詢問。雯佩把自己的那封信只在眼前一晃，便本能地意識到了什麼，臉色驟然而變……果然是他！好像是怕被別人發現什麼祕密，雯佩忙不迭地將信塞進衣兜。接著她又看到一個同樣信封、同樣字跡、發自同一所大學——還是他。但這一封卻是寫給父親的。爲什麼要同時寫兩封信呢？他要跟我說些什麼？

當雯佩把其餘的信送到父親手裡的時候，馮尊岱正急著走向汽車準備到發掘場地上去，他漫不經心地接過信，看也不看地統統塞進衣兜匆匆上路了。雯佩忐忑不安地趕回自己的小屋裡，插上門，關上窗，興奮而又恐懼地拆開了信封，可那信卻叫她陷入極大的惶恐和困惑之中：

馮老：

您好！

大札收悉。「關於四神香薰爐的用途辨疑」一信，我已遵囑轉致王樸成教授。王教授看後頗感興趣，並認爲您對於他當初的結論的糾正是正確的，論據亦較有力。雖然四神香薰爐到底用於工藝紮染，還是用於溫酒這樣的問題，在秦漢考古中是極其微不足道的細節，但對於歷史事實的承認與尊重，卻是考古同仁不可稍有逾越的原則。王教授希望您能同意將此信公開發表，以澄清錯訛。他還將親自致函與您商榷。

我的答辯已經通過，按目前的研究生分配原則，我回省考古所工作的要求是順理成章的。分配在即，不久又可見到老師了。

即頌

春安

陳冬

驚訝、錯愕之餘雯佩突然想到，在剛剛交給父親的那個信封裡裝著的肯定是陳冬寫給自己的信，可他都說了些什麼？……爸爸看了又會怎麼樣？……父女之間多少年來那個難以突破的僵局，竟是這樣被惡作劇般地打破了……「陳冬，陳冬，你、你……」眞是太亂了，一切都亂得不可思議！

從看了信那一刻起，雯佩就一直這樣戰戰兢兢地等著，她不知怎樣才能向父親開口換信，也不知父親看了信又會是怎樣的反應，最想知道而又最怕知道的是，陳冬在那裝錯了的信上對自己說了些什麼？「看了，爸爸肯定是看過了。」雯佩六神無主地等著，等著父親從工地回來，到那時一切都會明瞭，只要從父親的臉上看一眼，她就能得到全部的答案……如果三年前不是陳冬那樣溫存地替她撩起過眼前的散髮；如果三年前瀰漫著甜甜的蜜香的修復室裡不是只留下他們兩個人；如果三年前不曾有過一個那樣令人心碎而又溫暖的黃昏；一切也許就會是完全另外的樣子。陳冬比雯佩整整大了十一歲。如果不是雯佩親耳聽他講，無論如何也看不出，在那張平靜有時又帶了一點蒼白的面孔後面，竟隱忍著一次家庭的破裂，和因爲遭誣陷而度過三年的監獄生活。考古所器物修復室裡這個從來都是默默無聞的六六屆高中生，當三年前那座全國最高學府考古系的碩士研究生錄取通知單給他寄到省考古所來的時候，竟引起了一陣小小的意想不到的轟動。整日埋頭在古陶片中的雯佩也由衷地流露出羨慕和驚訝。但陳冬還是像往常那樣平平靜靜的，在臨行的前幾天還照舊到修復室來做著以前天天要做的工作。那時候，省裡正有一處新石器時期的遺址在發掘，出土的很多陶器在現場修復來不及，就將其中一部分送到考古所修復室來。那一天的下午，修復室裡只剩下陳冬和雯佩。雯佩放下手中正在塑形的一隻尖底瓶，抬起頭來輕輕問道：

「拿到通知書了？」

「嗯。」

「哪天走？」

「還有五天。」

「眞好。」

「什麼眞好？」

「你眞好，能到這個學校讀書眞好。」

一縷散髮順著額頭滑下來，遮擋在眼前。雯佩低頭看了看兩手沾滿的膠泥，沒有理會它。驀地，她感到一隻手溫暖地伸到臉前，替她輕輕撩起了散髮，柔軟的指尖在面頰上無比深情地劃過……在心頭積了二十五年的堅硬厚繭，彷彿被他這麼輕輕地在一瞬間劃破了……雯佩被這突然的舉動驚呆了。

「雯佩，妳眞好。妳總是這麼安詳得叫我心軟。」一邊說著陳冬忘情地把那一雙泥手握在自己掌中。雯佩幾乎是不知所措地把手抽了出來：

「你……」

「剩下的這五天，我還要天天來，只爲妳一個人來……雯佩，如果不是這次要離開妳三年，也許我永遠也不會有這個勇氣對妳說。」

當雯佩終於從最初的震驚中恢復過來的時候，便毫不猶豫地吐出兩個字：

「我不。」

「爲什麼？」

「什麼也不爲。我不！」

止不住的淚水奪眶而出，雯佩抬手指向屋門：

「走吧，你走吧……」

「我不走。」

「我走。」

雯佩艱難地站起來，淚流滿面地抓過枴杖。陳冬傷心地退卻到一旁：

「雯佩，眞對不起……我不知道，我沒想到這會傷害妳……」

雯佩看見了，陳冬說這話時眼眶裡湧滿了淚水。可她還是毅然地走了，把傷心失意的陳冬孤零零拋在修復室裡。

從那天起，雯佩一連五天沒在修復室露面。她不相信這會是眞的，她不願意自己欺騙自己。二十五年的殘廢人生使她刻骨銘心地接受了自己的孤獨，並且堅定不移地確信，在這個喧囂而紛亂的世界上，沒有任何東西能使這無可解脫的孤獨，得到哪怕是些許的慰藉……

三年來，雯佩一直在努力使自己忘掉那個叫人心碎的黃昏。有時候，在忘卻中她竟也眞的恢復了往日的寧靜。可現在苦心經營的堤壩竟這般輕而易舉地崩潰了——這一切都是因爲千里迢迢之外，有人陰差陽錯地裝錯一封本應是寫給她的信。

九

「咔吧」，一根朽了的骨頭被踩斷了，透過薄薄的塑料鞋底，腳掌分明感到有點硌得發疼——是人骨頭。「咔吧」，又踩上了，這一次和剛才一樣還是人骨頭。被踩碎的頭蓋骨片正好從人字縫的結合部斷開了，兩排細密交錯的骨榫白生生的，叫人發麻，叫人想起老鼠尖細的牙齒……馬長江掉轉眼睛，迎面卻又看見一顆骷髏頭，兩個黑洞洞的窟窿正好對視著他。考古隊的馮隊長告訴過他，每個人有二百零六塊骨頭，這二百零六塊骨頭組成了一門學問，叫體質人類學。只要你把這二百零六塊骨頭的名稱、特點、部位認準了，再把它們之間的關係和前前後後的發展、演變記清了，你就能當專家——體質人類學家。眞羨慕他們這些和死人打交道的活人：死人不會耍手腕，死人不會告誣狀，死人不會鑽空子，死人不會因爲感情衝動而叫人抓了辮子，死人用不著去關心人工湖裡的倒影，死人也永遠不會受制於「帕金森定律」……

送走了三位外賓以後，馬長江立即趕到了施工現場自己那個辦公室兼臥室的臨時住所，一種難以擺脫的鬱悶在心頭久久不能散去，只好背著手信步走出來……眼前這副司空見慣的情景，有點像一幅怪誕的現代派油畫：一片尚未完工的樓體裸露著混凝土澆注的骨架，樓體下面鋼筋、角鐵、螺紋鋼管、鋼窗架、水泥預製件組成了雜亂的鐵灰的底色；在這些鋼鐵、水泥的空隙間，到處堆滿了被考古隊發掘出來的尚未來得及清除的屍骨——兩千年前的屍骨；遠處，灰蒼色的山脊上盤繞著萬里長城古老的牆垣；更遠處，是塞外荒原深厚灰黃的大地；一座由水泥整體澆注的倒錐形水塔，如一枝挺然出水的蓮蓬，灰白色的纖纖細影彷彿是畫面裡的精靈……工地上往來穿梭的人群中沒有任何一個人停下腳步來，注視一下這幅奇特而深奧的畫面，在這幅巨大而怪誕的畫面中，人們只顧來去匆匆。如果此刻他們也像馬長江這樣停下來，就會發現漸漸彌升著的暮色，正使這畫面上的景物失去了分明的界線，變得渾然一體，神祕莫測。

馬長江忽然想起什麼似的把手伸進衣兜，兒子的信在裡面放著，已經看過兩遍了，若不是這封及時的來信，他根本就不會想起來，今天是自己五十歲的生日。一眨眼就是五十年，彷彿什麼也沒有來得及便匆匆忙忙地人過半百了，似乎是在猛然間感到了老之將至，而現在這感覺就尤其沉重，在眼前這幅過分巨大的畫面中，似乎就根本沒有生命的位置……

漸漸地，當夜色終於取代了暮色的時分，在那一派沉無涯際的黑暗中，驀然間，升起一片神話般的燈火來……

當這一天最後結束的時候，馬長江在日記本上爲自己五十歲的生日寫下唯一的一句話：

子曰：五十而知天命。

十

那口被餓得嗷嗷亂叫的肥豬又在拱槽了，幾十斤重的石槽子被牠一次次地拱起來，又一次次悶重地落進臭氣沖天的糞水裡。這隻被閹過的只靠食欲的刺激而生存的牲畜，在這唯一的欲望也不能得到滿足時，一反常態變得有幾分瘋狂，用樹椿和鐵絲紮成的圈門被它啃出白生生的木茬來。

炕頭上，燒得昏昏沉沉的老福海猛然抬起了頭，彷彿一隻熬盡了力氣和威風的猛犬，雖然早已不可能再去追逐和拚咬，但卻依然忘不了在昏昏欲睡之中支起警覺的耳朵。老福海現在聾得什麼也聽不眞，可卻對自己艱難餵養的這口豬有著分外機警的感應。村裡刻薄的人笑話老福海，說他若是把如今伺候母豬的一半心思用在當初找媳婦身上，也不至於活到這步田地。

老福海有過媳婦，在他現在已是混混沌沌的記憶中，偶爾也會十分艱難地閃過一個模糊的影子。記不清是那麼多災年裡的第幾個災年了，有一次，來了一個討飯的女人餓昏在老福海破爛的土窯門下，一碗涼水灌醒之後，女人說誰能留下她給一口飯吃，她就是誰的人，就願意爲這個人栽根立後。老福海把女人攙到炕上，後來「辦喜事」的時候，殺了那隻跟了他很多年、也跟著他走過西口的大黃狗。可惜，那個被飢餓引進門來的女人連一根草影影也沒有生下就死了。爲此，她曾愧疚地流過很多很苦很鹹的眼淚。以後，老福海就再也沒有找過媳婦。他把自己拔麥子、脫坯、割洋芿掙來的銀洋，和自己旺盛的生命力，一古腦都給了口外那些火辣辣的大奶子的女人們。偶爾有時候，他和她們中間也到了難解難分的地步，可到最後，他總是忘不了河口堡，總是河口堡的黃土夢魂縈繞，把他一次又一次千里迢迢地扯了回來……現在，這一切都已在即將熬盡的生命的微燈下化作一片黑暗，維持著這個衰老的軀體的，只有一息生命自身所有的最後的本能。

老福海顫巍巍探出手來，在緊挨炕頭的灶台上摸索到一隻醬色的粗瓷碗，把碗底剩下的冷水貪婪地倒進嘴裡。他盡量想把這個動作做得準確些，但還是有一股水從嘴角溢了出來，冰涼地順著脖頸流到胸脯上，乏軟的筋骨被刺激得抖動起來。包產到戶以來五保戶的事情不如以前好辦了，再說田分到戶裡，每家都有一攤自己的事情要做，現在又正趕上春耕下種的大忙時節。老福海已經病了兩天，已經整整兩天湯水不進，他分明感到自己這盞燈正在耗盡最後一絲燈捻，魂魄已經悠悠盪盪地開始向郭家老墳上路了。

但此刻，老福海卻眞眞切切地聽見了豬的嚎叫聲。他強掙著坐起來，一寸一寸地挪下炕沿，然後又扶著鍋台走到麵缸跟前，從裡面吃力地拉出一條口袋，這口袋裡裝著他平日做飯用的莜麵，而後又扶著手邊的牆壁朝院裡挪出去。

當老福海看見那隻滿頭沾滿白花花麵粉的豬狼吞虎嚥，被嗆得咳嗽起來的時候，臉上竟然浮起一絲難以察覺的微笑來。接著，他覺得眼前猛然變黑，身子彷彿跌進一個探不到底的深淵，軟綿綿地飄落下去……

郭福山被人從地裡慌慌忙忙喊回來的時候，正趕上老福海回光返照地睜開了眼睛。看著身邊圍著的人群，老人明白該做最後的交代了，他顫巍巍地敞開棉襖的前襟，露出骯髒油膩的裡子，指著一處對郭福山說道：

「老四，撕。」

撕開的棉布下邊露出浸透了汗漬的三十塊錢來。

「老四，就使這錢打發我……走的不是時候，正趕上人們種呢……」說著老人又朝院子裡那依舊嚎叫著的方向指了指，「養牠就是留著今天用的，殺了牠給我辦事……老四，你能給哥辦得排場些麼？」

郭福山老淚橫流：「能……福海哥，能……」

老福海又伸手抓住郭福山：「老四，要搬你們搬吧，我哪兒也不去，就埋在老墳裡，跟公家說說，留個死人不礙公家的事……」

郭福山聽懂了，老福海指的是河口堡搬遷的事情。他原來還以爲老福海又聾又昏，對將要發生的事情什麼也不會知道呢，他趕忙又點點頭，說出一句連自己也不大相信的話來：

「福海哥，你放心，不搬你，留著你守咱老墳上的那塊碑……」

老福海滿意了，點點頭，鬆了手。

片刻之後，那孔黑洞洞的土窯裡傳出來郭家門裡的女人們拖腔帶調的哭聲……

按照老福海的遺囑，郭福山決心要用最排場的葬禮，送這曾和自己生死與共的兄長上路。按照五保戶的有關規定，大隊出錢爲亡人買了棺材，又特殊再撥出一百塊錢的安葬費。老福海的那孔土窯和一些破舊用具，總共作價賣了八十塊錢，加上他臨終留下的三十塊，郭福山又拿出九十塊，湊足了一個三百的整數。郭福山主持召開的郭姓家族會議商定：停靈七日，凡是兒孫輩的直系親屬，地裡的活計再忙也得先放下，一切都等打發老人上了路再說。能出人的出人，能出力的出力，各家有的一應治喪用具都要拿出來。女人們分一撥人趕製孝帽、孝衣；剩下的按人頭派好，一日三次在靈前哭嚎。給老福海打幡舉靈的孝子，由郭福山指定了土生頂替。除此而外，各戶還要平均攤派湊出八十塊錢來，給亡人請一班吹打的鼓匠，準備著送燈和出殯的那天派用場。平日裡閒散慣了的莊戶人，輪到這種事情竟也能顯示出驚人的效率和秩序。當天晚上，一座靈棚在老福海的土窯門前赫然而立，一盞明晃晃的汽燈懸掛正中，靈棚左右的立柱上用白麻紙寫了一副對聯：

披麻帶孝盡五道

臥草七日報父恩

棺材前邊供了靈牌，燃了線香，擺滿了趕製出來的麵牛麵馬，孝子土生白衣、白褲、白鞋、白帽，再加一領白袍，跪在棺前，手中持一根纏了白紙的柳條做成的哭喪棒。按人頭分派好的女人們，嚴格按照規定的先後，一撥又一撥地撲倒在靈前哭嚎，把那些傳了一代又一代的悼詞，和著眼淚悽悽切切地拖著腔調「唱」出來……頓然間，河口堡村被籠罩在這秩序井然的悲哀的禮儀中。與土地世世代代做著堅苦卓絕的抗爭的農民，如牛似馬辛勞一生，只有此刻才能獲得這種最高的尊崇。

在這莊嚴的葬儀中，最動人心魄的不是出殯，而是送燈。出殯是送亡人的軀體入土，送燈是爲靈魂到陰間送行。所以送燈在先，出殯在後，停靈滿七的最後一個晚上，就是送燈的時辰。

爲老福海送燈的儀式，由八位請來的鼓匠領頭在前，吹打變換著〈走西口〉、〈二人抬〉、〈耍孩兒〉的種種曲調，一路朝村前的十字大道走去。這支鼓樂班的後邊是一身重孝拖著哭喪棒、頭頂靈牌由兩人攙扶著的土生。土生的後邊展開了整整一匹白布，所有來參加送燈的人們除了滿身重孝而外，都要一個緊挨一個地將這展開的白布頂在頭上，男人在前，女人在後，按輩分大小依次排定。領隊的人道一聲，「起靈！」一派鼓樂大作之中，幾十條喉嚨一起放開，河口堡哭聲震天……在這行列的兩側，各有一個端著馬勺的後生，馬勺裡倒了麻油，浸滿了摺作三角狀的麻紙片，各人手中持了一個燃著的火種，每走兩步，便要將引燃的麻紙片放在路的兩側。鼓樂奏著，人們哭著，朦朧的月光下蜿蜒湧動著那被整匹白布覆蓋的隊伍。忽明忽滅的麻紙的燈火，在兩側搖曳不定地飄忽著，哀怨的人群確信不疑地伴著老福海的魂靈，一步三哭，走向永恆而又神祕的黑暗之中。

在這隆重的儀式中，黑子被指派了點燈的差事，正當他忙著把一個個的燈火放下去的當兒，有人在背後暗暗拉了一把：

「黑子。」

「嗯？」

黑子聽出是侯三興奮的聲音。

「黑子，汽車弄到手了！人家剛剛給我捎來信兒，叫咱們後天領車去！你準備準備，就這。」

侯三旋即消失在黑暗中。黑子又從馬勺裡捏出一個浸透了麻油的紙片來，在火種上引燃，爾後彎身放下去，按照人們教給他的那樣，口中輕輕地唸叨著：

「福海爺爺，接燈……福海爺爺，接燈啦……」

可在那飄忽不定的火光中，卻突然幻化出孫貴蘭淒淒艾艾的身影來。黑子不由閉上了眼睛——「一刀兩斷吧！……」黑暗中有人踩了他的腳，黑子猛然意識到自己現在的職責，慌慌地又把一隻紙燈放到路邊上：

「福海爺爺，接燈……福海爺爺，接燈啦……」

十一

神祕的「一八九」號墓從最初就強有力地吸引了馮尊岱，在全部一千三百多座墓葬裡只有它最深，只有這個唯一的九點三米。「M一八九」號似乎成了一個象徵，現在的每一鏟，每一刷，都在走向尾聲；現在用自己的手一點一點所發掘出來的，將是自己事業和人生的結局……三十三年的經驗和理智在告訴他，考古是最不需要幻想的，它需要冷靜，曠日持久的冷靜，得冷得像那些新石器時代的石斧、石鑿一樣冰涼才行；一個整日幻想著轟動的考古學家，大概就是一個最不稱職的平庸之輩。然而那被自己所發掘出來的老年人心底深處的渴望，卻使他終日陷入想像之中。彷彿一片古老而乾旱的戈壁，突然看到了頭頂的烏雲，便禁不住拚命地蠕動起乾裂的嘴唇……

墓葬清理已經進行了三分之二，至今，仍然未見到晚期器物。昨天，當骨架的頭顱露出土層的時候，馮尊岱猛然停了手，吩咐蹲在身邊的兩個雜工說，「把這些土鏟出去，然後你們到『一九三』號郭文學的墓那兒去幫忙，這個墓今天不往下清理了。」

兩個等著看稀罕的雜工惋惜地問道：

「馮隊長爲啥不鬧了？再挖挖吧，今天說不定能挖出點寶貝來呢！」

「這個墓今天不清理了！」

馮尊岱並不回答爲什麼，只是堅決地又重複了一遍。

不會挖出什麼「寶貝」來的，在外行人的眼裡考古就是「挖寶」。根據已經發掘了的這數百座墓葬來分析，「一八九」號剩下的棺內和骨架部分的清理，所能出土的器物是可以估計出大概情況的，不外乎石硯板、削刀、帶鉤、鎮器、印章、銅鏡、錢幣、口含等等。或是轟動，或是轟動的幻滅就將取決於它們的證明；銅鏡上的蟠螭紋或是鳥獸紋，挖出來的楡莢錢或是五銖錢，都將意味著對自己的肯定或否定。當然也可能會有意外，也可能會挖出帶有文字的器物確鑿無疑地記錄著年代，那就一切都用不著猜測和想像了。就像露珠在太陽的照射下消失了蹤影一樣，想像——儘管是最完美的想像，也將在這冰冷而嚴峻的歷史文字面前變得沒有絲毫存在的必要……馮尊岱有些怯懦了，彷彿一個等待判決的人，不管肯定或是否定，都使他深感恐怖。他不敢走向那個前途莫測的結局。然而恐懼也罷，猶豫也罷，你卻又身不由己地必然走向它，唯其意識到了這一點，才尤其讓人感到自己的無能爲力。神祕的「M一八九」就在那兒不動聲色，卻又不容迴避地等待著。

「挖吧！」

馮尊岱拉了拉白色的工作手套，接著平頭鏟穩穩地切進了土層。在這種器物較爲集中的地帶必須格外小心，一鏟，又一鏟……有兩點猩紅的色彩在翻起的土中閃了一下——是漆器殘片。馮尊岱立即停下手鏟，仔細觀察被鏟子切開的土層斷面。果然，斷面上有一線細細的紅色，那是漆器的木胎腐爛後，殘存下來的那一層原來漆在木胎上的薄薄紅漆。他立刻換上竹籤，用扁平的那一頭，小心地插進土裡，而後輕輕一撥，潮濕的土地像剝餅一樣，被從漆片上剝下來，露出指甲蓋大小的一片漆。接著再一撥，又露出一片，就這樣一點一點地剝下去，那紅色的漆片越來越大，漸漸地竟顯現出一個殘破的橢圓形盤狀器物來。朱紅的底色上是黑色的線條描繪的對鳥花紋。猛地，馮尊岱在那殘片的一角看到了兩個清晰的隸體字跡，趕快又剝了幾下，字跡全部暴露出來了：

永始元年九月作

他慌忙掏出老花鏡揩下身去又看了一遍，沒錯：永始元年九月作。受不住這個冷酷的判決，馮尊岱頹然坐在了黃土上……沒有，什麼都沒有。好一個永始元年……馮尊岱對這些漢代的年號眞是太熟悉了。永始元年按公元紀年是公元前十六年，按干支紀年它是乙巳年。如果不算呂后，它是西漢第九位皇帝劉驁所用的第五個年號，也就是說它離東漢只有區區四十一年。眞是個諷刺！馮尊岱拿過一張白色的麻紙蓋住了這塊漆器殘片，也彷彿用屍布遮蓋了心底深處的夢想……心臟又有點痛，左手又習慣地移上來輕輕地捶打……老了，眞是老了……那位理查德．利基先生才是好運氣，十一歲的女兒撿來牙齒化石碎片，老婆又發現了下顎骨碎片，於是他和他的考古隊轟動了——一千七百萬年前的類人猿化石。一千七百萬年！長得難以讓人置信。你的那個鉀——氬法斷代實驗做得夠精確嗎？你們肯尼亞魯道夫湖古人類遺址測定年代，一個「十一」號後邊就是二十六萬年！……可留給自己的只有這可笑的四十一年。廣州漢墓發掘報告有四百零九座墓，洛陽燒溝漢墓發掘更少，只有二百五十五座墓，普寧漢墓群一下子就是一千三百三十六座，如果數目的多少也能算一項，那我可眞是空前的轟動了……埋在這裡頭的這位先生眞會開玩笑，竟在自己的墓裡埋了這麼多的「骨董」，也許他是位不太高明的收藏家，也許他是位世家子弟，那些銅器是家傳的，也許他也像我一樣喜歡搞點考古？……不管感情上是多麼難受，但在理智上馮尊岱明白，自己必須無條件地接受事實，就像當初接受那些破碎而不是完整的瓷罐一樣。此刻在心的深處，他是那樣清晰、那樣具體地感受到一種永遠無法彌補的缺憾和痛苦。馮尊岱艱難地站起來，疼，腿疼……不管怎麼說，這塊漆器殘片也是珍貴的，它是迄今爲止所挖出來的器物中，唯一帶有明確記載年代文字的器物。必須把它採集回去，在將來的發掘報告中，它將作爲確鑿無疑的斷代依據而被提出來，永始元年九月……腿還是很疼，剛才蹲的時間太長了……

休息了片刻，馮尊岱再一次地蹲下去，再一次地握緊了平頭鏟，不能再耽誤了，工程還在等著。平頭鏟，剔勺，竹籤，鬃刷，在馮尊岱手中交替著，骨架和棺內的器物一樣樣露出來；石硯板、橋形銅鈕印、帶鉤……和預想的所差無幾。平頭鏟又被什麼硬東西擋住了，好像是金屬。果然，是一面銅鏡，一面很大的銅鏡，馮尊岱量了一下直徑：二十二釐米！其他墓葬中出土的銅鏡絕大部分都是破碎的，估計是隨葬時即有意打破的。而這面最大的銅鏡卻完整無損，大概是主人生前愛不釋手的寶物吧。鏡子的銅質極佳，鑄造工藝也極其精美。馮尊岱把它捧在手中細細欣賞著，鏡子鏽蝕得並不嚴重，精美的花紋清晰可見，這是一塊典型的西漢中晚期的昭明鏡，鏡背面高雅、流暢的篆體銘文和複雜的紋飾並行著組成一個圓周，馮尊岱靜靜地默讀著銘文：

內清質以昭明，

光輝像夫日月，

心忽揚而願忠，

然壅塞而不洩。

「心忽揚而願忠，然壅塞而不洩」……也許這鏡子是留下來安慰他的？「內清質以昭明，光輝像夫日月」……也許這高雅、優美的銘文是他內心的獨白和寫照？馮尊岱將銅鏡按原位置安放好，由衷地讚嘆道：

「『盡美矣，又盡善也』！……」

一瞬間，儘管只有短短的一瞬，這位六十一歲的老人在自己的王國中進入了忘我的境界，皺紋遍布的臉上，竟露出了童稚般的微笑。

墓口上傳來丑牛子恭恭敬敬的聲音：

「馮老師，我的墓清理好了，你現在有空麼？」

馮尊岱想起來了，他答應過丑牛子要幫他繪圖的。當他把老花鏡裝進衣兜的時候，手碰到了剛才女兒給他的那些信，於是又把老花鏡重新戴好，隨手取出一封拆開來，頓時驚訝得目瞪口呆，

親愛的雯佩：

我認認眞眞地又想了三年，所能告訴妳的只有一句話：咱們結婚吧！

雯佩，妳每日每時所做著的就是把殘缺的復原爲完美，妳爲什麼不能爲自己的人生做一次復原呢？

我以我飽受煎熬的生命向妳起誓！

陳冬

就像那天忽然看見了那一圈深綠色的瓷片一樣，馮尊岱激動起來，信紙在他手中被抖得瑟瑟作響……心臟又疼起來了，左手再一次習慣地移上來輕輕捶打著。腿也在抖，抖得有些支撐不住。馮尊岱緩緩坐了下來，把老花鏡揑在手中，蒼老的臉上現出一種說不清是悲是喜的表情，已經有些塌陷的嘴唇顫巍巍地蠕動著：

「易修，易修，我老了，眞是老啦……」

此時此刻，如果世界上眞有死而復生的奇蹟，如果棺椁中的那具兩千年前的屍骨忽然復醒如初，那他一定會看見眼前的這位老人，儘管語言不通，服飾殊異，但有一樣絕不會錯，他一定會

看到有兩行叫作眼淚的東西，正閃著晶瑩的光亮，滾過皺紋遍布的面頰，撲簌簌地落下來……

十二

新華社北京六月十九日電（摘要）：

我國目前最大的中外合資經營的普寧露天煤礦的最終協議，今天在北京人民大會堂舉行簽字儀式。

……中國煤炭開發總公司董事長聶震宇和A國肯特公司董事長艾伯爾．肯特，代表雙方在協議書上簽了字。

合眾國際社倫敦七月三十一日電（摘要）：

原油價格昨天在這裡的「現貨」市場上降至五年以來的最低點，達到每桶二十七美元。這裡的貿易界人士認爲，這將進一步影響到其他能源產品的價格。但有人估計，不久的將來原油價格將會回升。

根據有關法律規定，最終協議的簽字三個月以後經過最終批准始能生效，三個月以內，合同雙方都有權利提出異議再行修正。由於A國肯特公司在期限的最後一個月內提出了新的異議，於天普寧露天煤礦的最終協議的實施再一次被推遲。

這個來自遙遠的世界的信息，終於使普寧露天煤礦的建設全面緩停下來。普寧礦區的人們原來所面臨的種種矛盾似乎也都陷於停頓之中。

連作者本人也沒有想到，我們的故事也不得不因此而中斷。

想像的結局

兩千萬年後的某一天。

那時候，地球上已經又經歷了兩次以上的大冰川期。由於地殼岩石圈六大板塊的「飄移」過程中，出現了許多意想不到的拉張、碰撞、錯動，整個大地已變化得面目全非：大西洋、太平洋這樣的名稱和水域不復存在；世界屋脊喜瑪拉雅山的偉岸身影，在人們的視線中消失殆盡；「往古之時，火炎炎而不滅，水浩洋而不息」的自然景觀再次呈現……但那時候，這個星球上還奇蹟般地生存著我們的同類，他們也還是叫作人。許多許多的主義過時了，許多許多的主義誕生了。可爲了尋找自己的根，他們還是要追尋祖先的文化。當他們的考古隊來到我們所描述過的這塊土地上的時候，就會在這一帶古老的土層下面，發現一個奇異的文化遺址——在一座農耕的自然村落遺蹟的上邊，疊壓著一個文明跨度很大的礦山開採遺蹟。面對著這個巨大的歷史落差，他們也許會發出驚訝的讚嘆，也許會陷入一種深深的困惑。但就像我們永遠也不可能考察出漢墓群中那些屍骨當年的喜怒哀樂一樣，他們永遠也不可能考察出，這裡曾經有過一個爲了死得排場些，而固執地餵著一口肥豬的老福海；有過一個一心想壘起自己的獨門獨院的郭福山；有過一個開小四輪拖拉機的黑子，和他說不出是苦是甜的豔史；有過一個爲建設高樓大廈而奔走呼號的馬長江；

有過一個叫雯佩的殘廢姑娘，和被她修復了的那麼多的「盡善盡美」；還有過一個他們的同行，和他們一樣的希望著轟動，希望著在對歷史的發掘中得到自己人生慰藉的考古工作者……

傳說之死

其實，一個沒有傳說只有公路和樓房的城市，才真正算得上是一座現代意義的城市。

一

六姑婆活著的時候是一個傳說。

後來六姑婆死了，傳說也就死了。

自從六姑婆死後，她生前所在的那座城市就成了一個沒有傳說的城市。其實，一個沒有傳說只有公路和樓房的城市，才眞正算得上是一座現代意義的城市。所以六姑婆死了以後，那座城市才眞正的可以被稱作城市了。熙來攘往的人群渾然不覺的被裝在和包在各種各樣的複製品裡標新立異，周而復始。

二

六姑婆的傳說是從她七歲那年開始的。

六姑婆七歲那年是辛亥年，辛亥年沒有了皇帝。對於六姑婆來說沒有皇帝是件小事，因爲在這一年，六姑婆的母親父親相繼而亡，撒手丟下六姑婆和四歲的妹妹，一歲的弟弟。按照本家兒女的長幼排行，這三個孩子被稱作六姊、八姊和九哥。

六姑婆所在的那座城市曾經是石坊遍布的，這些石坊大都屬於她的家族。在那些遍布全城的石坊中有兩座最大、最高的，就立在六姑婆家的大門口，叫作雙牌坊。雙牌坊上刻有聖旨：文官下轎，武官下馬。這雙牌坊原是爲了表彰六姑婆家祖上曾有父子二人兩代都做了進士，封了高官。所以門前這條街就叫作牌坊街。在兩座高大的石坊和也是高大的院門之間，有一棵五百年的婆娑古槐，因此，「古槐雙坊」就成了本城的象徵，就成了本城八景之中的第一景。數百年來六姑婆的家族統治著這座城市。爲了炫耀和讚美統治的決心，他們在自己大門兩側的石柱上刻下嚴整端莊的對聯，道是：

忠厚傳家久

詩書繼世長

除此而外，六姑婆的城市還是一個盛產井鹽和鹽商的城市。有一條河水穿城而過，河叫銀溪，城叫銀城。

保護弱小在女人是天性，在男人是風度。所以，六姑婆從七歲起，就已經最大限度地發揮出自己的天性。六姑婆從七歲起就是一個女人，不是一個女孩。關於這一點，家族裡的男人們一直要等到十六年以後，才終於看清楚。等到他們終於看清楚了以後，一個個先是目瞪口呆，無言以對，繼而又愧嘆弗如，自慚形穢。

父親臨終前曾在病榻上拉著六姑婆的手叮嚀：

「孩子，妳是姊姊，爸爸死後就靠妳來照顧弟弟妹妹。爸爸只有一句話交代妳記住：萬般皆下品，唯有讀書高。將來妳一定要讓弟弟上學讀書，爸爸九泉之下，也要睜起眼睛看你們骨肉出息成人……」

那時候七歲的六姑婆抱著一歲的弟弟，拉著四歲的妹妹，向父親點頭稱是，說是爸爸的話都記住了，接著便嚎啕大哭起來：

「爸爸你莫死……媽媽死了，爸爸不能死……」

但是嚎啕大哭並不能留住父親的性命，並不能改變一個傳說的開始。傳說開始的時候，那位早亡的父親只留給六姑婆姊弟三人三口產量日衰的鹽井，十畝水田，和一幢宅院。光陰荏苒，日月如梭，歲月匆匆當中，家族裡的男人們盯著財產，六姑婆盯著弟弟妹妹，轉眼過了十六年。在十六年的後幾個年頭中，六姑婆一連退去五門婚事，退婚的理由都是相同的：她要守在家裡照看弟弟、妹妹長大成人。十六年裡三口鹽井逐年枯竭，十畝水田逐漸變賣，一幢宅院逐間抵押。六姑婆姊弟三人，在這十六年裡漸漸的變成了窮人。儘管他們還和宗族裡的人們住在同一座大門之內，但是進出之間，六姑婆已經覺出來，門口那兩尊石獅子的臉色越來越冷漠了。

十六年的歲月從眼前流過的時候，十六年的歲月也在六姑婆的身體裡迴盪波動。當那每月一次的「天水」來潮的時候，六姑婆心裡就會攪起許多莫名的躁動，就像雨後的銀溪那樣漲滿著喧響。但父親的遺言彷彿是一道堅不可摧的堤壩，把漲滿了的喧響深鎖在六姑婆身體的最深處。到最後，竟鎖出了一個幽深至極的女人的傳說。

爲了掙錢養家，也爲了排遣那些莫名的躁動，六姑婆學會了繡花。漸漸的六姑婆的手工有了名氣，竟至成了那座城市的一項特產。每當躁動來臨的時候，六姑婆手下的花鳥魚蟲、飛禽走獸，就尤其精美而逼眞。憑著超絕的韌性，六姑婆凝神聚力，在一針一線中傾瀉著女人的生命。

在六姑婆的傳說裡還有一位人物，就是這個大家族的族長。當年六姑婆的父親臨終託孤，曾把孩子和財產一起託付給了族長。族長雖然和六姑婆是以堂兄妹相稱，但對於六姑婆，族長是一個實際上的父親。族長治家嚴，律己也嚴，族長的嚴整方正在那座城市裡是出了名的。在中國古往今來無數帝王將相、才子碩儒之中，族長唯獨敬仰文正公曾國藩。他的案頭上一年四季，永遠擺著一套《曾文正公全集》。每每開卷，必是文正公「家書」、「日記」、「詩文」、「奏摺」之類。在客廳迎門的牆壁上，是族長親筆書寫的一副讚頌文正公的四字聯句：

聖人所謂

君子如斯

族長甚至請人仿畫了一幅曾國藩的肖像，掛在書案之側。辛亥之後，沒有了皇帝，眼看著各種各樣的「總統」「大帥」在中國走馬燈一樣的你來我往，反使得族長更加深了對文正公的崇敬。他確信，中國正是少了像曾國藩這樣的一位古今完人來做國家的棟梁，潮流的砥柱。這樣一位嚴整方正的族長，自然難以容忍一連五次的拂逆不從，六姑婆的拒婚不嫁早已被族長視爲公開的對抗。

但是和六姑婆的傳說相比，辛亥年打倒皇帝顯得像是件小事。以後在這個女人身邊發生過的所有驚天動地、改朝換代的事情，也都會顯得或模模糊糊，或微不足道。六姑婆以女人的天性像頭母獸一樣的看守著弟弟、妹妹，看守著這個殘缺不全的家；六姑婆以女人的韌性堅守著父親的遺言，深鎖著身體裡的躁動和喧響；這兩件事情占據了她整個的生命。一直到許多年以後，當女人的天性和直覺隨著即將結束的生命一起漸漸離開自己的時候，六姑婆才模模糊糊的感覺到一些模模糊糊的困惑。她分不清到底是有些事情改變了自己的傳說，還是自己的傳說改變了一些事情。

一座城市裡同時有了一個源遠流長的大家族，和一個不可理喻的女人，於是，那座城市裡就有了六姑婆的幽長的傳說。

三

六姑婆從七歲起就成了一個名副其實的女人，當六姑婆在刺繡和家務當中又做了十六年的女人的時候，六姑婆的那座城市發生了一件驚天動地的事情。

一九二七年十二月，那座城市周圍五縣的農民，一夜之間發起了一場暴動，大刀和梭標在一夜之間攪亂了原來沉悶的天空。砍頭，遊街，開倉，分糧。暴動的農民要攻占城市，然後要「打到武漢去，建立蘇維埃」。可這轉瞬而起的暴動，又在轉瞬之間被鎮壓下去。守備城市的那位楊團長從鹽商和鄉紳手中收足了軍餉之後，只派出帶著機關槍的五個連隊的士兵，眨眼之間，機關槍的暴風雨就把農民赤衛隊打敗了。接著又有另外的一些人頭被砍下來遊街示眾，而後懸掛在城牆上，直到它們肌肉腐爛，頭髮脫落，變成一具具駭人的骷髏。

這件驚天動地的大事沒有改變六姑婆，但是卻改變了六姑婆的弟弟。在懸掛在城牆上的那些人頭當中，有九哥的啓蒙教師，老師是本城那所唯一的中學的校長。暴動失敗了，老師砍頭了，學校解散了。目睹了這場屠殺的九哥，再也不願留在這座城市裡，他決心跟著在省城讀書的八姊，一起離開那些冰冷的石坊。

沒有了大刀和梭標的天空，又恢復了原來的沉悶。打敗了農民赤衛隊的團長，從此把軍餉的來源深深扎根在那些林立的井架當中。轉眼之間，他的軍隊由一個團擴充爲一個師，數年之後又擴充爲一個軍。楊團長成了楊軍長，就此雄據一方。這位躊躇滿志的軍人沒有想到，許多年以後，自己也會和一個女人的傳說有了聯繫。

對於六姑婆來講這一切都不重要，重要的是她勉力維持的這個家，再一次面臨解體。弟弟妹妹要離家求學的時候，族長第六次爲六姑婆接下了媒人送來的庚帖。

當失敗者的頭顱還懸掛在城頭上的時候，那座城市的居民又像往常一樣的等來了舊曆年。兩個月前，他們渾然不覺的湧向老軍營校場，觀看了一場對失敗者的屠殺。現在又張燈結綵置辦年貨，渾然不覺的置身在六姑婆的傳說之外。

舊曆年正月初一，雙牌坊高大的宅院內一切都還按老規矩辦事。寅時燃竹，卯時祭祖，族長率領滿門老少男女，在祠堂之內對著祖宗的牌位執禮叩拜，祭獻如儀。當六姑婆和著眾人黑壓壓一片跪拜下去的時候，她無比清晰地回憶起十六年前父親的囑託，她憑著女人的直覺橫下一條心來，要做一件事情，她決心要把從七歲起就承擔了的責任，承擔到底。

那座城市終有一天是要後悔的，在經過了十六年的渾然不覺的麻木之後，它竟然沒能稍稍清醒，它竟然不知道自己正渾渾噩噩的錯過了一個最後的女人。

正月初六一清早，六姑婆的弟弟被兩個姊姊的哭聲吵醒了。九哥走進六姑婆的房間，驟然驚呆在門前。只見姊姊滿臉都是黃豆粒大的燙斑，彷彿被誰剛剛施過什麼可怕的刑法，讓他為之心驚膽戰。兩把顯然是剛剛用過的線香在八仙桌上斜扔著，屋子裡一股難聞的焦糊氣。八仙桌上供了一尊手持玉淨瓶的白瓷觀音，觀音菩薩的身下壓著一方白布，白布上是用血寫出來的一個邊際不整筆畫顫抖的「佛」字。六姑婆正在把一隻血跡斑斑的左手裹在布條裡。八姊哭喊著：

「九弟，你快來看看姊姊……我們不去了，我們都不去上學……要守我們也三骨肉守到一起……」

六姑婆也哭著應道：

「好，弟弟妹妹都來……我跟你們講清楚，這件事情是姊姊早就想好的……姊姊不嫁人，姊姊給你們把這個家守起，我們三姊弟不能叫人掃地出門，掃地出門對不起爸爸、媽媽……『萬般皆下品，唯有讀書高』，姊姊只要你們記住爸爸這句話……姊姊不走，姊姊死也要死在這間屋裡……人都沒得良心，菩薩不會沒得良心，菩薩要保佑我們骨肉……」

除了眼淚之外，九哥再也拿不出第二樣東西來。在這個父母早亡的家裡，九哥的記憶中從來沒有見過爸爸媽媽是什麼樣子，從他咿呀學語的時候開始，抬起頭來見到的就是姊姊的面孔，這張臉上的喜怒哀樂就是他的一切。可現在那張令人恐怖的臉上，除了嚇人的水泡傷痕和正在淌下來的淚水之外，再也看不到別的。九哥什麼都想到了，可就是沒有想到，為了自己離家上學，姊姊竟會下得這樣的狠心，他捧起姊姊的傷手來哭道：

「姊姊，我痛死了……」

姊弟三人的哭聲招來宅院裡的男女老少，也招來了族長。可是所有的人看見六姑婆那滿臉嚇人的傷斑和那個鮮紅的血「佛」，都不知如何是好。他們誰也沒有想到，這個一天學堂也沒進過的女人，竟也懂得「萬般皆下品，唯有讀書高」的道理。他們早就渾然不覺的忘記了，這句話曾是十六年前一個臨死的人，留給一個女人的最後遺言。他們實在想不到這個只憑直覺不憑理智的女人，爲了守住自己的家，爲了弟弟妹妹求學上進，竟下得這樣的狠心。相形之下，那滿街的牌坊都敵不過一個目不識丁的女人的狠心。

六姑婆毀容吃齋的舉動，一夜之間抹去無數渾然不覺的歲月的灰塵，彷彿猛然把所有那些死去了幾百年的祖先們，又面對面地領回到活人中間。家族裡的男人們震驚之餘，不由得對著這個女人肅然起敬。嚴整方正的族長一掃往日對六姑婆拂逆不從的不滿——想不到家族裡還有如此剛烈的女人；想不到列祖列宗留下來的世代家風，竟在這多事之秋傳承給了這麼一個目不識丁的女人。族長決心成全這個女人，要替她分擔弟弟、妹妹的學費，也算是不辜負十六年前那託孤人的一片苦心。

從此之後，六姑婆用一張痲臉，一尊菩薩，擋住了世人的紛擾。人活一世誰也免不了萬千煩惱、萬千紛擾，六姑婆卻在二十三歲這一年的一個晚上，爲一個女人的生命做了一次性的選擇。自此之後，終其一生，這個女人都將毅然決然地站在自己的選擇之內，面對身外那個紛紛擾擾的世界。

自此之後，那座城市的人們無比驚異地發現，深居靜室的六姑婆彷彿受了仙人指點，她手下的刺繡驟然間出神入化，精美絕倫起來。

六姑婆的傳說注定了是一個精美絕倫的傳說。

四

六姑婆橫下心來把燃燒著的線香按到臉上去的時候，什麼都想到了，就是沒有想到離家求學的弟弟有一天會去幹革命；就是沒有想到弟弟當年不顧一切的離家出走，是為了去追求啓蒙老師告訴他的一個理想；就是沒有想到弟弟有一天要做的事情，就像那些暴動的農民一樣，要從這座城市裡鏟除掉自己的家族……六姑婆毀容吃齋，深居靜室是為了弟弟，可就是沒想到，有一天弟弟會帶著他那些無法無天的革命，和那些神神祕祕的接頭暗號，闖進自己的靜室裡來，並且把自己也拖進他的革命當中去。

所以，六姑婆的傳說是一個並非古老、並非傳統的傳說。只是許多年以後，六姑婆身邊的許多人都死於革命，並因此而使六姑婆也結束了生命的時候；這一切給六姑婆模模糊糊的留下一些永無可解的模模糊糊的困惑。

一九三五年的十二月，離家求學七載本該拿到大學文憑的九哥，卻因為那些熱血沸騰的「通電」，接到一紙勒令退學的通知，並遭到警察和憲兵的追捕，九哥在「一二．九」運動當中起草的「通電」，至今讀來依然字語鏗鏘，大義凜然：

「全國共赴國難，南京中央社轉全國同胞公鑒：

冀東自治，顯係奸人作祟，有目共瞻，無庸指辯，近更逞其毒螫，浸及平津，河山變色之概，華夏入危亡之境，邦國殄瘁，迫在旦夕。北平各校同學見危授命，奮然蹶起，作救國之呼號，凡屬破壞領土與主權，無論功名如何，一概反對，熱血益心，可格鬼神，申正氣於天下，顯大義於人間。幸賴心理國防，強鼓民族意識，我全國同胞，亟應唱於相隨，共赴國難，以圖相存。除電呈中央，懇即乾斷捍衛，又電應北平各校同學，誓為後援，特此電聞。」

「保障愛國運動，急！南京國民政府主席勳鑒：

國步艱難，至今益急，殷逆背叛冀東，漢奸滋浸平津，喪心已極，覆載不容，荒謬機構，首足無別。平市學生，懔伊川為戎之慎，盡秦庭呼號之能，事屬救國，誼亦正大，乃慘被拘捕，何以示後？懇飭平市當局，迅釋被捕學生，並明令保障嗣後一切合法愛國運動，以正綱紀，而固國本。謹此電陳，伏乞鑒垂。」

目不識丁的六姑婆從來沒有讀過這些字語鏗鏘、熱血沸騰的通電。深居靜室的六姑婆並不太了解，在遠離自己城市的地方打來了許多矮個子的日本人，這些日本人要強占中國。所以，一九三六年春節前夕的那個下午，當一個身著長衫、手提皮箱的男人徑直走進六姑婆的房間，摘下他的眼鏡和禮帽的時候，六姑婆只知道自己的弟弟學後歸來，並不知道眼前站著的這個人是中共地下黨的市委書記，並不知道弟弟此行的目的，是要重新建立起在八年前那次失敗中被屠殺乾淨了的地下黨組織，是要在這座城市裡，重新發動起對自己家族的革命。九哥和他的同志們經過冷靜周密的思考之後認定，在這個遠離省城的地方，「古槐雙坊」和吃齋念佛的六姑婆是他們最好的掩護。

所以當那個身著長衫、手提皮箱的男人摘下眼鏡和禮帽的時候，欣喜若狂的六姑婆從自己花團錦簇的刺繡上抬起頭來，叫了一聲：「弟弟！」當即流下滿臉欣喜若狂的眼淚。許多年來的許多個日日夜夜，壓在心上的那個重擔，猛然間卸下來。許多年來的許多個日日夜夜，深鎖在身體深處的那些躁動和喧響，猛然間傾瀉出來。欣喜若狂的六姑婆並不知道，自己從此陷入在隨時可來的殺身大禍之中。事實上一年之後，六姑婆果然面臨了一場殺身之禍。

可是一九三六年的春節前夕，當九哥準備重新建立起地下黨組織，重新在那座城市裡發動起對自己家族的革命的時候，卻發現自己的家族在那座城市裡的地位，正因爲一場新的聯姻而變得牢不可破。

六姑婆憑她女人的直覺感到，妹妹和楊軍長的婚姻是一件太過頭的事情。這場由族長出面撮合的婚事背後，有著太多的屬於男人們的利益。年輕漂亮的八姊是那座城市裡的第一位女大學生，八姊是在自己大學裡的情人落水而死之後才嫁給楊軍長的。楊軍長是休了家鄉的髮妻之後才和八姊結婚的。

爲了追求八姊，那位做了記者的大學生，一直從遙遠的省城追到那座城市裡來。年輕的記者除去一腔柔情而外，全部財產只有一支「派克」牌的金筆，那是他在報角上用一篇連載的言情小說換來的。年輕的記者胸前插著那支派克金筆，帶著滿腔的柔情和言情小說來找八姊的時候，族長已經接下了楊軍長的庚帖，楊軍長已經差人給八姊送來一套金首飾，和一件紫貂皮大衣當作見面禮。族長對那個年輕的記者說，他願意代他付清旅館的帳單，並且願意爲他買一張返程的車票。羞恨已極的記者來辭別的那天，沒有見到八姊。他把那支派克金筆摘下來交給六姑婆，爾後揮淚而別。誰也不會想到，那位年輕的記者在擺渡的小船上失足落進了銀溪。在年輕人落水的不遠處，銀溪沿著山壁靜靜地轉了一個彎，留下一潭靜靜的墨綠，在那片墨綠中升起來的石壁上，有詞聖蘇東坡手寫的三個幽靜深長的大字：聽魚池。擺渡的船夫說，小船上只有他和那個年輕人，沒有風，沒有浪，船到河心他轉過身來想和客人搭腔，卻發現船上只留下自己，和周圍那一片幽深的墨綠……

八姊結婚的時候給六姑婆留下了那支筆。在那支洋人做的金筆上刻著一行悽楚的中國人的詩句：

東風惡，歡情薄，一懷愁緒幾年離索，錯，錯，錯。

目不識丁的六姑婆並不知道那筆上刻了些什麼，六姑婆只是覺得自己給妹妹收下了一個她想永遠忘掉的傷心故事。目不識丁的六姑婆並不知道，她收下了一個許多年以後的關於自己的傳說。

爲了討新夫人的歡心，楊軍長爲八姊舉行了那座城市有史以來最盛大的婚禮。他甚至按照八姊的意願，出錢在銀溪上修了一座新橋，用八姊的名字把這座新橋命名爲：紫雲橋。站在紫雲橋上，可以看到蘇東坡的「聽魚池」，可以看見那一灣幽深的墨綠。當那座城市的人們川流不息地踩著一段傷心的故事走過紫雲橋的時候，無不充滿讚嘆和敬畏地想起這場婚姻背後的兩個家族。

當年六姑婆橫下心來，把燃燒著的線香按到臉上去的時候，絕沒有想到，讀了書的弟弟和妹妹，到頭來竟會分別站在兩個水火不容、生死相拚的營壘中間。許多年以後，弟弟和妹妹在兩個營壘的較量中遠離而去，六姑婆注定了要隻身一人留在自己孤獨的傳說之中。

自從九哥回來以後，那座城市的十萬鹽業工人中間就開始醞釀著一場大罷工。六姑婆發現一些神祕的朋友在弟弟的房間裡來去匆匆。而且看見弟弟常和幾個人坐在麻將桌前並不打牌，卻興致勃勃地說到深夜。六姑婆忐忑不安地預感到弟弟正在做一件冒死的事情。一直到有一天的深夜，當九哥正帶領著一個工人，對著一面掛起來的紅旗振振有詞的宣誓的時候，猛然發現背後站立著面如死灰的六姑婆。那是在一九三六年那個暑熱熬人的夏天，當六姑婆終於印證了自己可怕的預感以後，她在那個暑熱熬人的深夜就那麼寒徹心脾、面如死灰地站在弟弟的面前。九哥匆忙送走了自己的同志之後，又回到姊姊身邊。其實，六姑婆終其一生也沒有眞正的理解了弟弟要做的事情。讓她深感懼怕的是也許終有一天，弟弟的頭也會被人砍下來掛到城牆上去。在那個暑熱熬人的深夜，六姑婆心亂如麻，一時間不知從何說起：

「弟弟……造反是要殺頭的……」

「曉得。」

「殺頭你也要做？」

「要做。」

「弟弟，天下事情這樣多，你哪樣做不得，難道你讀書人比姊姊還糊塗？」

「姊姊，我就是讀了書才要革命的。」

「我不曉得啥子叫革命。你不能找一件不殺頭的革命來做麼？……弟弟呀，哪天你的腦殼也在城頭掛起，姊姊還有什麼活頭？」

九哥也許有無數的道理可以說服別人，九哥可以讓許多人同自己一起站在那面紅旗下邊，但是他卻無論如何也說不服眼前這個淚流滿面的女人。只是九哥沒有想到，他自己經過七年的讀書和思考才做出的抉擇，姊姊竟在一夜之間就做出了。等到第二天早晨，姊弟兩人在飯桌前坐下來的時候，六姑婆毅然決然的告訴弟弟：

「弟弟，我也革命。要死我們骨肉死在一起！」

於是在一九三六年那個暑熱熬人的夏天，六姑婆憑了她女人的直覺和果斷，做出了她一生當中唯一的一次政治抉擇。既然規勸無用，那麼她寧可和弟弟一起分擔死亡的恐懼。於是，在那個暑熱熬人的夏天，六姑婆從一個吃齋念佛的女人變成了一個冒死革命的地下黨員。六姑婆的這個舉動，無疑給她的傳說增加了傳奇的色彩，儘管終其一生，目不識丁的六姑婆從沒有理解了什麼叫革命。

從那以後，按照地下活動單線聯繫的原則，六姑婆就成了九哥最得力的祕密交通員，傳遞消息，收藏文件，當然也包括給九哥和九哥的同志們洗衣做飯。這一切一直持續到終於有一天，在罷工勝利之後，九哥突然被楊軍長的士兵五花大綁，從鹽場的工人夜校押進了死牢。

其實九哥和他的同志們爭取來的勝利，是一個別人設計好的欲擒故縱的圈套。正當九哥和他的同志們在工人夜校召開大會，慶祝勝利的時候，荷槍實彈的士兵驟然包圍了會場。楊軍長得到委員長行營的命令：從速審訊，立即槍決。一九二七年的那場失敗，再一次地在那座城市裡重新上演，在迅猛的追捕和倉皇的撤退中，九哥重建的地下組織立刻變得銷聲匿跡。只是在這場追捕和撤退中，誰也沒有想到吃齋念佛的六姑婆。

一個將生死置之度外的女人和一頭決心保護幼崽的母獸，實際上具有著同等的勇氣和智慧。一九三七年那個寒冷的一月，六姑婆把追捕和撤退撇在一邊，昂然走進楊軍長戒備森嚴、殺機四伏的官邸，昂然走進了自己的故事。許多年以後，許多人在自己的「回憶錄」裡，都曾提到這位既無微不至又臨危不懼的革命女傑，他們把她稱作視死如歸的「英雄」，稱作「革命老大姊」。可他們並不知道，一九三七年那個寒冷的一月，六姑婆昂然走進楊軍長戒備森嚴、殺機四伏的官邸，只是爲了冒死營救自己的弟弟。六姑婆徑直走進夫人內室，告訴八姊：

「楊軍長不能又娶我的妹妹，又殺我的弟弟！」

爾後，六姑婆又從容抱過八姊懷中才滿月的兒子說道：

「這是他楊家的根，弟弟是我們家的根，要死，我們一起死，大家都不活！」

於是，等到運籌帷幄的楊軍長從司令部回到家裡來的時候，措手不及的陷在兩頭母獸的包圍之中。

於是，當九哥從容不迫地和他的同志們站到監獄圍牆的下面時，那顆本該打穿心臟的子彈，遵照楊軍長的密令，只打穿了九哥的鎖骨。

按照事先做好的安排，六姑婆趁著濃黑的夜色，把受傷的九哥送上一條販運鹽巴的烏篷船。從此，九哥將更名換姓，永遠地離開那座城市。他將義無反顧地，把自己死而復得的生命再次投入認定的事業之中。六姑婆心如刀割，親情難捨，從此以後姊弟分手生死難料，此時此刻或許就是此生此世最後的訣別。當那條烏篷船轉眼間消失在濃黑的夜色當中時，銀溪河畔響起了一個女人哀絕如歌的哭嚎聲。

五

六姑婆送走了弟弟和弟弟的革命，又回到自己的菩薩和刺繡之中。六姑婆在菩薩和刺繡之中轉眼度過十五年的歲月。十五年的時間足夠讓一個嬰兒長成如花似玉的姑娘。十五年的時間讓六姑婆身體深處那條喧響的河流，變成了一片荒蕪的沙丘。

十五年當中六姑婆忘記了身邊的那座城市。

十五年當中那座城市也忘記了六姑婆。

一直等到十五年以後，在震天的鑼鼓和震天的槍聲中，六姑婆六神無主，肝膽俱裂地想起，十五年前自己曾和弟弟幹過一次革命；十五年前自己曾捨生忘死，昂然走進過楊軍長戒備森嚴、殺機四伏的官邸，和妹妹一起營救了弟弟和弟弟的革命。

當解放軍的步槍像森林一樣布滿那座城市的時候，八姊和楊軍長一起坐飛機去了台灣。不久那座城市裡開始流傳關於六姑婆的傳奇故事：人們終於知道，那個毀容吃齋的女人，卻原來還曾是一個地下黨：十五年前曾捨生忘死地營救過一個地下黨的市委書記；而這位書記就是現在在北京做了官的九哥。人們對六姑婆的驚訝和讚嘆，不亞於對戲台上那位守了寒窯十八載的王寶釧的驚訝和讚嘆。只是當人們驚訝和讚嘆的時候，有些弄不明白，爲什麼從那兩座牌坊的後面總會有人出來做官。以後的事實證明，在那些驚訝和讚嘆的背後，深埋著那座城市刻骨的仇恨。

十五年前六姑婆毅然決然的和弟弟一起分擔死亡的時候，並沒有想到弟弟的革命是要從這座城市裡鏟除掉自己的家族。並沒有想到弟弟的革命，到頭來把自己放進那樣一片無邊的空曠和荒涼。

一九五一年農曆九月初七，公曆十月二十三日，那座城市舉行了盛況空前的鎮壓反革命大會。在無邊的濛濛秋雨中，一百零八個反革命分子，在十萬市民的二十萬隻眼睛注視下，被推向老軍營校場對面的石牆。這一百零八人當中，有三十二個成年男子是從雙牌坊的高宅大院裡抓來的。隨著一百零八聲震耳欲聾的槍響，雙牌坊數百年的威嚴和榮耀，頓時變成飛迸的鮮血和腦漿，塗滿了那一段長長的石牆。

當老軍營校場槍聲大作的時候，六姑婆驟然停止了顫抖，極不雅觀的扠開雙腿，仰面朝天地昏死在祠堂空盪盪的大廳裡。一串檀香木的念珠在她氣絕倒地的瞬間被揪斷了線，把六姑婆破碎了的恐懼和絕望，意味深長地撒滿在沒有了牌位的祖先們的面前……一九五一年農曆九月初七，公曆十月二十三日那個秋雨迷濛的下午，六姑婆從昏迷中醒來時，面對著一座改寫了歷史的城市。六姑婆在鱗次櫛比的城市裡，看見無邊的空曠和荒涼朝自己湧來。

在鎮反大會之前，六姑婆找到九哥的同志們，那時九哥的同志們正意氣風發地，在楊軍長當年的官邸裡千頭萬緒地組建新的政權。六姑婆不動聲色地告訴書記和部長們：她要去監獄裡和臨死的族長再見最後一面。書記和部長們有些古怪地看著固執的六姑婆：

「六姑婆，都是些反革命有啥子看頭？」

「我不曉得啥子正革命反革命。」

「六姑婆，九哥曉得了會說妳沒得覺悟，要生氣的。」

「他蹲監我也看過他，都是一樣的，氣啥子？」

「情況不同了嘛，時代不一樣了嘛。」

「啥子時代也是一副肩膀挑起一個腦殼。」

一時間書記和部長們相對無言，想起這個令人敬畏的女人，所做下的種種古怪和出人意料的事情。但是想到六姑婆對革命做出的重大貢獻，他們覺得無法拒絕她的請求。於是在臨刑前的最後一個下午，六姑婆走進了通向死牢的那條幽暗而深長的夾道。十五年前爲了營救弟弟，六姑婆也曾在這條幽暗深長的夾道裡，提心吊膽地等待著行刑的槍聲。

從此以後，那座城市裡流傳著種種關於六姑婆和族長臨死前見面的傳聞：有人說族長把一個埋藏金銀財寶的祕密告訴了六姑婆；有人說族長懇求六姑婆，求她看在當年撫養他們姊弟三人的分上，替他撫養一個馬上就要變成孤兒的孫子；有人說那整整一個下午，族長都在對六姑婆講述家族的歷史和來龍去脈；有人說族長反反覆覆地詢問六姑婆，九哥什麼時間才能回到家鄉來；還有人說萬念俱灰的族長在那個最後的下午一言不發，彷彿隔著幾百年的歲月，與六姑婆相對無言。總之，六姑婆無力回天，六姑婆只能眼睜睜地看著自己的家族在那座城市裡滅絕；六姑婆只能眼睜睜地等著震天的鑼鼓和震天的槍聲，無情的敲碎三十二個男人的天靈蓋。

從此以後，在古槐雙坊的後邊，注定了只能留下一個孤獨的女人，和也是孤獨的荒涼與空曠。

六

就像當年誰也沒有想到一個二十三歲的女人，會橫下心來把燃燒的線香按到臉上去一樣，那座城市裡的人們誰也沒有想到一九五一年農曆九月初七，公曆十月二十三日的第二天，六姑婆竟然眞的在眾目睽睽之下把一個嬰兒抱回家來。這個剛滿週歲的男孩，剛剛在昨天的槍聲裡變成了孤兒。誰也猜不透這個不可理喻的女人，爲什麼如此不可理喻，非要把這個孤兒帶進這座城市改寫的歷史中來。

九哥的同志們在無數次的勸阻開導失敗後，搬來了九哥的信。九哥在信中措辭嚴厲地提醒六姑婆注意自己的階級立場。六姑婆託人回信說：好多年前父母雙亡的時候，九哥正好和現在這個孩子是同歲。她已決定不去北京和弟弟同住。她的立場就是要在自己的房子裡，把一個沒有父親母親的孩子養大成人。而且六姑婆還言之鑿鑿地告訴弟弟，這個孩子是他的堂孫，論輩分該叫他九公，孩子的大名叫學康。

六姑婆一意孤行地擋住了人們的猜疑和勸阻，毅然決然地把孩子放在自己那張雕花的檀木大床上，毅然決然地把一個孤兒放進了自己的選擇。只是六姑婆沒有料到，當這個不懂滄桑只知吃奶的孩子，哭喊著抓開她的短衫，含住她的奶頭時，六姑婆渾身戰慄得如一叢迎風的弱竹，六姑婆在戰慄中紛亂了大半生堅守的平靜，六姑婆在不知不覺中被這個吮吸著奶頭的孩子，帶進一種她還未曾體驗過的女人生活。

那座城市終有一天是要自慚形穢的，在經過無數次的猜疑之後，它竟然最終沒能猜透一個女人。一九五一年那個多雨的秋天，那座城市終於鏟除了那個綿延久遠的家族，無比激動地沉浸在對歷史的改寫之中。

七

在槍決了那個家族的三十二個男人之後，九哥的同志們又沒收了那個家族的全部財產，和雙牌坊後邊的那幢深宅大院。並宣布要讓那座城市裡當家作主的勞動人民遷入牌坊街。那些日子裡，那座城市的上空整日迴盪著一支無比歡樂的歌曲：

「三頭黃牛，
一呀麼一匹馬，
不由我這趕車的人兒笑呀麼笑哈哈！
往年，這個車呀，
咱窮人哪會有呀，
今年呀嘿，
大轂轆車呀轂轆轂轆轉呀，
大轂轆車呀轂轆轂轆轉呀，
轉呀，轉呀，轉呀，

嘟——噠，

轉到了咱們的家。」

這支歌如春雷動地般震撼著那座城市，把所有的白晝和夜晚，都裝在那輛大轂轆車上歡快地旋轉。

在那些無比歡樂的日子裡，有一個叫冬哥的男人，挑著吱吱作響的竹擔和水淋淋的木桶，挑著滿心的惶恐和謙卑，走進了六姑婆的空曠和荒涼。

在清除了那座深宅大院裡全部的封建階級的殘渣餘孽之後，一位部長找到了那個叫冬哥的水夫，部長對水夫說：

「你莫怕，我們不清除你。」

水夫的心裡彷彿也有輛大轂轆車在震天動地的旋轉，只是轉得很惶恐。

「以前呢，你是爲剝削階級服務。以後呢，你給六姑婆擔水。給六姑婆擔水是爲革命工作，爲革命工作不能講價錢，你看要得不要得？」

「要得！要得！」

冬哥像得救了似的，在惶恐中終於弄明白了部長的意思，連連點頭不止。

冬哥是這幢宅院裡的水夫。冬哥以前是靠給這個宅院裡的人擔水掙生活的。更早以前，冬哥的父親是水夫，父親的父親也是水夫。他們爲這個家族擔水的歷史，也許和這個家族本身一樣的久遠。冬哥擔水是爲給自己掙生活，冬哥從沒想過爲剝削階級還是爲革命工作的問題。幾十年來冬哥一直都在惶恐和謙卑中爲一個家族擔水。如今冬哥在這個改寫了歷史的城市裡，又按照部長的意思，惶恐而謙卑地爲革命擔水。世界雖已不是原來的世界，可冬哥還是原來的冬哥。只是原來要累出滿頭大汗才能做完的活路，現在只要擔一次就做完了。每天早晨冬哥擔著水淋淋的木桶，站在六姑婆的門外，按老習慣恭恭敬敬地打個招呼，「六姊，水來了。」竹簾撩起來的時候，冬哥就會看見六姑婆的有幾分蒼白的麻臉，就會看見六姑婆眼睛裡無邊的荒涼和空曠。冬哥就有些迷惑和不解——這偌大的一個家族，偌大的一幢宅院，怎麼到頭來只剩下一個女人。

這每天早晨的一擔水，越來越像一個儀式。憑了這個儀式，冬哥在確認自己的過去和現在，憑了那一句「水來了」，冬哥在繼續著一場久遠的對話。幾十年來冬哥和這個家族的對話，就只有這用三個字恭恭敬敬地組成的一句話：「水來了。」面對著那些高大巍峨的石坊，面對著那些深奧難解的匾額、門聯，面對著那些深不可測的庭院曲徑，和庭院內高高升起來的同樣深不可測的如雲的古樹、翠竹，冬哥一直默默無言地用一根吱吱作響的竹擔，堅守著自己的謙卑和惶恐。用皀角樹下那口古井裡的清水，在悠悠的歲月中澆灌著這幢深宅，和深宅中那曾經是人丁興旺的家族。隔著那麼多的神祕和惶恐，隔著那麼多的遙遠得叫人暈眩的歲月，冬哥從沒想到有一天，他竟如此一覽無餘地看清了這幢深宅，如此毫無遮攔地面對了這個家族。於是，冬哥挑著吱吱作響的竹擔和水淋淋的木桶，挑著滿心的謙卑和惶恐，在竹簾外面看見了六姑婆心裡那片荒蕪了的沙丘。

不久，在那些無比歡樂的日子裡，蜂擁而來的新房客帶著他們的鍋碗瓢盆，帶著他們的妻兒老小，帶著洶湧澎湃的生活之流，淹沒了那幢古老的深宅。回廊畫棟下掛滿了燦爛的尿布和衣服，曲徑通幽處擺起了堂皇的糞便，假山竹叢裡整日傳出孩子的喧囂，夜靜更深的時分青燈燭照的書房內，響起來男人雄壯的吼叫和女人快樂的呻吟……他們無比歡樂，渾然不覺地忽略了，在自己洶湧澎湃的生活之流上，正漂泊著這座城市最後的傳說，綿綿秋雨在梧桐葉上輕輕敲打出來的迷濛的悵惘，月朗風清時雕窗畫牖下投下的橫斜的竹影，餘暉晚照中紫燕繞梁歸來的呢喃，都在這洶湧澎湃的生活之流的沖刷下，驟然褪去原來的色彩，變得破舊而又蒼白，隨著那個漂泊的傳說流落而去。

新房客們掩飾不住自己對這幢深宅和這個古老家族的讚嘆和新奇，常常會攔住冬哥問這問那：

「冬哥，魚翅燕窩啷個樣子，啥子味道？」

「冬哥，太太小姐也都讀書認字？」

「冬哥，六姑婆燒臉的那天你在沒在跟前？」

「冬哥，四五房姨太太啷個睡法，一天天輪到起呢，還是大家夥到起？」

「冬哥，他們姨太太也娶起三房五房，為啥子叫你打起幾十年光棍？」

對這些所有的追問，冬哥只能謙卑地笑笑，只能對人說，水夫是下人，老爺太太些的事情看不見也聽不到。可是有了這個否定的回答，反而激起更強烈的追問，新房客們就會把自己最隱祕的擔心和猜疑端出來：

「冬哥，你曉得九哥在北京做了啥子官麼？六姑婆為哪樣不去北京找九哥？六姑婆為啥子要養起那個娃兒？冬哥，我們都曉得，我們和你不敢比的，兩天九哥從北京回來，我們統統要搬起走的。別人家的房子乘不起涼的，不生根的木樁站不穩的。」

冬哥終於還是答不上來，冬哥只有漲紅了臉窘在自己的惶恐和謙卑當中。但是冬哥隱約地感覺到，在這座改寫了歷史的城市裡，在大家無比歡樂的日子裡，突兀著一個令人敬畏的六姑婆，突兀著沒完沒了的關於六姑婆的猜測。

冬哥不知道六姑婆爲什麼不去北京找當了官的九哥，冬哥不知道六姑婆爲什麼收養了那個孤兒，冬哥也不知道六姑婆一個人留在這幢深宅裡是爲了守著什麼。這就像冬哥不知道六姑婆爲什麼先前要毀容吃齋，爲什麼後來又去做了地下黨。冬哥只是暗暗地在心裡希望六姑婆能留下來，這樣自己也就有了留下來的理由和依據。就像部長吩咐的那樣，自己就可以爲革命工作，自己滿心的惶恐和謙卑就有了一個安放處。冬哥並沒有想到自己會和這幢被淹沒了的舊宅，和這舊宅裡留下來的那個最後的女人之間有些什麼故事。冬哥對六姑婆比別人懷了更多的敬畏，每次見到這個女人，冬哥總要聯想起她八仙桌上擺著的那尊白瓷觀音。就像在幾十年深深的惶恐和謙卑中，忘記了自己是個男人一樣，冬哥在深深的敬畏中，從沒想起過六姑婆是一個性別意義上的女人。

這一切都要等到那個漫長而炎熱的夏天，綠意葱蘢的夏天是一個生長故事的季節。

八

許多年以後的另外一個漫長而炎熱的夏天。冬哥胸前掛著一塊「封建階級臭奴才」的木牌，在許多人的毆打和叱罵中，被逼迫著講述那個綠意葱蘢的夏天的故事。儘管講述不斷地被毆打中斷，儘管回憶不斷被口號聲淹沒，冬哥還是在對那個傳說斷斷續續的複述中，回想起一個女人對兩個男人的超渡。回想起一個女人空曠而荒涼的眼睛，在那個夏天變成一片溫柔的綠洲。

一切都是從那個嬰兒的手拉開了六姑婆的短衫的時候開始的。

那一次，六姑婆把那個聲嘶力竭，天生怕水的孩子從澡盆裡拯救出來，冬哥彎腰將笨重的木盆端起來的時候，看見那個掙扎著要找奶吃的孩子，一下拉開了六姑婆的短衫，兩隻雪白鬆軟的乳房赫然滾進冬哥的惶恐和謙卑當中來，眼前晃動著的分明是兩隻直照靈魂的雪白的太陽，冬哥如雷轟頂般地屏住呼吸，驚呆在這兩隻太陽的面前。當六姑婆紅著臉轉過身去的時候冬哥想：

「六姊是個女人。」

接著又想，「六姊是個還沒出嫁的女人。」

而後冬哥猛然在自己的惶恐和謙卑中垮下來，他被自己的這些非分之想嚇得魂飛膽破，失手將木盆摔到地上，把滿心的惶恐和謙卑潑灑在那尊轉過身去的「菩薩」的腳下……

在那個綠意蔥蘢的夏天，六姑婆在自己的傳說中出奇平靜地轉過身來，看著冬哥：

「都是幾十歲的人了，慌啥子？」

「六姊，我該死……」

「你死了哪個來給我擔水吃？」

「六姊……我不死，我一輩子給妳擔水吃……只怕六姊不用我。」

「冬哥，我有件事情要問你。」

冬哥抬起眼睛來和六姑婆對視著，冬哥覺得那個夏天的故事正喘息著朝自己走來。冬哥覺得自己在那一刻，無比貼近地面對了那幢舊宅，和舊宅裡那個最後的傳說。

「冬哥，你可願意同我一起把這娃兒養大？」

冬哥聽明白了六姑婆的意思，冬哥在六姑婆出奇平靜的眼睛裡，看出一個女人堅定不移的決心。冬哥想：

「六姊是個女人。」

接著又想：「六姊是個還沒出嫁的女人。」

爾後，冬哥再一次在惶恐和謙卑中垂下頭來。

「冬哥，你嫌我這張臉不好看？」

「六姊好看，六姊哪裡都好看……六姊，我幾十歲的光棍，我做夢也不敢想……」

「冬哥，你去擔水來，我洗乾淨給你看。」

那個綠意蔥蘢的夏天是一個生長故事的夏天。冬哥看見一個女人空曠而荒涼的眼睛，在那個夏天變成一片溫柔的綠洲。儘管在那場持續的毆打中，冬哥被打破了鼻子，打脫了牙齒。儘管冬哥一次又一次被人卡著脖子按到地上，又被人揪著領子一臉鮮血地提起來。儘管那個傳說被打得血肉模糊，遍體鱗傷，在劇痛和侮辱中死去活來。可冬哥總還是記得在那個綠意蔥蘢的夏天，他這個幾十年的光棍，在一個女人面前脫下了無比的惶恐和謙卑，變成一個赤裸的男人。

冬哥從皂角樹下的那口古井裡擔回水來，爾後又幫六姑婆把那隻笨重的木盆安置在蚊帳的後邊，倒進熱水，再兌進冷水。六姑婆指著八仙桌旁的木椅說：

「你在這裡等，莫出聲，娃兒剛睡了。」

冬哥默默地坐下。接著，冬哥聽見了嘩嘩的水聲。冬哥忽然覺得十分的燥熱，十分的焦渴，他走到水甕前把半瓢涼水澆進燥熱和焦渴當中。然後再默默地坐下，又聽見木盆裡嘩嘩的水聲，冬哥想：是「六姊坐在澡盆裡。」於是，胸膛裡又翻起更多的燥熱和更多的焦渴。然後，冬哥聽見嘩嘩的水聲停下來。然後，冬哥聽見滿耳轟鳴著的蟬聲。冬哥在轟鳴的蟬聲中朝蚊帳走過去，撩起帳角的時候，冬哥看見一個冰清玉潔的女人，雪白的身子就彷彿八仙桌上那尊白瓷觀音。冬哥懷著滿心的惶恐和謙卑，對那個雪白的身子說：

「六姊，我來了。」

隨後，那整座城市的綠意蔥蘢的夏天裡就只剩下一片驚心動魄的蟬鳴。

那是一個笨拙而又悶熱的正午。

當冬哥從笨拙和悶熱中大汗淋漓地坐起來的時候，在床頭安睡的那個男孩突然哭鬧著爬起來，撲進冬哥剛剛離開的那片雪白的鬆軟當中吮吸起來。笨拙的冬哥無比震驚地看見，眼淚和鮮血同時從眼前這個女人的身上流下來。冬哥在那張雕花的檀木大床上，朝著六姑婆跪下去：

「六姊，我來生轉世變牛做馬也跟到妳……」

那是一個笨拙而又悶熱的正午，在這個悶熱而又笨拙的正午當中，只有一片驚心動魄的蟬鳴。在這片驚心動魄的蟬鳴裡，一個女人在眼淚和鮮血中超渡了兩個男人，組成了一個家庭。

與此同時，那座城市正大張旗鼓的演播著一齣戲，戲裡一個叫劉巧兒的女人，在婚姻法的保護下翻身解放獲得了美滿幸福的婚姻。女主人公劉巧兒在戲中喝道：

「上一次勞模會上我愛上人一個，
他的名字叫趙振華。
都選他做模範，
人人都把他誇。
從那天看見他我心裡就放不下，
因此上我偷偷地就愛上他。
但願這個年輕人他也把我愛，
過了門，他勞動，我生產，
又織布，紡棉花，
我們學文化，他幫助我，我幫助他，
爭一對模範夫妻我們立業成家呀……」

唱詞中洋溢著的朝氣蓬勃和幸福美滿，被裝在那輛轟轟作響的大轂轆車上，歡天喜地地駛進那座城市剛剛改寫過的墨跡未乾的歷史之中。

九

許多年以後，那個叫學康的孤兒，在六姑婆嚴厲的督促之下，以全市考分第一名的優異成績，考入那座城市最負盛名的培德中學。培德中學就是在一九二七年的那場暴動失敗後被解散的中學。如今學校大門的花壇正中矗立著一座革命烈士的胸像，這位烈士就是暴動失敗後那位被砍了頭的中學校長。如今永垂不朽的校長矗立在花壇中，目不轉睛地注視著那座曾經屠殺了他的城市。那座城市現在正一日千里地，在烈士的注視下改寫著自己的歷史。

爲了獎勵學康的讀書上進，六姑婆在開學的第一天，從箱子裡翻出那個珍藏了幾十年的故事，派克筆上字跡依然。六姑婆把派克金筆插到學康的胸前時，禁不住熱淚漣漣，她想起幾十年前，一個二十三歲的女人曾經送過一個男孩去讀書；她想起幾十年前一個讀了大學做了記者的男人，留下這支筆，獨自走進銀溪的墨綠裡去；她想起十幾年前，爲了把一個孤兒帶大，自己曾在那個綠意蔥蘢的夏天，同時變成了妻子和母親。也許六姑婆什麼也沒有想，她只是把許多被淚水打濕了的女人的歲月從臉上抹下去，爾後，鄭重其事地對學康說：

「好好讀書才對得起這支金筆。」

於是學康高高興興地在胸前插著一個亮晶晶的故事，匆匆走過紫雲橋，渾然不覺地走進了最負盛名的培德中學，渾然不覺地走到革命烈士的面前。他不知道正是自己的爺爺和父親們使原來的校長變成了雕像，他也不知道正是雕像的同志們使自己成爲了孤兒。學康站在校門裡新奇地和那座目不轉睛的雕像對視的時候，並不知道在他和雕像之間，夾著那座城市的過去和如今正在改寫的歷史；在他和雕像之間夾著一個女人幽長的傳說。學康當著雕像的面拔出筆來，一字一頓地唸著筆管上刻著的文字：

「東、風、惡、歡、情、薄、一、懷、愁、緒、幾、年、離、索、錯、錯、錯。」

學康不懂得這些字都說了些什麼，學康覺得應當在筆管上刻上一句毛主席的話，譬如「好好學習，天天向上」就很好，或是「向雷鋒同志學習」也很好。學康絕沒有想到，那句七百五十年前一個叫陸游的人寫下的淒涼詩句，有一天會成爲自己的罪證。學康抬起頭來，有些崇敬也有些畏懼地打量著雕像，但他立刻就躲開了直射過來的目不轉睛的注視。學康不知道，一九五一年農曆九月初七，公曆十月二十三日的第二天，有一個一意孤行的固執女人，把他抱回到這座城市改寫的歷史中來。從那一天起，他已經注定了永遠無法逃避這永垂不朽的目光。終於有一天，學康忍不住對六姑婆講出自己的畏懼：

「姑婆，它一直把我盯到起看。」

「哪個把你盯到起？」

「校長……」

「哪個校長？」

「學校門前那個石頭的校長。他是革命烈士。」

「學康你不要瘋說瘋道的，你好好讀書再考幾個第一，啥子校長也要喜歡你。」

「它不喜歡我，它一直把我盯到起。」

「有姑婆喜歡還不夠，還要哪個喜歡？」

十三歲的學康當然知道，這個世界上只有姑婆最喜歡自己。十三歲的學康還隱約記得，自己在姑婆那隻又笨又大的木盆裡留下過許多哭聲，在那張又大又高的雕花木床上留下過許多笑聲，在那個陳舊而古怪的大雜院裡看過許多次燕子飛來飛去。除此而外，他對自己居住的這座城市一無所知。他就這樣一無所知地在那座城市裡走來走去。一直到三年以後的那個炎熱而又漫長的夏天，全國上下驟然打了一聲春雷，在震耳欲聾的夏天的春雷裡，學康才第一次面對了那座城市，第一次體會到那座城市刻骨的仇恨。

在那個響春雷的夏天，東、南、西、北四個方位中，東方確立了最神聖最革命最偉大的地位。因爲「東方紅太陽升」，因爲「不是東風壓倒西風，就是西風壓倒東風，在路線問題上沒有調和的餘地」，因爲「東風浩蕩，紅旗飄揚」。所以，在那個打春雷的夏天，人們把屠殺革命烈士的劊子手的狗崽子學康，拖到永垂不朽的校長面前，指著那筆管上的證據質問他，爲什麼要說「東風惡」？爲什麼這樣仇恨革命的東風？驚恐萬狀的學康講不出那支派克金筆上刻著的傷心故事，驚恐萬狀的學康只知道這支金筆是姑婆送給他讀書用的。學康只有驚恐萬狀地面對那個永垂不朽的目光。學康第一次知道在自己和那座城市之間有那麼多血淋淋的宿怨。學康回到家來哭著追問六姑婆：

「姑婆，他們都說我是反革命生下的，妳告訴我是誰生下我？」

「娃兒，世上人都是媽媽生出來的……」

「姑婆，他們說是我爺爺、爸爸殺了校長，他們打我罵我，他們說筆上刻的都是些反動話。」

「娃兒，姑婆也講不清楚。多少年了，這個城裡就是這樣殺來殺去的……」

「姑婆，我怕。我們爲啥子不走，我們去北京找九公，我們去北京上學吧……」

「娃兒，莫怕。有姑婆這條老命守到你。」

可是六姑婆終究沒能守住學康，就像當年她終究沒能守住自己的弟弟一樣。在這個孤獨的傳說之中，注定了所有的男人都將離開六姑婆。

在那個春雷轟頂的夏天，那座城市決心脫胎換骨地改造自己，決心在歷史中塗抹掉過去的自己。它把牌坊街改叫作工農街。把紫雲橋改叫作紅衛橋。把「聽魚池」三個字鑿下來，重新刻上四個字：激流勇進。爾後，它用載重汽車拽倒了所有的石坊，再用鐵錘把石坊們粉身碎骨。它用大鋸鋸倒了那棵五百年的古槐，再用斧頭把它碎屍萬段。它又用成百噸的紅油漆把自己刷成太陽的顏色，在自己身上寫滿了毛主席語錄，和各種各樣氣呑山河的豪言壯語。做完這一切之後，那座城市向著北京城裡的紅太陽，昂揚地挺起煥然一新的面孔，引吭高歌：

「……

千萬顆紅心在激烈地跳動，

千萬張笑臉迎著紅太陽，

我們衷心祝福您老人家萬壽無疆，萬壽無疆，萬壽無疆！」

在那個歌聲動地、春雷轟頂的夏天。先是「封建階級臭奴才」冬哥，在一場持續的毆打和批判中，滿面鮮血地死在古槐雙坊高大的院門外。接著，「反革命狗崽子」學康，被人拖到紅衛橋上一次次地扔進銀溪裡去「清洗思想」，一直到終於有一次，天生怕水的學康再也沒有浮起來。

從此以後，那座城市裡的人們再也沒有看見六姑婆。那座城市在熱血沸騰之中度過了一個最漫長最炎熱的夏天。一直等到第一場秋雨使人在昏熱中透過氣來，才有人想起了六姑婆。在撞斷了緊插的門栓之後，一股令人翻腸倒胃的腐味衝門而出。接著，人們在那張雕花的檀木大床上，看到一具花團錦簇的屍骨。六姑婆用自己精美絕倫的刺繡，把這具屍骨打扮得如一個盛裝的嫁娘。

六姑婆死了。

六姑婆把所有的哭嚎和笑聲，所有的恐懼和平靜，把一個女人所有的歲月和傳說，毅然決然地變成一具花團錦簇的骷髏。

那座城市裡沒有人敢接近那張雕花的檀木大床，沒有人敢再走進那幢舊屋。於是，人們只好用一場大火來滅跡，把六姑婆和她的傳說燒成一片無用的灰燼。

十

許多年以後，那座城市在經過了一些平庸也是平靜的年月後，竟又漸漸地繁榮起來，並且終於建立了旅遊局，躋身於旅遊開放城市之列。其實一個旅遊城市才算得上是一個眞正現代意義的城市。因爲只有在旅遊經營中，一座城市才能將自己作爲一件商品整體兜售。爲了旅遊和兜售，那座城市開始起勁地為自己整容，並且立刻想起了曾經有過的「銀城八景」。在經過種種不懈的努力之後，終於恢復了其中的七景，唯有「古槐雙坊」無論如何也無法重建。於是，有人建議在原址上立一塊說明牌，於是有人想起了中國傳統繪畫當中的留白，有人想起了「此時無聲勝有聲」，有人想起了「古槐雙坊」後邊那個滅絕了的曾經是人丁興旺的家族。於是所有金髮碧眼的老外們來到這座旅遊城市的時候，便都要被帶到這塊空地上來聽一個古老而動聽的故事。導遊員振振有詞地告訴大家：

「各位現在所見到的，就是銀城八景第一景：古槐雙坊的舊址。這古槐雙坊原來曾居住著本城一個最古老的家族。這個家族可以說是這座城市裡最早的居民和開拓者。根據族譜記載，這個家族最早有名可考的祖先叫李鐵。李鐵自稱是中國春秋戰國時期最著名的哲學家老子李耳的第十二代子孫。漢朝王莽篡權，李鐵輔佐光武帝劉秀平叛有功，東漢建武元年被劉秀封為固始侯。此後，李氏家族在近兩千年的時間裡綿延不斷，經歷了無數的朝代和戰亂，經歷了無數次遷移之後，最後定居在此地，開拓並建立了這座城市。居住在李氏舊宅內的最後一位李氏家族的後代，是一個女人，名字叫作李紫痕。李紫痕死於一九六六年夏天。本城地方志婦女運動史上記載：李紫痕是銀城第一位女共產黨員……」

在老外們對古老嘖嘖不止的讚嘆中，導遊員們起勁地兜售著那座城市種種的古老和種種的傳說。

但那都是和六姑婆無關的傳說。

黑白——行走的群山

莽莽荒原闃然無聲，四下裡一片往日的慈祥和柔和。這天地之間沒有太陽的一刻，剛好應該是白坐在門檻上想小山的時候。

一

白正在家裡刷鍋，聽見黑的腳步聲，白就把刷子從水裡提起來，然後就看見了黑那張像石頭一樣灰冷堅硬的臉。白問，你還是沒去？黑不說話，悶頭坐在炕邊點著了一根菸。白說，見見那個招工的人眞的就這麼難麼，你就當是爲了小山求一回人。黑說，算了吧，結了婚的人家不要。白說，你不去問，你怎麼知道要不要。你就是不想去，對吧，爲了小山你也不願意，對吧。黑忽然非常煩躁地掐滅了菸捲，突然非常急躁地說，別說了，妳脫吧。白的手裡還提著鍋刷子，刷子上的水珠還在滴滴答答地往下流。白覺得兩條腿直發軟，白說，現在？黑說，對，就現在，妳還等什麼，我求妳了還不行嗎。這麼催著，黑的身體在發抖。白看看他，白想，他什麼時候變成這樣了。

中午的太陽把窗紙照得明晃晃的，把白的臉也照得明晃晃的，土窯裡難得有這樣的光明。白把鍋刷放進水裡，爬到炕上，把衣服一件一件脫下來，脫得一絲不掛，然後安靜得像一片水一樣躺下。黑撲到這片水裡，攪得昏天黑地。

等到所有力氣都用完了，黑就哭起來，哭又不出聲，就那樣一把一把地把眼淚從臉上抹下來，抹著抹著就顫顫巍巍地吸一口冷氣，吸得很深很深。

白還是安靜得像一片秋水，白平心靜氣地說，你哭什麼呀，哭也不管用，你別哭了行不行。你是後悔了吧，當初還不如不結婚吧，你要眞後悔，咱們現在就去辦離婚去。也不知道現在離婚還行不行。咱們要是離了婚，小山跟誰呀，我其實就擔心這一件事。總不能讓小山一輩子都跟著姥姥呀。其實，我也挺後悔的，咱們要是不結婚就沒有小山了，也就沒有這麼多的事兒。

黑沒顧上聽，黑只顧自己哭。中午的陽光把窗戶照得明晃晃的，明晃晃的土炕上躺著一對赤裸的男女，男的很黑，女的很白。

現在他們一點顧忌也沒有了，不對，應當說一點顧忌也用不著了。

插隊九年，所有的同學全都走了，參軍的，去工廠的，當售貨員的，上大學的，全走了；滿意的，不滿意的，每人都趕緊搶了一份工作離開了。當初熱熱鬧鬧的三孔土窯，現在只剩下兩個人，連老鄉們也不大來了。當初兩個人爲了幽會而逃避開大家熱辣辣的眼睛，眞是絞盡了腦汁。現在用不著了，現在窯洞裡只剩下一個男人，一個女人。一個男人和一個女人現在可以天天在一起，天天做當初最想做的那件事，做這件事的時候可以不分早晚，可以肆無忌憚了。但卻做得很灰心，很孤獨，也很絕望。做這件事現在成了一種操練，一種對絕望的操練。只是當他們這樣操練的時候，男人很衝動，女人很平靜。

當初他們戀愛的時候不是這樣。那時候，女人很衝動，男人很平靜。

當初黑是全國的知青先進典型。黑到全省各地去做巡迴報告，黑的事跡和照片被登在《人民日報》上。在這之前，黑是在北京的各個中學裡做報告的。黑從一個草綠色的軍用書包裡，拿出一個閃光的故事來。黑說，那次，他帶領著八個同學徒步串聯，他們的目的地是延水河邊的寶塔山。他們穿過華北大平原，翻越巍巍太行，又翻越莽莽呂梁，然後跨過滔滔黃河。他們的雙腳丈量著祖國的山河，他們的雙眼展望著英雄的人民。當朝陽照亮大地，把群山偉岸的身影投向廣闊的平原的時候，也把他們的一個理想投放在宏偉廣闊的大幕上。在他們痛飲了延河水，仰望了寶塔山，回到北京之後，他們決定一起返回呂梁山的一個小村莊。因爲在那裡，有一個給他們講過抗日故事的老隊長，有一個給他們暖過腳的房東老大娘。黑把那個故事高高地舉在頭上，黑說，這是一截腿骨，是他在長征路上從萬惡的萬人坑裡特意拿來留作紀念的。黑滿臉都是淚水，黑說我們無權忘記，我們應當踏著革命先輩的足跡前進。黑說，我們要把青春獻給革命根據地的人民。黑說，我們要在那個小山村裡幹一輩子革命，要按照毛主席的教導，永遠和工農群眾相結合。

當黑這樣講的時候，白和全校同學眼睜睜地坐在台下仰望著黑，仰望著黑滿臉涔涔的淚水，仰望著那個被朝陽照紅了的理想。和那個理想相比，自覺出自己的渺小和可卑。散會以後她專門找到黑。

她說，我要跟你們一起走。

黑看看她，黑說，不行，妳太小。

她說，還小吶，我都十四了。

黑說，我們是去上山下鄉，是去幹革命，不是去春遊。

她就哭了，她覺得特別委屈，她說，我知道不是春遊，我知道我配不上你們……

黑又看看她，黑說，妳眞的下定決心啦？

她點點頭，就那樣決定了自己的一生。白清楚地記著，那是一個秋高氣爽的日子，爽朗的秋陽下，校園裡的松樹林挺拔而蔥蘢。四年以後，白長成了一個十八歲的姑娘，十八歲的白做出另一個同樣重大的決定時，黑也是這樣問她，她也是這樣點點頭。她覺得校園裡的那片秋陽，和窯洞紙窗上的陽光非常相像。只是那時候她沒有想到，自己會和黑這樣一絲不掛地躺在土炕上，面對著掙扎不出的灰心和絕望。只是她沒有想到，所有的理想和豪情這麼快就被脫下來扔在一邊，就像炕頭上那堆骯髒的衣服。白不願意看那堆衣服，也不願看這兩個曾經被自己打量過無數次的身體，她知道這兩個一絲不掛的身體，一個很黑，一個很白，除此而外什麼都沒有。白就那樣平躺在土炕上直盯盯地看著窯頂，白可以感覺到明晃晃的陽光從紙窗上照進來，照在自己稍覺涼意的身體上。

白現在時常想起母親來。那一天，當自己把要離開北京的決定告訴母親時，母親哭了整整一個晚上。母親只有她這一個女兒。白知道母親是不會同意的。白就自己悄悄地拿了戶口本，到派出所銷戶口。那個女警察看看戶口本，又看看她，女警察說，妳才十四呀，可眞夠積極的，想好了嗎？女警察一邊說一邊翻著戶口本。其實不用翻，戶口本只有兩頁。撕下自己的這一頁，就只剩下母親孤零零的一頁了。她說，想好了。可不知爲什麼眼淚卻一下子湧了上來。她聽見嚓的一聲響，她知道自己和母親十四年的生活就此被撕斷了。然後，她把這個只剩下一頁的戶口本交給母親。母親不再說什麼。母親買回一個大木箱，然後，又一樣一樣地用東西把木箱添滿。然後，母親就趴在這個大木箱上放聲大哭，一直哭得街坊四鄰都跑到家裡來。許多年以後，白都能清清楚楚地聽見母親那一次的嚎啕大哭。白在一些年裡逃避這哭聲，又在一些年裡追尋這哭聲。現在白躺在眼前這片明晃晃的陽光裡，腦子裡卻響著母親震耳欲聾的嚎啕聲。

白想起來還沒有刷完的鍋。

白對黑說，別哭了，缸裡沒水了，你去擔點水吧。

於是，兩個人默默地穿好衣服。黑熟練地拿起扁擔，熟練地挑起水桶，鐵鉤和提梁磨出些吱吱的尖響。白看著黑的背影，這背影和村裡的農民一模一樣。白就想不明白，黑怎麼會變得和農民一模一樣的。白就想不起來，那個從草綠色的軍用書包裡取出來的故事，是怎麼弄丟的。

黑原來是白心裡的英雄。

現在讓白最難受的不是不能分配工作，不是一輩子都住在一個小村子裡，讓白最難受的是黑的變化，黑怎麼能變得和一個農民一模一樣呢。

小山三歲那年他們一起回去過春節，走到院門口，看見一個又白又胖的小男孩，沒等他們開口，小男孩掉頭就跑，一邊跑一邊叫，姥姥姥姥，來了兩個生人。那時候他們兩個苦笑著相互看了一眼，心裡一下子明白了自己真的再也不是北京人了。

兒子說，來了兩個生人。

二

黑在心裡對自己說，反正我從來沒有騙過別人，也沒有騙過自己，更沒有騙過她……最近幾年來黑一直在心裡對自己說這句話，黑有的時候就想，也許這輩子永遠得在心裡對自己說這句話了，每當想到這，黑就覺得心裡空空盪盪的，就有許多灰心像冷雨一樣綿綿不絕地飄下來，黑就常常想，要是有一把傘就好了。

鐵鉤和提梁磨出來的響聲很尖、很細，這響聲把迎面而來的陽光磨成一根一根的鋼針，很疼、很脹地扎進眼睛裡。黑躲開太陽，扭頭去看那些無邊無際的黃土堆成的溝壑和山梁。漫山遍野的黃色柔和而慈祥，九年來許多人和事都變了，許多情感和思想也都變了，可是只有這漫山遍野的黃色沒有變，它還是無邊無際漫山遍野，它還是永遠的柔和而慈祥。它幾乎成了黑的宗教，黑已經在無意中習慣了對它一吐衷腸。它眞黃，黃得那麼廣大，黃得那麼深遠，黃得那麼抽象而又單純。也許它眞是一把大傘。在這永遠的黃色和永遠的寂靜之中，黑常常會聽見暴風雨般的掌聲向自己襲來，當年自己就是在這些雷鳴電閃般的暴風雨中，揚起了理想的風帆駛向黃土高原的。

那次掌聲結束以後，白在校園的松樹林旁邊攔住自己，白在爽朗的秋陽下向自己揚起臉來，白說，我要跟你們一起去。自己剛剛說了不行，白就哭了。她一哭，他就知道她肯定不會是個幹部子弟，尤其不會是個軍幹子弟。黑最討厭的就是那幫不可一世的幹部子弟，尤其討厭那些穿將校呢的軍幹子弟。黑的父親是煤球廠的工人，解放前搖煤球，解放後還是搖煤球。黑從文化大革命一開始就存了一個雄心，一定要做一件驚天動地的事情超過任何人。黑從內心深處覺得毛主席的文化大革命，是爲了自己這樣的人而發動的。

黑看著那張灑滿了陽光和淚水的臉，忽然就覺得這是一張絕對不應當被人欺騙的臉，黑很受感動，黑在一張十四歲的女人的臉上，一寸一分地丈量著自己的理想，黑暗自在心裡發誓，此生此世自己絕不會背叛這個理想。

黑看著那雙十四歲的眼睛，黑說，妳眞的想好了？

白很努力地點點頭，白說，眞的。

那一年黑是二十一歲，他們兩個人的歲數加在一起是三十五歲。任何一個三十五歲的男人和女人，都不會在對方的臉上丈量自己的理想。

後來的事實證明黑的判斷是正確的，白果然不是幹部子弟，白的母親是一家縫紉社的縫紉女工。自從驗證了自己的判斷之後，黑就覺得自己的血液和白的血液是從一個血管裡湧流出來的。黑對白說，咱們和他們不一樣，他們那些人什麼東西都有了，可是還要再把精神優越也抓在手裡。咱們什麼都沒有，只有自己的理想。所以，我最看重這個理想，我也最害怕這個理想被人弄髒了。白很崇敬地看著黑，白說，我眞佩服你，你這人和誰都不一樣。

水井很遠，在很深很陡的溝底下，往返一次要走六里路。所以，黑有很多時間讓自己沉浸在漫山遍野的黃色之中。深陡的溝壁上，有一線窄窄的土路畫出許多蛇行的之字，遠遠看去，擔著水桶的黑好像一隻覓食的螞蟻，一點一點地蠕動著，很頑強，也很孤獨。

黑沉浸在漫山遍野的黃色之中自己對自己說，反正我沒有欺騙別人，我也沒有欺騙自己，我更沒有欺騙她……黑花了九年時間才弄明白，理想的證明最終是需要觀眾的，沒有任何人觀看和參加的理想，是無，是一片永遠無法塡滿的空白。暴風雨般的掌聲退去之後，只有自己一個人留在這漫山遍野的黃色之中。白是最後一位觀眾。可是白躺在那片明晃晃的陽光裡，平心靜氣地說，你後悔了吧？

那雙十四歲的眼睛到哪兒去了呢？黑想。然後又想，自己其實只需要這一雙眼睛就足夠了，只要有這一雙眼睛的注視，自己就寧願把生命和理想一起深深地埋進黃土裡。永遠和這漫山遍野的黃土結爲一體的想法，不可遏制地誘惑著黑。不是後悔，也不是膽怯，白看錯了，也想錯了。自己只是灰心，只是抑制不住地渴望著把自己和灰心一起埋進黃土裡。自己本該天經地義地和那場化爲烏有的事業一起結束。

九年裡黑拒絕了許多次離開農村的機會，每次拒絕都讓他得到一次心靈的淨化，他爲自己能夠堅守誓言而感到心懷坦蕩。只是到了後來，這種坦蕩忽然落進了一個無底的深淵，深得讓人什麼也看不見，什麼也抓不住。那感覺好像突然一下子弄丟了天上的太陽，焦急、痛苦、追問、搜尋，都不管用，太陽就是沒有了，就是弄丟了，四顧茫然，天地難分，沒有方向，也沒有時間，到處都是一片骯髒的渾濁。

終於，黑擔著水桶站在溝底的泉水邊上。黑沒有忙著把桶放進水裡，黑就那樣擔著水桶定定地站在石台上，定定地看著圍在一圈石板裡的烏幽幽的泉水。黑越來越覺得這口井像一雙眼睛，就像是這片乾旱赤裸的高原的眼睛，它靜靜地躺在這漫山遍野的黃色之中，一眼望穿了千年歲月萬里雲天，一眼望穿了自己千絲萬縷的煩惱和灰心。黑覺得那些烏幽幽的泉水一下子漫過石台，沁涼地流到心裡來；然後，又從心裡無邊無際地蔓延開去，沁涼而又深長地浸透了自己整整三十年的生命。黑索性放下水桶，俯下身子，用雙手和膝蓋支撐著自己，像一頭乾渴的耕牛，貪婪地把臉埋進涼森森的泉水裡。

他們的第一次約會就是從這眼泉水邊開始的。

那是插隊的第四年了，那時候分配工作的浪潮已經席捲走了一半的同學。只是因爲黑的存在，他們這個知青集體才勉強支撐著。黑去省城參加共青團代表大會，黑當選爲團省委的副書記。所有的人都說，這下一步登天，不會回來了。黑記得是一輛月白色的上海牌轎車把自己帶進省委大院的。省委被圍在一片森嚴巍峨的古代建築當中，紅牆黃瓦，氣宇軒昂。一切都是仿照中南海的樣子。一進大門的影壁上，也是五個金光閃閃的大字：爲人民服務。祕書帶著黑拐了許多彎，然後推開一扇重門，祕書指著紅地毯上精美的沙發說，請你等一等。然後那間安靜得有些出奇的會客廳裡，就只剩下他一個人。黑一次一次的心跳重重地落在這出奇的安靜中，黑很激動，黑也很冷靜。黑知道自己正在經歷著也許是一生當中最重大的抉擇。黑很激動也很冷靜地等著那個抉擇朝著自己走過來。

不知什麼時候，也不知從哪扇門裡突然走出來省委書記，省委書記很和氣也很高興，省委書記叫了自己的名字，熱情地握手。省委書記代表省委、省革命委員會說了許多誇獎的話，說了些什麼黑全都沒記住，只記得自己握住的那隻手軟綿綿的好像是女人的手。省委書記說，他的家鄉就是那個縣的，說他也是個放羊娃出身的苦孩子。關於脫胎換骨這句成語，黑就是在那一次眞正理解了的。一個北京知青正在堅定不移地變成農民，一個放羊娃已經變成了省委書記，這就叫脫胎換骨。黑看著省委書記和氣的臉，黑想，他的兒子或女兒就是我最看不起的人。他的兒子或女兒是絕對不會像我一樣，有勇氣在農村生活一輩子的。但是他們沒有的勇氣，我有。黑在華麗的紅地毯和精美的沙發上，再一次一寸一分地丈量了自己的理想。黑從自己的理想中站起來對省委書記說，他不準備留在省城當那個團省委副書記，他還是決心留在農村當一輩子農民。他決心用自己的實際行動來眞正地實踐毛澤東思想。省委書記很激動，省委書記說，像你這樣的優秀青年眞是太可貴太可貴了。省委書記把他那雙軟綿綿的像女人一樣的手，放在黑粗糙堅硬的理想中激動地搖晃著，黑忽然在一瞬間感到自己像群山一樣高大偉岸。

高大偉岸的黑就那樣高大偉岸地斷然返回了呂梁山。黑的壯舉再一次地登在全國各地的報紙上，被人們廣為傳誦。

白對黑說，你是眞的，這一次誰也再不能說你是假的，他們誰也不敢和你比。

然後，白又對黑說，咱們結婚吧，結了婚就眞的是過一輩子了，就用不著任何另外的證明了。

白對黑說這些話的時候，一輪十五的月亮正好映在那一汪烏幽幽的泉水裡。圓圓的一池泉水中央，亮著圓圓的一盤月，眞像是一雙一往情深的眼睛。

黑說，今天的月亮眞好啊。

白說，眞亮。眞好看。

黑說，十五的月亮升上了天空喲……

白說，爲什麼旁邊沒有雲彩……

黑說，我等待著美麗的姑娘喲，妳爲什麼還不到來喲……

白說，我這不是來了麼，我就是怕配不上你……

然後，他們就互相拉起了手。沒有接吻，也沒有擁抱。他們覺得那樣有點小資產階級情調。

千里皓月。

萬里荒原。

千里皓月和萬里荒原之中緊緊拉著一雙滾燙的手。有一雙烏幽幽的眼睛一往情深地看著這雙手。

黑說，可妳年齡太小。

白說，還小吶，都十八了。早到了法定結婚年齡了。

黑說，這事我還得再想想。

白說，還想什麼，你怕結婚太早影響不好？

黑說，不是。眞的是妳太小了。也許妳現在還不知道自己要承擔的是什麼。

白就哭了。白說，我知道我配不上你，我知道你根本就看不起我……

白把自己的手抽回來去抹那些奔湧的淚水。白眞誠而動人的淚水奔湧在千里皓月萬里荒原之中。黑忽然就想起來那個爽朗的秋天，想起來那些爽朗的陽光和蔥蘢的松林，想起來那張十四歲的女人臉，想起來自己曾經在那張臉上一寸一分地丈量過一個輝煌的理想。那是一張不能欺騙，不能背叛，也不能拒絕的臉。

黑說，妳別哭。我跟妳說心裡話，我眞的喜歡妳，我這一輩子還沒有像喜歡妳一樣喜歡過誰。

黑拉過那隻抹眼淚的手，黑說，妳眞的想好了嗎？

白點點頭。白說，除了你，我誰也不嫁。

黑覺得自己的心好像是被什麼東西重重地撞了一下。黑猛地伸出另一隻手來。黑捧著那隻抹眼淚的手猛地貼在自己的臉上。

黑說，咱們全都記住今天晚上，一輩子也別忘，到死也別忘。

白說，怎麼可能忘了呢。

然後，白又說，你看，今天的月亮多亮啊。

然後，他們一起昂起臉來。千里皓月萬里荒原頓時從眼前飛逝而去，消失在一個不知道多麼遙遠，也不知道多麼神祕的地方。

那一刻，黑和白的心裡都只留下一個感覺，他們只覺得天上的月亮和水裡的月亮都很亮，亮得就像那一片爽朗悠遠的秋陽。

三

刷了鍋，洗了碗，又用抹布把石板鋪出來的鍋台擦乾淨，然後，白直起腰來，撩起圍裙擦乾手，端起一個柳條簸箕，在瓦甕裡舀了半碗玉米走到院子裡，咕咕地把雞們召到腳底下，把金黃的玉米一把一把地撒在華麗燦爛的羽毛和抖動著的紅冠中間。這一切白早就做得又麻利又老練，做得和村裡所有的婆姨們一模一樣。撒完玉米，白把簸箕抱在懷裡，依著門框慢慢地坐在門檻上，呆呆地看著眼前那些抖動著的華麗和燦爛。

太陽已經落下西山。高遠的黃土旱塬上瀰漫著深沉遼闊的安詳，遠山近樹，百里荒原全都變得柔和起來，晚歸的牛群晃著叮咚的銅鈴，晃出許多悠遠和迷惘。這幅畫白看了九年，看了不知多少遍，漸漸地，白覺得自己迷上了這幅畫，迷上了這天地間沒有太陽的一刻。白覺得只有太陽走了，自己才能把心悄悄拿出來掛在那些叮咚而去的牛鈴上。

白想，也不知道小山這會兒吃完晚飯了沒有。

白又想，也不知道小山想我不想我。

然後，白又推翻了這些思緒，小山不會這麼早就吃晚飯，小山也不會想我，小山跟著姥姥都快四年了，早就把我忘了，連他媽長什麼樣他也不知道。他爸爸長什麼樣就更不知道了。小山長得眞好看，眞像我。小東西一邊跑一邊嚷，姥姥姥姥，來了兩個生人。誰是生人呀，小兔崽子，我是你媽。

這麼想著，白就流下眼淚來。

白就對那些叮咚的牛鈴說，我眞想他呀，想得我眞揪得慌，揪得眞疼，眞難受呀。

當初，白坐在台下仰望著那個理想，坐在泉水邊海誓山盟地獻身於那個理想的時候，她沒有想到自己會在這個理想裡生出一個小山來。

小山就是在這孔土窯裡出生的。生小山之前兩個人商量了一下，既然所有的社員都在自己家裡生孩子，咱們爲什麼非要去醫院呢。黑去縣城買回一本《赤腳醫生手冊》，買了一點紗布和藥棉，買了一把剪刀。黑說，有根生，還有張大娘，放心吧。到最後那堆買來的東西幾乎全都沒有用上。張大娘看見那堆東西就笑了，就說，嘿呀，眞是學生，幹個啥也得照著書來，生孩子還用著書啊，天底下哪個女人不生孩子呀，連寫書的那位先生不也是他媽生的他嗎。張大娘又說又笑，張大娘說，哪用著這麼多東西呀，有鍋開水就行了。人生一輩子就是這麼回事，來到世上一鍋水，離開世上一碗湯。聽說陰曹地府把門的那個老婆婆，姓孟，誰去了都給一碗迷魂湯喝。喝了迷魂湯，你就沒有捨不下的事情了。

可白還是有點害怕，白說，我還是害怕，我能把孩子生下來嗎？

黑說，別緊張，還有根生呢，根生是赤腳醫生，接過好多孩子了。

白說，他是男的，我不想讓他給我接生。

黑說，沒關係，赤腳醫生也是醫生，他接過好多孩子了。

黑這麼說的時候拉著白的手，拉得很緊很緊，白知道，其實黑也有點怕。其實兩個人當初全都沒有具體認眞地想過，會有一個小山生到他們的理想當中來。

小山是在夜裡出生的。根生說，不行，胎兒還沒有進入產道，妳還得站起來走走。白已經疼得幾乎要發瘋，白覺得好像是天上的太陽落進腦子裡，眼前一片滾燙白熾的亮光，白一遍又一遍地喊，我要死了，我要死了。根生說，不行，妳還得站起來走走。白被動而又盲目地在土炕上站起來，白的身上一件衣服也沒有，赤裸嚎叫的白在搖動的油燈下像一個披頭散髮的女妖。忽然，白覺得有許多溫熱的水，順著自己的兩腿內側流下來。根生喊，快躺下，用勁，用勁。白一用勁，孩子就生下來了。白覺得孩子簡直就是從自己的身體裡衝出來的。接著，白就聽見孩子嘹亮有力的哭聲。白就跟著孩子一起哭起來。

等到一切都弄好了，等到把又白又胖的孩子抱在懷裡的時候，天已經亮了，白想起來剛才的事情，想起來根生是個男人，忽然就覺得非常非常的害羞。

黑湊到炕頭上，黑說，是男孩，就叫小山吧。

然後，黑忍了一會兒，沒有忍住，又說，陳國慶和劉麗萍昨天下午走的，他們說招工的人在縣城等著呢，他們不能再耽誤時間了，讓我替他們跟妳道別。

窯洞裡一陣深長的沉默。白早就知道這兩個同學的決定，早就知道他們在著急地辦手續。可等到事情臨頭的時候，還是覺得悵然若失。

白說，這回再也沒有什麼集體不集體了，這回眞的是只剩下咱們兩個人了。

然後，又是一陣更深長的沉默。

黑說，不對，是三個。還有小山呢。

白朝著孩子側過身子，忍不住流下眼淚來，白說，我眞捨不得讓孩子也跟著咱們受罪，一個人有幾個一輩子呀，不是就有一個嗎。

黑沒有再說話，悶著頭點了一支菸，貪婪地抽起來，那樣子像是在呑菸，不像是在吸菸。早晨的陽光依稀地映在紙窗上，窯洞裡一片昏暗，一片深長的昏暗中亮著一個火紅的菸頭，亮著一盞熬了一夜的殘燈。

白突然被一陣難熬的疲倦壓倒了，白說，我睏了想睡覺。說完白就睡著了。白眞想就這麼永遠地睡過去，永遠也別醒過來，永遠也別再看見這孔窯洞，永遠也別再聽見隊長吆喝上工的粗嗓門，永遠也別再看見窯洞外邊的那個太陽。那個太陽照得人眞累，太累了。

白睡著以後碰見了陳國慶和劉麗萍。陳國慶和劉麗萍是他們這個知青集體裡最早談戀愛的一對。那時候白每次和黑約會總是要躲得遠遠的，他們之所以看中了水井邊上的石台，正是因爲它遠，正是因爲晚上不會有人去擔水。可陳國慶和劉麗萍卻不害怕，他們倆就那麼手拉手地在村子裡走來走去。而且，他們倆早就脫離了知青的集體食堂，離開了知青集體的院子，搬到別處去住。好雖好，可他們就是不結婚。他們說，結了婚以後就別想離開農村了。他們一點也不避諱自己想離開農村的願望。那時候，白還不大懂得男女間的事情。有一次，白去找劉麗萍借剪刀。推開窯洞的門，白滿臉通紅地捂著眼睛退出來。倒好像赤身裸體的不是別人而是自己。白覺得那一刻滿天滿地都擺滿了太陽，烤得人渾身上下地發燙。白正站在那兒難受，劉麗萍心平氣和地穿好衣服走出來，心平氣和地笑笑，劉麗萍說，你找我有事兒？白說，劉麗萍，既然這樣，你們爲什麼不結婚呀？劉麗萍又笑笑，劉麗萍說，傻子才結婚呢，我可不想在農村待一輩子，我們可沒有什麼理想。劉麗萍把理想兩個字拉得長長的，長得好像一扇永遠也關不上的舊門。劉麗萍依在這扇舊門上，心平氣和地一眼看穿了一切。白說，可是你們要是有了孩子怎麼辦呀？劉麗萍笑著說，妳也想學學避孕，那我就教教妳。白嚇得拔腿就跑，跑了很遠，轉回頭來看見劉麗萍還在看著自己笑。劉麗萍笑得又自信，又冷靜，就好像白茫茫的大雪地上擺了一面冰冷明亮的鏡子。

白沒有想到自己現在會碰上陳國慶和劉麗萍，白看見他們走得很急，就趕緊追上去喊，等等我，等等我。陳國慶和劉麗萍就一起轉回身來。白說，你們幹麼這麼急呀。劉麗萍就笑了，劉麗萍說，不急就趕不上了。妳有事情就快說吧。白忽然就覺得很不好意思開口，就覺得渾身發燙。劉麗萍轉身就走。白就在後面追，一面追一面說，我有件事情想讓你們幫忙問問，你們問問那個招工的還有沒有名額了。劉麗萍還是不回頭，劉麗萍說，妳打聽這個幹什麼，你們不是要在農村扎根一輩子嗎？白就很著急，就又追著解釋，白說，不是爲我們問，是爲了小山，我想讓那個招工的把小山招走。正說著，就到了縣委大門口，白突然很膽怯地站住了，眼睜睜地看著陳國慶和劉麗萍走進去沒了蹤影。白不敢到縣委去，白知道縣委馮書記認識自己。結婚的時候，馮書記專門坐汽車趕到村裡，給主持婚禮。站在大寨田的地頭上，唸了幾段毛主席語錄，唱了幾首革命歌曲，馮書記就代表縣委把挽了大紅綢子的一套「毛選」、一張鐵鍬、一把钁頭送過來。馮書記拍拍自己的肩膀，馮書記激動地說，好姑娘，有志氣，我代表縣委向你們祝賀，祝你們在農村這個廣闊天地裡永遠革命，不斷革命，大有作爲。自己那一天流了好多激動的眼淚，好多激動的眼淚都在那一天流淌在山高地遠的廣闊天地裡。可是現在怎麼能往裡走呢，要是碰見了馮書記說什麼呢，就說想讓小山跟著那個招工的人一塊走？白站在縣委那個空盪盪的大門口，再也不敢往前走一步。白又想，要是碰見馮書記說什麼呢，就說想讓小山跟著那個招工的人走。可這句話怎麼張口呢。白看看那個大門，眼睜睜地找不著陳國慶和劉麗萍了，白急得直想哭，白想，也不知道這扇門裡面有沒有那個姓孟的老婆婆，要是她給我一碗迷魂湯喝，我就什麼也不怕，我就敢進去找那個招工的。正在著急，白忽然看見紅光滿面的馮書記笑呵呵地朝自己走過來，馮書記手裡拿著挽了大紅綢子的「毛選」，馮書記說，好啊，妳來啦。白嚇得轉身就跑，一面跑，一面回頭看，就覺得紅光滿面的馮書記好像是落在夏天麥場裡的大太陽，又熱，又燙，逼得人連氣也喘不上來。

接著，白就嚇醒了。白滿頭大汗地醒過來，看見小山安安靜靜地睡著，看見紙窗上亮著一片明晃晃的正午的陽光。黑不在家。雞們正在院子裡咕咕地有一聲沒一聲地說話。充滿了醃菜味的窯洞裡，只有安安靜靜的小山，只有紙窗上那一片明晃晃的正午的陽光。

後來，母親的信就來了。母親說，妳要是不把小山送回北京來，我就上吊。

四

白覺得自己這一輩子已經永遠對不起母親了，白只有這一個母親，白不能再讓母親為自己上吊。白給母親寫信說，媽，您千萬別著急，等小山一斷奶，我就給您把他送回去。

母親源源不斷地把奶粉、白糖、小衣服寄來。還特地用舊襯衣做了幾十塊尿布。母親不厭其煩地在信裡重複怎麼餵奶，怎麼餵水，怎麼洗澡，怎麼換衣服，怎麼換尿布。最後，母親終於來信說，她打算向縫紉社請假，要到村裡來接他們母子倆回北京。白心裡明白母親的用意和決心。黑心裡也很明白。白趕緊叫黑到縣城郵電局拍了一封電報，電報說，切勿來此，三日後返京。

那三天裡他們匆匆忙忙地準備行裝。匆匆忙忙的三天裡白覺得黑的話越來越少，白覺得黑好像在等著一個機會，好像在反覆地下一個決心。終於，臨走時的那天晚上黑說話了。

黑說，要不，妳一個人帶小山回北京吧。

白很奇怪，白說，是呀，是我一個人帶小山回呀。咱們不是說好的嗎，你不是還要領著青年突擊隊修勝天渠嗎？

黑說，不是。我是說，要不，咱們離婚吧。

白覺得自己好像是突然變成了一根冰柱子，腦子裡又冷又硬地轉不過彎來。白半天沒有說出話來。白思考了一會兒才徹底明白了黑要對自己說什麼。

白說，你怎麼這麼看人呀。

黑說，不是，這和看人沒關係。我是不願意讓別人爲我一個人的想法受罪。

白說，別人？誰是別人？我是別人？

然後，白又說，我現在都糊塗了，我不知道什麼想法對，什麼想法不對，我現在就是爲了你才留在這兒的，我誰也不爲，什麼也不爲，就爲你。你呢，你以爲我是爲了這三孔土窯好看才留下的？

白這樣說話的時候聲音很大，很激動，很厲害，很像是在和人吵架。黑呆呆地看著她，黑一聲也不吭。突然，黑把胳膊伸出來，黑說，妳過來。白走過去。黑說，妳把扣子給我解開。白說，你要幹麼呀。黑說，什麼也不幹，我就想吃妳一口奶。白就笑了，白說，你瘋啦你，這是小山的奶。黑不再說話，黑一頭扎進白的懷裡。黑滿頭粗硬的頭髮像一堆尖細的麥芒，扎得人又酥又癢。白輕輕抱住黑的頭，白忽然覺得黑有點像小山，忽然覺得黑不再是原來的黑了。白就想起來許多年前那個上午，黑在那個上午說，我們是去上山下鄉，是去幹革命，不是去春遊。黑在那個上午，把這些話鏗鏘有力地擺在爽朗的陽光下邊。白就自言自語地說，眞的不像是春遊，一點也不像。黑沒有聽懂白的話，黑早就忘了那些話，黑一動不動地把頭扎在一片寬廣柔軟的胸脯上，黑的眼睛裡是漫山遍野無邊無際的黃土的顏色。黑一任自己沉浸在這片寬廣和柔軟之中。

黑說，我眞捨不得妳。

白說，我也捨不得你。

第二天，黑駕了一輛毛驢車送白和小山去長途汽車站。小毛驢的籠套上紮著一縷紅纓子，籠套下邊吊著一個鈴鐺。一家三口人坐在毛驢車上，在漫天的黃土裡叮叮玲玲忽隱忽現地逶迤而去。

白把小山抱在懷裡，舒舒服服地靠在一摞棉被上。在那孔終日忙亂的土窨裡，很少能這麼從容這麼豁亮地放大眼睛。天，眞大，眞藍。地，眞大，眞黃。孩子的眼睛，眞黑，眞亮。白被一種莫名的傷感融化著，把自己二十歲的生命掛在那縷搖搖晃晃的紅纓子上，深長而又廣闊地舒展開來。這二十歲的生命只有三種顏色，一種藍色，一種黃色，然後，在藍色和黃色之間點著兩隻又黑又亮的眼睛。

白對黑說，你唱個歌吧。

黑說，唱什麼呀？

白說，就唱你在村裡學會的那些小調，叫小山也聽聽。

黑就笑了，黑說，行，給我兒子唱唱。

黑把馬鞭子靠在肩膀上，寬厚結實的脊背在白的眼前晃來晃去的，就把歌晃了出來：

櫻桃那個好吃樹難栽，

有了心思，

哥哥呀，
你慢慢來。
菸鍋鍋點燈半炕炕明，
酒盅盅量米，
哥哥呀，
不嫌你窮……

黑忽然不唱了，忽然說，沒有孩子還不覺得，現在才覺得窮，眞窮，眞有點對不起妳和小山。白打斷了黑的話，白說，你別說這些了。我想唱個歌，就唱咱們離開北京的時候唱的那個歌。說完，白就很激動，也很悵惘地唱起一支歌，這支歌當年他們坐在離開北京的火車上，唱了不知多少遍：

在這春光明媚的早晨，
列車奔向遠方，
車廂裡滿載著年輕的朋友們，
讓我們奔向前程，
到遠方去，到邊疆去，
到祖國召喚的地方去，
到工廠去，到農莊去，

到祖國需要的地方去……

很激動也很悵惘的白忽然停住不唱了，很激動也很悵惘的白忽然說，我怎麼現在覺得這些東西全都是假的呀，我怎麼覺得現在誰也不需要咱們，咱們什麼也沒有，什麼也不是呀……白看著那個寬厚結實的後背又說，你說說，咱們現在到底算是什麼？這樣說著，白就哭了。哭得很激動，也很悵惘。

黑沒有回過頭來，黑寬厚結實的肩膀上擺來盪去地晃著一根骯髒的馬鞭子。那根骯髒的鞭子一會兒戳進藍色，一會兒又插進黃色。

黑也很激動，黑說，反正我從來沒騙過別人，也沒有騙過自己，更沒有騙過你。

白說，你怎麼這麼看人，我說你騙人，說你騙我了嗎？我是想不通咱們到底幹了什麼，咱們到底算是什麼。你說呀你……

在黑和白的激動和悵惘之中一直亮著一雙烏黑晶亮的眼睛，小山一直在襁褓中大睜著眼睛，小山還沒有見過這麼大這麼多的藍，也沒有見過這麼大這麼多的黃，但是，小山一下子就分清了它們，小山覺得藍色是自己的，黃色也是自己的。受了這藍和黃的刺激，小山覺得很有必要嚐嚐它們的味道，小山在襁褓中扭動著身體，那些掙扎不脫的捆綁和限制讓小山勃然大怒，於是，一陣嘹亮強烈的聲音衝進這廣闊無垠的藍色和黃色當中來，衝進到許多說解不清的激動和悵惘當中來。

遠遠望去，在漫天漫地的黃土當中叮叮玲玲地晃著一輛毛驢車，毛驢車拉著一個孩子嘹亮強烈的哭聲，拉著一些說不清的激動和悵惘，忽隱忽現逶迤而去。

在長途汽車站，等到把行李和座位都安排好了以後，黑已經忙得滿頭是汗了。黑撩起衣角抹汗，覺得有些話如鯁在喉，他想忍，可是還是沒有忍住。

黑說，到了北京，妳媽要是實在不願意妳回來，妳就別回來了。我就是再捨不得妳，我也不願意看著妳難受。

白就哭了。白一邊哭一邊說，你讓我怎麼著你才相信我呀，非得讓我把心給你挖出來才行。要分手了，你又說這種話，你到底存的什麼心啊，你怎麼這麼看人呀你。你怎麼這麼狠心呀你……

白哭的聲音很大，說的聲音也很大。招惹得四周的乘客全都轉過頭來看。

白突然抱著孩子從座位上站起來，白說，要是這樣，那我就不走了。

黑很慌亂也很窘迫地讓白和孩子坐下，然後慌慌張張地走下汽車，坐到自己的毛驢車上，狠狠打了一鞭桿，小毛驢就叮叮玲玲地跑起來。跑出長途汽車站的大門，黑覺得自己的臉上涼冰冰的，伸手一摸，抹下許多淚水來。

黑清清楚楚地記著，這是插隊六年來第一次流眼淚。黑還清清楚楚地記著，六年前自己曾經流過許多次眼淚，黑沒有想到，那些眼淚和這些眼淚，竟然都是從一雙相同的眼睛裡流出來的。

黑一邊抹乾眼淚一邊在心裡罵自己，你他媽眞軟弱，眞沒有點骨頭。黑知道自己不能哭，尤其不能在縣城哭。黑在這兒是個名人，還是個不脫產的縣委委員。一個縣委委員在縣城大街上流眼淚，影響太不好，太不像話，太丟人。

五

在打好的石眼裡一放了炸藥，埋進雷管，用黏土封了口，再把十幾個雷管花花綠綠的接線又都仔細地查了一遍，黑叼起胸前的哨子連吹了三個長音，工地上的人群一下子就散開不見了，紛紛躲進各自臨時的掩體當中。那面印有「青年突擊隊」的大紅旗，在空無一人的工地上頓時顯得孤獨而又突兀。黑在這忽然而來的孤獨和突兀中靜靜地坐著，打量著一片狼藉的水渠工地。黑已經是連續第六個冬天參加這樣的工程了，修大寨田，修攔水壩，修水庫。每一次都是動員大會，誓師大會，然後就是各路人馬大會戰。高音喇叭裡震耳欲聾的口號、歌聲、表揚稿，挑戰應戰的大字報，不斷刷新的土石方量數字。然後就是拖著快要累散的身體，帶著滿是塵土的行李回家。然後，就是再也不會有人問起那些工程。每次帶回來的那些獎狀和大紅花，越來越像是一場演出。黑從人們的疲勞和不耐煩的眼神裡，看見越來越多的反感。黑也很累，也很疲勞。白走了以後，黑感覺到從未有過的勞累和疲倦。不知怎麼，他忽然渴望著停下來，把一切勞動都停下來，把心也最好一動不動地停下來。寒冷的風從黑深長的疲倦中凜冽地颳過，把身邊那面紅旗颳出些劈劈啪啪的響聲。

八月在身子後邊的掩體裡探出頭來催，我說，你還愣著幹啥？

黑從深長的疲倦中轉回頭來，朝八月笑笑，黑說，知道。

然後，黑就把那捆綁在一起的八節電池從帆布包裡拿出來。然後，又把那根紅綠相間的線攥在手裡，分開正極和負極。然後，就下意識地把電線的兩極按在電池上。然後就是一聲驚天動地的巨響，整個山體都在微微地晃動。然後碎石就像一陣暴雨從天而降。八月就在身後像瘋狗一樣亂叫起來，八月喊，你瘋啦你，你瘋啦你，你不要命啦你，你狗日的還不趕緊進來呀你。

黑突然在繽紛的石雨中感到無比的快樂。他眼睜睜地看著落地的石頭，在山坡上打出一朵又一朵白菸，看著它們一個個在白菸當中粉身碎骨，四處迸濺，看著它們在荒無一人的山坡上打出一片恐怖的歡歌。黑突然想起台下那汪洋一片的仰望的眼睛，突然想起那些震耳欲聾的暴風雨般的掌聲。黑屏住呼吸，清晰無比地感覺到狂亂的心跳和這繽紛的石雨舒暢地疊印在一起。

隨後，石雨和菸塵驟然而止，工地上一陣出奇的安靜。

黑完好無損地坐在那兒，完好無損地朝八月笑笑。大家一哄而上地圍上來七嘴八舌地追問，這是咋啦，這是咋啦，嘿呀，這不是不要命嗎。嘿呀，這不是不想活啦。嘿呀，快看看傷著沒，快看看吧。

黑完好無損地站起來，完好無損地揮揮手，然後黑又笑笑，黑說，沒關係，沒傷著，我是一下失了手。大家幹活去吧。

等人都走散了，黑很詫異地四下打量，很詫異地自言自語，怎麼這麼巧呢。

八月站在黑的身後，八月很害怕，也很困惑，八月說，我說，你那一會兒是不是就不想活啦。你要是死了，小山他們娘兒倆可就恓惶下啦。

黑很從容地在乾燥的臉上抹了一把，好像是把什麼東西從臉上和心裡一下子抹掉了，黑說，我這不是好好的，我這不是完好無損嗎。

八月說，啥他媽的完好啊，砸你狗日的一石頭，就完毬蛋啦。

黑還是很從容地笑笑，很從容地打量著又熱鬧起來的工地。黑忽然覺得自己好像是從另外一個什麼地方來的，忽然覺得眼前的一切都有點陌生。

那天下午，黑接到一封北京的來信，白在信上說，我不在你身邊，你可千萬要注意身體和安全，我眞不放心你，我很快就回去。

黑把這封信裝進貼身的衣兜裡，黑想，今天幸虧這麼巧。

晚上正在發愁做什麼飯的時候，八月來了。八月說，走吧，上我家吃莜麥麵。黑就笑了，黑揉著肥幫說，一聽就香得流口水。等到了八月家黑才發現不光是莜麥麵，還有炒雞蛋、涼拌山藥絲，炕桌上還放著一瓶高粱酒。黑說，八月，我知道你是爲什麼叫我來喝酒。其實，我什麼事情都沒有。

八月就很不好意思地笑了，八月說，你看我這人，連裝一回大方也裝不像。乾脆不裝那狗日的了，喝酒吧。

於是，兩個人就喝酒。漸漸地，喝得心裡和臉上都很熱，喝得都很想說些話。

八月說，我就鬧不明白，人家都走了，偏你一個人留下圖個啥？

黑說，啥也不圖，就圖個心裡乾淨。

八月說，乾淨？哪乾淨？今天要是一塊石頭砸死你，想不乾淨也算是全乾淨了。我就鬧不明白，要是個寡婦她不嫁吧，那是她要守著兒呢。你守著不走，圖啥呢。

黑說，八月，你還記著我們知青剛來的時候吧，多紅火，多熱鬧，大夥都表決心，都喊口號，都說要扎根一輩子，可現在一眨眼，全走了。我要是也走了，那不是等於大夥都說了一堆瞎話廢話，大夥一塊騙人嗎？我不是還是個知青代表嗎，只要全中國還有我一個人在農村，知識青年上山下鄉這件事情，就還存在，就還有。我什麼也不想當，我就是想告訴大家，我沒有騙過別人，也沒有騙過自己，更沒騙過她。八月，你知道我現在最怕什麼嗎，我最怕連自己到最後也守不住了。我今天眞是寧願有塊石頭砸到我頭上，你不知道我看著那些石頭落下來，心裡有多高興……

八月聽得眼睛瞪得老大。八月說，我說，咱們別喝了。

黑說，不行，要喝就喝個痛快。

八月想了想又說，到底是你們念書人，連想事情也和人不一樣。我們家祖宗八代都是種莊稼的，我他媽從來就沒有想讓人知道我是個種莊稼的，我連做夢都想著下輩子再別種莊稼了。我就鬧不明白，毛主席好好地爲啥非要叫你們學生娃們到農村來呀。要是我，我就不來，我他媽留在城裡要飯，也不來。祖宗的，憑啥呀？

兩個人正說得熱鬧，窯洞的門突然開了。兩個人突然看見白提著手提包站在門口，搖搖晃晃的燈苗在冷風裡掙扎著，噗的一下滅了。漆黑一團之中，響起黑激動不已的聲音。

黑說，妳怎麼回來了？

白說，我不放心。發了信第二天，我就去買了火車票往回趕。

等到八月又喊又罵地催著媳婦點著了油燈的時候，白看見黑的臉上滿是晶亮的淚水。

白說，咱們回家吧。

八月很憨厚地笑起來，八月說，我倆喝醉了，在這兒胡說八道呢。妳可別生氣呀。

黑一聲不吭地跟在白的身後。回到家，點著燈，白就叫起來，白說，看看，看看，我才兩個月不在家，這窯裡成了豬圈了。黑還是不吭聲，黑覺得自己暈乎乎的，看見什麼都是兩三個影子，黑想，這是怎麼了，大夥怎麼又都回來了？這窯裡這麼多人，待會兒怎麼睡覺啊。白一邊收拾打掃著，一邊給黑講回北京的事情。講小山怎麼喜歡北京，怎麼喜歡姥姥；講姥姥怎麼喜歡小山，怎麼天天摟著小山又哭又笑；講一家三口怎麼逛王府井百貨大樓，怎麼逛故宮；講小山怎麼一天比一天會說話。講著講著，沒有搭腔，白定眼一看，才發現黑已經坐在炕頭上靠著牆睡著了。白走上去替黑脫衣服，拉起手來猛然看到黑滿手的血泡，不禁淚如雨下。

白說，現在誰還提咱們這些插隊的呀，大夥早就忘了知青了，你這麼傻幹到底爲什麼呀你。

黑沒有任何反應，黑睡得很深很死，深得就像窯洞外面那個沒有星星也沒有月亮的冬夜。

第二天早晨醒來的時候，白發現黑還在死死地睡著，朦朧的晨光朦朧地照出黑粗糙的臉，白覺得黑一下子老了許多。白想，眞快，一眨眼都六年了。又想，六年裡王府井天天都是那麼多人，那麼多人走來走去，沒有人知道這個窯洞裡住著我們倆。白想起來臨行前母親的話，母親說，誰也別想把小山從我這兒領走，除非等我閉了眼，嚥了氣。母親說，你們倆好好想想，你們這麼幹對得起誰呀？自己耽誤不說，還要把親生兒子也耽誤了才算完？想起小山，白就覺得揪心。走的時候，小山哭，自己也哭。不知怎麼就覺得好像是永遠再也看不見孩子了。最後，自己是跑出院子的。街坊四鄰都堵在門口看，自己就那麼滿臉是淚地從人群裡衝出來的。簡直就像是逃跑上山的白毛女。

白又看看黑，白想，我現在就想小山，別的，我什麼也不想，也實在不想再想了，我一定得和他好好說說小山的事情。我們得和縣知青安置辦公室說說，轉回北京去。實在回不去，最起碼也得有個工作，有一份城市戶口。

白沒有想到，這件事情竟然說了三年也還是說不通。黑說，我不能去，我沒臉去張這個嘴。

六

黑還會唱一支小調：

娃娃尿炕搭被子，
殼腦難活拔罐子，
夜裡難活想妹子，
心裡難活唱曲子。

七

那輛吉普車就那麼扎眼地停在學生院裡。

老鄉們都這麼叫那座院子，因爲那三孔土窯裡原來一直住著北京來的學生們。後來學生們一個一個地又都走了，大家還是叫它學生院。最後學生院裡只剩下兩個人，一個男的，一個女的。男的叫黑，因爲他長得很黑。女的叫白，因爲她長得很白。老鄉們都這麼叫，這麼叫省事。

現在學生院裡沒有人了。今天早晨人們發現這兩個人死了。兩個人是抱在一起死的，兩個人身上都沒有穿衣服，黑白相繞，怎麼也分不開。隊長說，算啦，別分啦，給倆人打一口棺材吧。木匠說，棺材這麼大，咋往外抬呀。隊長說，把土窯刨了吧。圍在院子裡的婆姨們就哭起來。後來，那輛吉普車就開來了。隊長就把村民們都轟出院子去，隊長說，去吧，去吧，公家的人來了，要破案呢，都別礙事。隊長又說，八月你別走，你是頭一個發現情況的，你得跟張科長講講情況。

八月抹了一把鼻涕，八月說，說啥呀說，我就知道早晚得有這一回。

隊長把眼一瞪，罵起來，八月，你狗日的少在這胡說八道。你知道？你知道啥？人命關天，你見著啥說啥，沒見著的別瞎猜。

張科長拿著一個小本子走過來，張科長說，姓名。

八月笑笑，八月說，和你一個姓，姓張，這一個村子裡的人全都姓張。

張科長說，你是第一個發現情況的，你說說經過吧。

八月說，也沒啥經過。就是早起我媳婦打發我過來給這兩人送一碗酸菜，我就過來了。一進門就看見兩人躺在炕上，身上啥也沒穿，滿地上都是吐出來的東西，我嚇得就往外跑，連那碗酸菜也叫我連碗一起給打了，那不，破碗還在窗台上放著。跑出來我就奔了隊長家，就這情況。

張科長說，那你剛才說，早晚也得有這一回是怎麼回事？

八月說，我胡說呢。

張科長很嚴肅，張科長說，我可不跟你胡說，你最好還是老老實實地說說。

八月後悔起來，八月說，眞的沒啥啦。

張科長說，你昨天晚上來過沒有？

八月一下子瞪大了眼睛，八月說，張科長，照你這意思，是我害了他們。

張科長說，我沒說你害了他們。我問你昨天晚上來過沒有。

八月說，來過。

張科長更嚴肅了，張科長說，好，那你說說昨天晚上的情況。

八月忽然很害怕，八月說，我沒啥說的啦，我還得刨山藥蛋去呢，我得走啦。

張科長說，你給我老老實實待著，我不叫你走，你哪兒也不能去。

八月頓時嚇得大哭起來，八月的鼻涕眼淚頓時流得滿臉都是。八月說，我不說啦，我啥也不說啦。爲啥叫我說呀，我又不知道他們咋死的。我就送了碗酸菜，就送出人命來啦，咋啦，你們也不能因爲一碗酸菜就把我抓走吧？

隊長看見出了難題，趕緊上來幫忙，隊長說，八月，你狗日的哭啥呀。不叫你說，你能得不行，該要你說了，你又不說了。人家張科長啥時候說要抓你了，你就再給說說昨天晚上的情況吧。

張科長很嚴肅地對在場的人說，縣委很重視這個案子。趙衛東同志是全國知青的模範，是縣委委員。這個案子，無論是他殺還是自殺，都會有很嚴重的政治影響，縣委認為這種嚴重的政治影響，會嚴重地影響我們縣，甚至我們省的榮譽，我們無法向上級，也無法向全國人民交代。所以，一定要查清，是他殺，自殺，還是誤食中毒。我們專案組必須給縣委一個最明確、也是最好的交代。

隊長立刻明白了張科長的意思，隊長踢了八月一腳，聽明白了吧，快說說昨天晚上的情況吧，你進了窯都看見啥啦。是不是兩人正做飯呢？

八月說，是，是正做飯呢。還要留我吃飯，我沒留。

張科長說，那你看見那個瓶子了沒有？

隊長又踢了八月一腳，八月趕緊說，看見了，看見了，灶台上就是這個瓶子。

張科長一一記錄下八月的話，然後，要八月在記錄上按手印。八月很擔心很害怕地伸出手來，八月說，按了手印就沒我的事情了吧？

張科長說，行啦，你刨山藥去吧。

然後張科長又說，等我們把嘔吐物拿回去化驗了，就有結果了，就知道是不是農藥中毒了。

隊長說，「一〇五九」太厲害，連牛聞聞都死，別說人了。

張科長說，是呀，咱們縣裡已經出了好幾起這種案子了。全是誤食中毒。全都是捨不得扔那個瓶子，留著裝油打醋，又沒有徹底洗乾淨。結果就中了毒。

隊長說，別的不說，就是這倆娃太可憐，北京還有個三四歲的孩子，還有個六十多的老太太，我真發愁咋跟老太太說。張科長，你可千萬給咱把這個意見跟縣委好好說說。我們這麼個小村子可擔待不起一個縣委委員呀。

張科長說，眞是沒有水平，該縣裡管的事情用不著你操心。我得快點趕回去向縣裡匯報。

然後，張科長帶著人坐著那輛吉普車走了。

眼巴巴地看著吉普車捲著黃菸出了村，隊長說，行啦，該幹啥的幹啥去吧，別都在這裡圍著啦。

然後，隊長也帶著人走了。

冷冷清清的學生院裡只留下做棺材的木匠。做棺材的木匠把許多慘白的刨花驚心動魄地推到地下。

隊長吩咐留下幾個後生，留下一輛驢車，等著棺材做好了就埋人。趁著木匠做棺材的空檔，後生們先去挖好了墳坑。等到埋完人，在墳頭上培了最後一鍬土的時候，太陽已經落山了。後生們用鞋底蹭乾淨鐵鍬上的黃土，又坐在墳前抽了一陣悶菸。爾後，有人說，咱們回吧。大家就都說，行，回吧。一轉眼的工夫，人們就走散在羊腸小路上。

莽莽荒原闃然無聲，四下裡一片往日的慈祥和柔和。這天地之間沒有太陽的一刻，剛好應該是白坐在門檻上想小山的時候。

國家圖書館出版品預行編目資料

紅房子 / 李銳著 . - - 初版 . - - 臺北市：麥田
出版：城邦文化發行, 2004[民93]
面；　　公分 . - -（李銳作品集；2）

ISBN 986-7537-93-9（平裝）

857.63　　93009228

麥田出版

廣 告 回 郵
北區郵政管理局登記證
北台字第 10158 號
免 貼 郵 票

城邦文化事業(股)公司
100 台北市信義路二段213號11樓

請沿虛線摺下裝訂，謝謝！

麥田出版

文學·歷史·人文·軍事·生活

編號：RL9502　　書名：紅房子

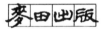

cité 城邦

讀者回函卡

謝謝您購買我們出版的書。請將讀者回函卡填好寄回，我們將不定期寄上城邦集團最新的出版資訊。

姓名：________________ 電子信箱：____________

聯絡地址：□□□ ____________________

____

電話：（公）____________（宅）____________

身分證字號：________________（此即您的讀者編號）

生日：___年___月___日 性別：□男 □女

職業：□軍警 □公教 □學生 □傳播業

□製造業 □金融業 □資訊業 □銷售業

□其他 ________

教育程度：□碩士及以上 □大學 □專科 □高中

□國中及以下

購買方式：□書店 □郵購 □其他 ____________

喜歡閱讀的種類：□文學 □商業 □軍事 □歷史

□旅遊 □藝術 □科學 □推理 □傳記

□生活、勵志 □教育、心理

□其他 ________

您從何處得知本書的消息？（可複選）

□書店 □報章雜誌 □廣播 □電視

□書訊 □親友 □其他 ____________

本書優點：□內容符合期待 □文筆流暢 □具實用性

（可複選）□版面、圖片、字體安排適當 □其他 ______

本書缺點：□內容不符合期待 □文筆欠佳 □內容平平

(可複選) □觀念保守 □版面、圖片、字體安排不易閱讀

□價格偏高 □其他 ________

您對我們的建議：

____